倪匡奇情作品集

木蘭花傳奇 17

吃人花

（含：軍火鬥、蜘蛛陷阱）

倪匡 著

目錄

軍火鬥

蜘蛛陷阱

【總序】

木蘭花VS.衛斯理——倪匡奇幻系列的兩大巔峰

秦懷玉

對所有的倪匡小說迷來說，《衛斯理傳奇》無疑是他最成功、也最膾炙人口的作品了，然而，卻鮮有讀者知道，早在《衛斯理傳奇》之前，倪匡就已經創造了一個以女性為主角的系列奇情故事，甫出版即造成大轟動，《木蘭花傳奇》遂成為倪匡眾多著作中最具特色與最受讀者喜愛的兩大系列之一；只因衛斯理的魅力太過強大，使得《木蘭花傳奇》的光芒被掩蓋，長此以往被讀者忽視的情形下，漸漸成了遺珠。

有鑑於此，時值倪匡仙逝週年之際，本社特別重新揭刊此一系列，希望藉由新的編排與介紹，使喜愛倪匡的讀者也能好好認識她。

《木蘭花傳奇》是倪匡以筆名「魏力」所寫的動作小說系列。原載於香港新報及《武俠世界》雜誌，內容主要是以黑女俠木蘭花、堂妹穆秀珍及花花公子高翔三人所組成的「東方三俠」為主體，專門對抗惡人及神秘組織，他們先後打敗了號稱「世界上最危險的犯罪集團」的黑龍黨、超人集團、紅衫俱樂部、赤魔團、暗殺黨、黑手黨、血影掌，及暹羅鬥魚貝泰主持的犯罪組織等等，更曾和各國特務周旋、鬥法。

如果說衛斯理是世界上遇過最多奇事的人，那麼打擊犯罪集團次數最高的，即非東方三俠莫屬了。書中主角木蘭花是個兼具美貌與頭腦的現代奇女子，在柔道和空手道上有著極高的造詣，正義感十足，她的生活多采多姿，充滿了各類型的挑戰；她的最佳搭檔：堂妹穆秀珍，則是潛泳高手，亦好打抱不平，兩人一搭一唱，配合無間，一同冒險犯難；再加上英俊瀟灑，堪稱是神隊友的高翔，三人出生入死，破獲無數連各國警界都頭痛不已的大案。

若是以衛斯理打敗黑手黨及胡克黨就得到國際刑警的特殊證明文件的標準來看，木蘭花在國際刑警的地位，其實應該更高。

相較於《衛斯理傳奇》，《木蘭花傳奇》是入世的，在滾滾紅塵中演出令人目眩神搖的傳奇事蹟。衛斯理的日常儼然是跟外星人打交道，遊走於地球和外太空之間，事蹟總是跟外星人脫不了干係；木蘭花則是繞著全世界的黑幫罪犯跑，哪裡有犯罪者，哪裡就有她的身影！可說是地球上所有犯罪者的剋星！

而《木蘭花傳奇》中所啟用的各種道具，例如死光錶、隱形人等等，一如倪匡慣有的風格，皆是最先進的高科技產物，令讀者看得目不暇給，更不得不佩服倪匡驚人的想像力。

尤其，木蘭花等人的足跡遍及天下，包括南美利馬高原、喜馬拉雅山冰川、北極、海底古城、獵頭族居住的原始森林、神秘的達華拉宮及偏遠隱密的蠻荒地區等，讀者彷彿也隨著木蘭花去各處探險一般，緊張又刺激。

《衛斯理傳奇》與《木蘭花傳奇》兩系列由於歷年來深受讀者喜愛，書中主要角色逐漸由個人發展為「家族」型態，分枝關係的人物圖越顯豐富，好比《衛斯理傳奇》中的白素、溫寶裕、白老大、胡說等人，或是《木蘭花傳奇》中的「天使俠女」安妮和雲四風、雲五風等。倪匡曾經說過他塑造的十個最喜歡的小說人物，有三個在木蘭花系列中。白素和木蘭花更成為倪匡筆下最經典傳奇的兩位女主角。

在當年放眼皆是以男性為主流的奇情冒險故事中，倪匡的《木蘭花傳奇》可謂是開創了另一番令人耳目一新的寫作風貌，打破過去女性只能擔任花瓶角色的傳統窠臼，以及美女永遠是「波大無腦」的刻板印象，完美塑造了一個女版〇〇七的形象。猶如時下好萊塢電影「神力女超人」、「黑寡婦」等漫威女英雄般，女性不再是荏弱無助的男人附庸，反而更能以其細膩的觀察力及敏銳的第六感，來解決各種棘手的難題，也再一次印證了倪匡與眾不同的眼光與新潮先進的思想，實非常人所能及。

《女黑俠木蘭花傳奇》共有六十個精彩的冒險故事，也是倪匡作品中數量第二多的系列。每本內容皆是獨立的單元，但又前後互有呼應，為了讓讀者能更方便快速地欣賞，新策畫的《木蘭花傳奇》每本皆包含兩個故事，共三十本刊完。讀者必定能從書中感受到東方三俠的聰明機智與出神入化的神奇經歷，從而膾炙人口，成為讀者心目中華人世界無人能敵的女俠英雌。

軍火鬥

1 暴風雨

木蘭花的住所在郊區，花園之外是一條公路，公路的一邊是懸崖，站在公路邊上望去，可以看到浩渺無際的海洋。

本來，每逢假期，平時很幽靜的公路上，總是十分熱鬧的，各種各樣的汽車，公路上川流不息，都市中的人，都湧到郊外渡假來了。

但是今天的情形卻十分例外，今天是假期，但是公路上卻冷清得出奇。說公路上「冷靜」，或者不怎麼適合，事實上，暴雨的雨點灑在公路上發出的聲音，令得在屋中的人雖然關緊了窗子，講起話來，也非提高聲音不可！

氣壓十分之低，暴雨挾著勁風，盤旋著，橫衝直撞，木蘭花、穆秀珍正在收聽天文臺的天氣報告，天文臺的報告說，強烈的熱帶風暴已然直襲本市，八小時之內，本市將遭受風速三十六海浬的暴風所吹襲，暴雨將和暴風一齊肆虐！

木蘭花家中的客廳也顯得很不尋常，本來她們的室中是最整潔的，但這時她們的客廳中卻十分凌亂。

客廳裡凌亂的原因，是因為多了許多「不速之客」。

這些「不速之客」，包括了四十多盆各種品種的玫瑰花——那是木蘭花精心栽培的精品，以及十多盆蒼勁古拙的盆景，還有許多花卉，連同穆秀珍所種的那一顆大仙人球在內——穆秀珍做事最沒有耐性，她覺得種仙人球最好，三天五天不記得灑水也不要緊。

許多奇花異草本來全是在花園中的，但因為暴風雨的警告早就由天文臺發出，所以她們將之一盆盆搬了進來，免得受風雨的摧殘。

這時，暴風嘩嘩地打在玻璃窗上，花園中的一株大橡樹，葉子已被風捲去了一大半，安妮坐在窗前，無可奈何地發著呆。

向遠處望去，在天氣好的時候，她們是可以看到明淨蔚藍的大海的，然而現在，大海成了一片死灰色，不時湧現出潔白的浪花來，天和海洋像是壓到了一起，自天上灑下來的暴雨，就像是整個大海傾覆了一樣！

穆秀珍從沙發上跳了起來，掠了掠頭髮，道：「唉，好好的假期，卻遇上了這場大風，現在只好睡覺了！」

木蘭花微笑著，道：「我看你也不是沒有事可做，我們的房子當風，風勢還會加劇，你應該在玻璃上貼些紙條！」

穆秀珍撇了撇嘴，道：「我才不呢，貼上紙條，天好了又要洗去，那多麻煩，安妮，你說是不是？」

穆秀珍想安妮支持她的論點，可是安妮卻並沒有回答她，安妮坐在窗前全神貫注地望著窗外，這時，雨水順著玻璃往下流，窗外又是一片的風雨，實在看不到什麼，可是安妮卻像是有所發現，一動也不動地看著。

穆秀珍得不到安妮的回答，向安妮走近了一步，道：「喂，你在看什麼？雨有什麼好看？來，我們來下棋！」

安妮仍然專注著窗外，她的神色，看來十分緊張。

木蘭花也察覺安妮的神色有點不尋常了，她問道：「安妮，你看到了什麼？可是在不捨得花園中的那些樹木麼？」

「不，」安妮回答，「我看到了一艘小船。」

「一艘小船？」木蘭花和穆秀珍同時叫了起來。

在海面上，時時有船隻來往，有古老的帆船，也有新型的遊艇，那本是一點也不出奇的，可是在那樣的風暴之下，海面之上，波濤洶湧，上萬噸的大輪船也難免沉沒，何況是小船，怎會在這樣的情形下出現在海面上？

穆秀珍立即道：「安妮，你一定看錯了！」

「不，我沒有看錯，」安妮仍望著前面，「我剛才看得很清楚，一個浪頭蓋過了那艘小船，小船上還有一個人，他似乎想將船駛向岸，但卻做不到這一點。」

穆秀珍抬頭向窗外看了一眼，又笑道：「安妮，那一定是你的幻想，你想寫一篇小說，是暴風雨中的海洋上發生的故事，是不是？」

「不是，秀珍姐，我真的看到的，但現在，它已失去蹤跡……」安妮講到這裡，突然又尖叫了起來，道：「看，它又出現了！」

木蘭花和穆秀珍一齊向前看去。

她們立時看到，在海面上，一個巨大的海浪的頂端，有一艘船，那船在視野不清的情形中看來，只不過是手掌大小的一塊黑影，如果不是潔白的浪花將它襯托出來，是根本看不到的，那船上好像的確是有著一個人！

但是不等她們進一步看清楚，浪頭倏地下沉，那艘船立時不見了。木蘭花陡地吸了一口氣道：「拿望遠鏡來！」

穆秀珍一步三跳地跑上了樓，又拿了望遠鏡，飛奔了下來，木蘭花接過了望遠鏡，湊在眼上，向前看去。

她不能打開窗來觀看，而打在窗上迅速下流的雨水，又令得木蘭花的視線模糊，但是有了望遠鏡之後，她總算可以將海面上的情形看得更加清楚了！

她看了約莫兩分鐘，穆秀珍和安妮都焦急地望著她。可是木蘭花卻一聲不出，只是默然地將望遠鏡遞給了穆秀珍。

穆秀珍接過了望遠鏡，向外看去，她立即叫了起來，道：「天！蘭花姐，那真是一艘船，那人一定是死了！」

安妮握著穆秀珍的手臂，道：「快給我看！」

穆秀珍將望遠鏡交給了安妮，安妮的目力最敏銳，海面上有船，那船上有人，就是她最早看到的，這時她有了望遠鏡，自然看得更清楚了。

她看到那艘船，是一艘木船，應該說，那是一艘舢舨，所以，在巨浪之中，雖然舢舨上已全是水，但是還可以不沉。

她也看到，在那舢舨上，有著一個人，那個人的身子蹲著，他的雙手像是緊緊抓著那舢舨上的木板，自然看不清那人的臉面，但是也可以從那人的姿勢上，看出他是如何用全力在和暴風雨和巨浪掙扎，在為他的生命而努力。

安妮放下望遠鏡，控制著輪椅，來到電話前。

木蘭花沉聲道：「安妮，你想要做什麼？」

「通知警方來救他——」安妮回答。

木蘭花搖頭道：「安妮，在那樣惡劣的天氣下，沒有任何救生人員可以出動在海面上救人的！如果他們不顧一切出動，那只有多幾個人遭到不幸！」

安妮已經拿起電話來了，一聽木蘭花那樣講法，她呆了一呆，將電話放下來，道：「那我們怎麼辦呢？蘭花姐！」

木蘭花並沒有回答，只是又拿起望遠鏡來，向外望去。

安妮叫道：「我們難道看著他在大海中被吞沒麼？」

穆秀珍立時叫道：「胡說，你以為我們是什麼人？」

安妮苦笑道：「那我們也沒有別的辦法。」

「我去救他——」穆秀珍大聲回答。

正持著望遠鏡在向外看的木蘭花，回過頭來說道：「秀珍，你在說什麼？你怎麼能夠去救他？」

穆秀珍卻理直氣壯道：「這艘船離岸不會超過二百碼，我從懸崖上爬下去，可以游近他，然後，就可以將他救上來了！」

木蘭花嘆了一聲，道：「秀珍，你看看現在是什麼天氣——」她講到這裡，突然頓了頓，才又道：「不論是什麼天氣，我們總不能見死不救，秀珍，我同你一齊去，你快去準備四百碼玻璃纖維繩，爬山的鐵鉤，潛水設備，快，快去準備！」

穆秀珍跳過了幾盆花，衝向儲物室，木蘭花則繼續向窗外觀察著，她仍然可以看到那艘小船，而這時候，她也已看出事情有些不平凡了。

那艘木船仍然在大浪之中倏起倏落，這時，猛烈的風暴正吹向懸崖，巨浪拍在海灘上，飛起極高的浪花來。

在那樣的情形下，那艘船應該早已被浪頭捲到岸上來，在岩石之上撞得粉碎了！但是，從發現它起到現在，至少已有十分鐘了，它卻仍然在原來的地方，離海岸大約有三百碼左右，像是它固定在那海面上一樣。

木蘭花的心中十分疑惑，她還沒有出聲，便聽得安妮道：「蘭花姐，那艘船……那人一定有什麼方法將船固定了！」

木蘭花點點頭道：「是的，可是他用什麼方法呢？難道他下了鐵錨？但風力如此之強，多麼粗的鐵鍊才能經受得起？」

「蘭花姐，你可是說這艘船有古怪？」

「我不能肯定，我們要接近那艘船，才能知道。」木蘭花沉緩地回答著。

安妮的心中突然感到了一股寒意，她急急地道：「蘭花姐，你剛才說過，在現在那樣惡劣的天氣之下，沒有任何人可以在海上進行救生工作的，你們……」

木蘭花道：「安妮，我們並不是普通拯救人員啊！」

安妮雙手緊緊地握著拳，道：「蘭花姐，你們若是出了什麼意外，那我——」

她講到這裡，喉間便像是被什麼東西塞住了一樣，再也講不下去，而她眼中淚花亂轉，也已落下淚來。

木蘭花輕輕地拍著她的頭頂，道：「別傻了，我們一到了懸崖下面，就用繩子將我們縛住，使我們和海灘上的岩石連在一起，只要繩子不斷，我們是不會有什麼危險的，你說，我們真能夠見死不救，只顧自己安全麼？」

安妮含著淚，默默地點著頭，她自然知道木蘭花是故意將事情說得十分簡單輕鬆，在安慰她。事實上，在暴風雨的肆虐中，人的力量真是小得微不足道的，別說在波濤洶湧的海面之上，普通人要在那樣的暴風雨中越過公路，也不是易事了！

木蘭花和穆秀珍將要經歷極度的驚險，方始能夠達到救人的目的，而且，更可能是救人不成，自己也丟上性命！但是，安妮卻也知道，自己不論怎樣說，是阻止不了木蘭花和穆秀珍的，她們不是不知道自己有危險，但是因之就不去救人的話，她們又怎麼算是女黑俠呢？

安妮只覺得她們那種捨己為人的偉大精神，令得她的胸口發熱，她暗暗地告訴自己：自己是因為無能為力，不然她是會和木蘭花、穆秀珍一齊冒著危險去救人的！

穆秀珍的行動十分快疾，不到三分鐘，已將一切應用的東西全都取了出來，她問道：「可還看得到那艘船麼？」

「看得到，我們快將應用的東西佩上！」木蘭花簡短地回答著。

她們迅速地將應用的東西帶好，木蘭花道：「安妮，你替我們關門，你一個人在家中，可別冒雨走出去。」

安妮握住了木蘭花的手，道：「蘭花姐，你們什麼時候可以回來？」

木蘭花道：「我們一將人救起，就回來了。」

安妮明知自己是多此一問的，木蘭花有什麼辦法可以知道自己什麼時候能回來？安妮在那一剎間，實在後悔自己不應該首先發現海面上的那艘小船的！但是，她已發現了那艘小船，而且木蘭花和穆秀珍也已決定去救人了，再來後悔，自然是沒有用的！

安妮放開了木蘭花，木蘭花和穆秀珍一齊來到了門口，她們兩人深深吸了一口氣，然後，木蘭花旋轉著門柄，她才一旋門柄，根本不待她出力將門拉開來，猛烈的旋風已然將門推了開來，雖然木蘭花早已用了很大的力，但是門還是立時打開呎許！

旋風自打開的門中捲了進來，剎那之間，像是有千百頭無形的猛獸一齊衝了進來一樣，「乒乓」一聲響，一只花瓶首先跌了下來，落在地上，跌成粉碎。

接著，幾只花盆被吹倒了，在地上滾動著，乒乒乓乓地撞來撞去，穆秀珍身子一閃，就在那呎許的縫中閃出了門口。

木蘭花叫了一聲，道：「快來幫我關門！」她一面叫，一面也閃身出去，雖然她立時在外面拉住了門柄，但是門又吹開了呎許。

安妮控制著輪椅向前衝去，用力向前頂著，旋風吹得她連氣也喘不過來，好不容易將門推上，她回過頭來時，不禁苦笑。

客廳之中，不但已亂成一團，而且，還濕了老大的一片，看來她一個人要整理，至少也得忙上一小時！

她暫且不理會客廳中的凌亂，忙又來到了窗前，向外看去，只見木蘭花和穆秀珍兩人彎著腰，向前衝到了鐵門之前。

她們打開了鐵門，向外衝去，接著，便看到她們衝過公路，已然隱沒在一塊大山石之後了。安妮的心中像是壓了一塊極大的大石一樣，她暗嘆了一聲，慢慢地將滾倒的花盆一個個扶了起來。

一出了門，木蘭花和穆秀珍就像是置身在另一個世界中，要不然，就是世界末日已經來臨了！

強烈的暴風像是幾個碩大無朋但是又無影無形的巨人一樣，四面八方地輕撫著她們，驟雨打在她們的身上，不到十秒鐘，她們全身都濕了！

而她們是早已料到這一點的，是以她們也根本沒有穿雨衣，穿雨衣也沒有用，反而倒增加累贅。

她們屏住了氣息，衝過公路之後，倚著一塊大石，想察看一下眼前的情形。但是，在屋內透過玻璃窗，還可以看到外面的情形，這時，她們一抬起頭來，雨點便撲面灑了過來，令得她們什麼也看不到！

木蘭花轉過了身子，只有在臉背風的時候，她才能吸一口氣，她向穆秀珍做了一個手勢，兩人一齊將繩子的一端繫在岩石上。然後，她的雙手緊握著繩子向下爬去。

她們才爬下去三四呎，便發現事情比她們所想像的困難得多，風是如此之強，她們若是雙手只抓著繩子，便會被風直吹起來，像是一個風箏一樣！

幸而她們只是爬下了四五呎，是以被吹起之後又跌在地上，還不致於受傷，如果在縋下四五十呎之後再被吹起來，一定已經死了。

木蘭花用手肘撞著穆秀珍，她一手拉著繩子，另一隻手則抓住了岩石或樹角，慢慢地向下落去，穆秀珍也照她的方式一樣做著。

她們平時也時常以爬那些懸崖為樂的，根本不必繩子相助也能上下自若，可是此際，當風強的時候，她們的身子便被強風逼著，緊緊地貼在岩石上，一動也不能動，一定要等風勢較弱之際，才能繼續向下落去。

她們無法知道究竟花了多久時間，才落到海灘上的，但是當她們雙腳終於踏在海灘上的時候，卻像是已過了一世紀那麼久！

她們才一落在海灘上，還未及轉過身來，轟地一聲巨響，一個巨浪便已湧了過來，那個巨浪將她們兩人遮沒了！

在那樣的巨浪的衝擊之下，是沒法可以站得穩的，木蘭花和穆秀珍一齊被巨浪衝得跌倒在沙灘上，等那個巨浪退去之後，她們才能站起身子來。

她們兩人都知道，一個巨浪之間的間歇，可能只有幾秒鐘，是以她們一站起來的第一件事，便是將氧氣筒的吸管咬在口中。

她們手拉著手，洶湧的海水將她們湧向岩上，她們的身子被海水的力道湧得貼在岩石上，海浪的力道比強風的力道大了不知多少倍，當她們的身子被海浪的大力貼在岩石上之際，她們根本一動也不能動，大量的海藻、水母向她們的頭上落了下來，接著，巨浪挾著排山倒海的大力壓了過來！

在巨浪壓到之前的一剎那，海水的壓力突然減輕，是以使木蘭花可以趁機拉著穆秀珍，迅速地轉到了一塊大石之後。

也幸而木蘭花有那一下及時的動作，巨浪才沒有直接打擊在她們的身上。要知道這時的情形，和她們才落下來時已然不同了。

她們才一落下來之際，也遭到一個巨浪的打擊，但那時她們在巨浪一到之際，便被浪頭衝倒在海灘上，她們倒下去的時候，已將海浪的巨力卸去了不少。

而這時，她們是身子緊貼在岩石上的，巨浪若是打到了她們的身上，她們便必須承受巨浪衝擊的全部巨大的力量！

那樣，會有什麼樣的後果呢，實令人難以想像！

木蘭花拉著穆秀珍，迅速地轉到了那塊大石後面之後，緊接著，轟地一聲響，巨浪打在大石上散了開來。

剎那之間，海水高得淹過了她們的頭頂，但是立即地，又迅速地分開後，退了開去，直到她們的雙足也在海水之上！

海水迅速退去的一剎那間，產生出一股極大的吸力來，幾乎要將她們兩人自那塊大石之後硬生生吸了出去！

她們兩人雙手緊握著，另一隻手則盡可能抓住了石角，她們互望了一眼，根本沒有說話的機會，巨浪又已打過來了！

巨浪一個連一個地衝過來，每一個巨浪之間的間歇，最多只有幾秒鐘，木蘭花和穆秀珍除了維持原來的姿勢，緊站在大石之後，避開巨浪正面衝擊之外，完全沒有辦法去展開任何行動！

海水一下子淹過她們的頭頂，又一下子退到她們腳下。木蘭花和穆秀珍兩人都知道，她們都無法救人了！

她們根本不能到海中去，如果她們到了海中，那麼，巨浪一定將她們捲起來，以極大的力量拋向岩石，那力道之大，足以令得她們在一秒鐘之內粉身碎骨！

木蘭花和穆秀珍在大石之後，待了足有半小時之久，木蘭花才有機會伸手向身上所繫的繩子指了一指，又向上一指，她是在對穆秀珍說，在海灘上形勢如此之惡劣，還是先設法爬上峭壁去，慢慢再想辦法的好。

穆秀珍立時領會了木蘭花指示的意思，點了點頭。

她們還來不及有任何動作，浪頭又再度將她們完全吞沒，然後，在海水開始向後退去之際，她們一齊向前衝了出去。

她們攀著繩，拉著岩石縫中生長的樹，向上升了十來呎，避開了浪頭的襲擊。

當她們剛才甫一置身在暴風雨中時，只覺得暴風雨的力道大得出奇，然而此際，她們從海浪的襲擊之中掙扎了出來，卻又覺得暴風雨的力量小得多了！

豆也似大的雨點，仍急驟地灑在她們的頭上、臉上和身上，但是她們至少已可以抽空吸一口氣，而不必再咬氧氣管了。

木蘭花除下了氧氣管，穆秀珍也已除下，叫道：「蘭花姐，我們無法到海中去，我們不能救那個人了！」

木蘭花吸了一口氣，半轉過頭，勉力向海面看去。

她一生之中，從來也未曾見過如此洶湧壯觀的海景！

在海面上，像是有著億萬匹口噴白沫，瘋狂的野馬在向前奔來，一面奔著，一面還發出震耳欲聾的呼嘯聲，然後以震天動地的大力撞敲在岩石上，令得整座峭壁都像是在搖撼，令人心戰膽寒！

木蘭花和穆秀珍絕不是膽小的人，可是看到這種情形，也不得不承認，人力不論如何強，和大自然的力量相比，還是微不足道的！

在風力較小的時候，木蘭花可以放眼看到較遠的海面，那雖然只是極短的時間，但是木蘭花已可以看清，那艘小船已不在海面上了！

同時，她也聽得穆秀珍在她的耳際叫道：「蘭花姐，那艘船已不在了，它已經不在海面之上了，我們該怎辦？」

木蘭花大聲道：「上去！」

她們在峭壁之下攀上去，比下來的時候更加困難許多，她們幾乎是一吋一吋地在向上移動著的，她們終於攀上峭壁，來到了公路上。

她們穿過公路，走進了花園，安妮已經打開了門，她們兩人被暴風雨湧進了客廳，安妮花了足有大半小時整理好的一切，又變得凌亂了。

木蘭花和穆秀珍幾乎是滾進來的，她們仆倒在地板上，一動也不願動，安妮關好了門，立時斟了兩杯白蘭地給她們。

在喝下了那杯白蘭地之後的兩分鐘，木蘭花和穆秀珍才長長地呼著氣，欠身從地板上立了起來。

穆秀珍首先說道：「安妮，你可看見發生了什麼？」

安妮點了點頭。

穆秀珍道：「那船怎樣了？」

「我看到一個巨浪將那艘船托到半空中，高極了，」安妮面色蒼白地回答，「然後巨浪突然沉下，那船像是飛了起來一樣，懸空停在半空中至少有一秒鐘才落下來。當它落下來時，第二個巨浪又捲到，它便在海中消失了！」

木蘭花和穆秀珍苦笑了一下。

安妮又道：「那小船在被浪頭托起，停在半空的一剎那，我看到了船上拖下一條十分長的鐵鍊，一定是鐵鍊被吹斷，它才被巨浪吞沒的。」

木蘭花嘆了一口氣，道：「我們根本無法進入海中，也沒有什麼人能夠救他，現在發生的事，是這件事的唯一結果。」

安妮同意地點了點頭，道：「蘭花姐，我不明白，暴風的消息早就傳出來了，那人為什麼不知趨避呢？他在海上做什麼？」

木蘭花搖著頭道：「我也想不通。」

她緊皺著雙眉，慢慢地站了起來。

半小時後，木蘭花和穆秀珍兩人已經全換上了乾衣服，並且用乾毛巾包住了頭髮，雖然只不過下午五點多，但天色已十分黑暗了。

暴風雨仍然在繼續著，木蘭花、安妮和穆秀珍隨便吃了些東西，她們一起在二樓的室中，安妮仍然望著窗外。

這時，天色黑了，根本什麼也看不到。

木蘭花在看著書，穆秀珍赤著腳在地毯上踱來踱去，安妮在天色更黑了一些之後，突然轉過頭來，道：「我想，那人可能是從外地來的，根本不知道已經有了風暴，所以才會被困在暴風的海面之上的，是不是？」

木蘭花微笑地望了安妮一眼，不置可否。

穆秀珍瞪著眼道：「從外地來？那是什麼意思？你是說，那人划著一隻小舢舨，從外地飄來本地的麼？」

安妮立時皺起了眉，像是自己對自己的說法也感到了不滿，她望向木蘭花，道：「蘭花姐，你一點也想不到麼？」

木蘭花放下了書，道：「我自然想不到，甚至根本未曾看清那是什麼樣的船，什麼樣的人，我有什麼法子知道那人是為了什麼而在海面上的？」

安妮道：「那我們永遠不能知道了麼？」

木蘭花笑了一下，道：「安妮，你的好奇心比秀珍更強烈，如一定要知道為什麼，只有在暴風雨過去之後再去勘察，例如，那船停在海面上，它一定有錨沉在海底，我們可以潛到海底去，從鐵錨來辨別那小船的來源，現在是沒有辦法的。」

安妮不斷地點著頭，等木蘭花講完，她又道：「那麼，我們算是目擊到一個人在暴風雨中遭到意外，要不要報告警方呢？」

木蘭花點頭道：「好的，你可以打電話和高翔聯絡一下，向他報告這件事，或者他會有消息提供給你的。」

安妮拿起電話，打了好幾次，才接通高翔的電話，在暴風雨中，警方的工作十分之忙，從高翔的電話不容易接通，便是證明。

安妮一聽到高翔的聲音，便大聲道：「高翔，我們目擊了一件意外，一個人在一隻小舢舨上被巨浪吞沒了，時間在下午三時左右。」

高翔笑了起來，道：「你在開玩笑麼？安妮？下午三時正是風雨最猛烈的時候，誰會在那樣的情形之下到海上去？」

「是啊，我們也正為這件事而奇怪，你那裡可有什麼消息？可有什麼人報告在海上失蹤麼？」安妮問著。

「沒有，你們可好？」

「很好，蘭花姐和秀珍姐曾經攀崖想去救那人，但是卻沒有結果，我們都想不通那人為什麼會在海面上！」

高翔略呆了一呆，道：「我也不知道。」

木蘭花低聲道：「安妮，他很忙，別多耽擱他的時間。」

安妮忙道：「好了，再見。」

「再見。」高翔已放下了電話。

安妮失望地道：「他也不知道！」

木蘭花道：「那是意料中的事，安妮，等明天再說罷，明天我們一齊到海灘去查勘一下，我相信這事多少有點特殊，不僅你好奇，我也好奇！」

安妮又到了窗前，向外看去。但這時，外面已是一片漆黑了！

2 東窗事發

颶風是在清晨時分過去的，到了第二天，安妮最遲醒來，她睜開眼來時，已經陽光滿室了，安妮轉過頭去，木蘭花和穆秀珍都不在床上了。

安妮立時揚聲叫了起來，道：「秀珍姐！」

穆秀珍推開了門，走了進來。

她才一進來，倒將安妮嚇了一大跳，只見穆秀珍已經穿好了一套橡皮的潛水服裝，安妮忙問道：「秀珍姐，你做什麼？」

穆秀珍走了過去，伸手直指著安妮的鼻尖，道：「你看看，現在是什麼時候了？我們早就醒了，而且，已到海灘上去過了，現在，我們準備去潛水了。」

安妮雙手在床上撐著坐了起來，道：「秀珍姐，你為什麼不叫我？我也去，你們潛水，我在船上替你們照料一切。」

穆秀珍笑道：「看你急的，若不是為了等你，我們早就走了。告訴你，在海灘，我們發現了那小舢舨的碎片！」

安妮問道：「有什麼特別的發現？」

「那舢舨的碎片上刻有外國文字，根據那外國文字來看，好像是一艘軍艦的名字，而那舢舨，可能是屬於那艘軍艦的。」

安妮忙道：「可能那艘外國軍艦在暴風中出事了？」

穆秀珍道：「我也那樣想，但是蘭花姐卻說不是那樣，她說那小舢板一定是另有任務，任務可能還十分神秘！」

安妮正想再說什麼，只見木蘭花也走了進來，她雙眉深鎖著，一看她的情形，安妮和穆秀珍就知道她的心中正用心地思索著。

穆秀珍忙道：「高翔怎麼說？」

木蘭花又走前了兩步，才道：「高翔去查了資料，那個外國文字，的確是一艘軍艦的名字，但這艘軍艦，目前卻在地中海！」

安妮側著頭，道：「這艘軍艦在地中海？」

「是的，」木蘭花回答著，「高翔還向軍方詢問過，所得的情報是，這艘軍艦的目的地，是在非洲的西岸，它曾駛出地中海，沿非洲西岸行駛，去從事一項十分秘密的任務，軍方說，全世界的諜報人員都難以探明那艘軍艦的目的地，和它的任務究竟是什麼！」

穆秀珍伸手搔著頭，道：「這倒真是怪事了，暴風雨再大，也不能將遠在地中海的小艇吹來我們這裡的啊！」

木蘭花笑了起來，道：「當然不能，所以我們的看法必須改變了，我們本來認為，那小艇可能是從大船上下來的，但現在顯然不是了，那小艇是單獨行動的，至於在碎片上會有那艘軍艦的名字，這個——」

木蘭花講到這裡，略頓了一頓。

穆秀珍和安妮同時問道：「這又是什麼原因呢？」

木蘭花來回踱了幾步，道：「有兩個可能，一個可能，那是巧合；第二個可能，小艇上是有意刻上那軍艦的名字，作為一種暗號。」

「那又有什麼作用呢？」穆秀珍又問。

「我也不明白，因為我們所知，實在太少了，我們只不過在沙灘上找到一塊碎片而已。」木蘭花回答。

「不，」安妮卻立即表示反對，「我們還曾看到那個人在小艇中和暴雨掙扎，而他的小艇是停在海面上的，我們至少還可以在那地方找到一支鐵錨。」

木蘭花望著安妮，道：「你說得對，但是那支鐵錨是不是可以供給我們進一步的線索，卻也不能肯定。」

安妮道：「那我們什麼時候開始呢？」

木蘭花笑道：「今天的天氣十分好，我們就當到海上去遊玩好了，別寄太高的希望，因為我們也不知昨天小艇所在的精確地點。」

安妮卻一本正經地道：「我知道。」

木蘭花和穆秀珍兩人全一呆，反問道：「你知道？」

安妮道：「是的，昨天你們兩人走後，我曾用儀器測定了那小艇的位置！我所用的儀器，就是上次在舊貨攤中買回來的那具舊六分儀，我早已將它修好，所以我知道小艇的正確地點。」

木蘭花嘉許地在安妮的頭上輕輕地拍了一下，道：「好，秀珍，你該向雲四風去借『兄弟姐妹號』了！」

「好！」穆秀珍跳了起來，去打電話了。

暴風雨過後的海面，從表面上看來，雖然已恢復了平靜，但是海水下的暗流卻遠比平時來得洶湧。是以，在海面上可以看到一大團一大團綠色或是棕紅色的海藻在海面飄浮著，這些海藻，本來都應該附著在海底的岩石之上的。

夾雜在海藻中的，是許多奇形怪狀的水母，安妮坐在船首，在她前面的，便是那架經過她修理的舊六分儀。

這一次航行，由安妮導航，是以安妮興奮得滿面紅光，她陡地覺得自己已是一個大人，正在負責進行著一件十分重要的事！

「兄弟姐妹號」出了海灣之後，在海面上轉了一個大彎，是向著海岸在疾駛的，越是近岸，海水便越是混濁不堪。

放眼望去，前面岸上全是懸崖峭壁，穆秀珍手中持著望遠鏡，向前望去，已然隱約可以看到她們的房子了。

但是就在這時，木蘭花突然拉了拉穆秀珍的手，道：「秀珍，快，快將望遠鏡給我。」

穆秀珍忙將望遠鏡放下，木蘭花已伸手接了過去。

順著木蘭花向前望出的方向看去，穆秀珍也看到了，在前面約七百碼處，停著三艘遊艇，那三艘遊艇，每一艘相隔只有十來碼，而且穆秀珍還看到有兩個人跳進海中去！

木蘭花當然也看到了有兩個人自那遊艇上跳下去，她不但看到兩個人進入海中，而且，也看到那兩個人是全副潛水裝備的！

木蘭花心中陡地一動，放下了望遠鏡，叫道：「安妮！你看到了那三艘遊艇沒有，它們所在的位置——」

木蘭花的話還未曾講完，安妮已然道：「它們所在的位置，和我測定的距離，只不過相差三十多碼，蘭花姐，他們在做什麼？」

木蘭花沉聲道：「我剛才看到有兩個潛水人員，從其中的一艘遊艇上跳入海中去，暴風雨過後，絕不是潛水的好時候，毫無疑問，他們是懷著和我們同一目的來的，安妮，你進駕駛艙，控制遊艇，我和秀珍在甲板上應付他們！」

安妮答應了一聲，轉動著輪椅，回到了駕駛艙中。

遊艇本來是依靠自動駕駛系統在前進的，安妮一進入駕駛艙之後，便將遊艇的速度減慢，但這時，「兄弟姐妹號」離那三艘遊艇，也只不過兩三百碼了。

木蘭花和穆秀珍在甲板上向前望去，可以看到那三艘遊艘，每一艘的甲板上，也各有四五人在注意著她們。

木蘭花吩咐道：「秀珍，我們只當是來遊玩的，千萬別暴露我們前來的目的，我們只在暗中監視他們好了。」

穆秀珍道：「那我們難道不潛水了麼？」

木蘭花笑了起來，道：「你怎麼那樣傻？我們潛水至多得到一支鐵錨，說不定什麼也得不到，可是如今這三艘遊艇上卻有著最好的線索，你看，他們已在望遠鏡觀察我們了。安妮，再將速度減慢些，向前駛去！」

安妮在駕駛艙中，隔著玻璃窗，向甲板上的木蘭花作了一個手勢，表示她已聽到木蘭花的吩咐，「兄弟姐妹號」繼續向前駛著。

一分鐘之後，她們離那三艘遊艇只有二三十碼了，她們已可以看到，在那三艘遊艇之上的，幾乎毫無例外，全是彪形大漢！

當「兄弟姐妹號」離那三艘遊艇更近之際，她們更可以看到那些彪形大漢面上的神色十分陰沉，一副全神戒備的神氣。那些人臉上的神情，無異是在大聲告訴木蘭花，他們正在從事一件秘密的勾當，而絕不希望給外人撞見的！

木蘭花向穆秀珍使了一個眼色，穆秀珍立時會意，將手遞在口邊，大聲叫了起來，道：「喂，可有釣到什麼大魚麼？」

這時，「兄弟姐妹號」離那三艘遊艇中最近的那艘，已只不過六七碼了，穆秀珍的叫聲，對方自然可以聽得到的。

只見那艘遊艇上的人互相望了一眼，其中一個也大聲回答道：「小姐，最好請你們駛開些，我們並不是在釣魚！」

穆秀珍自然早就知道他們不是在釣魚，但是她在聽到了之後，裝出訝異的神色來，「不是在釣魚，那你們在做什麼？」

那大漢的聲音已然十分不耐煩了，他大聲斥喝道：「不關你們的事，你們只要遠遠地駛開就行了！」

這時，「兄弟姐妹號」並沒有繼續再向前行駛，但是卻在水面上又滑出十來碼，恰好來到了三艘遊艇的當中。

穆秀珍大聲道：「這是什麼話，在海面上，我愛駛到哪裡便哪裡，你們做你們的事，我釣我的魚，礙得著你們？」

那三艘遊艇上的人互相望著，木蘭花低聲道：「秀珍，小心，看來他們會不懷好意。」她一面說，一面又向駕駛艙中的安妮，做了幾下手勢。

她是在吩咐安妮，如果對方竟然發動進攻的話，那麼，安妮就要立即利用「兄弟姐妹號」上的設備，來進行反擊！

安妮的心情十分緊張，她立時點頭答應。

就在這時候，只見在她們對面，三艘遊艇中最大的那艘遊艇的艙中，有一個人走上甲板來。那人的年紀並不大，卻握著一根手杖。

他穿著一件式樣十分新穎的花格上裝，看來像一個花花公子。

他一出現在甲板上，原來在甲板上的人立時向兩旁退了開去。單從這一點來判斷，可以知道那人是這三艘遊艇中，地位最高的一個人了。

他來到甲板上，只見他滿面笑容，道：「是兩位穆小姐麼？」

穆秀珍呆了一呆，道：「你是誰？」

那人又笑了起來，道：「穆小姐，原來真是你們，那實在太好了，我有一件十分為難的事，看來，除了請你們兩位大名鼎鼎的女黑俠幫忙之外，沒有別的辦法，可惜我又無緣識荊，正在為難，想不到卻在這裡見了面，那真太好了！」

穆秀珍心直，聽得對方那樣恭維自己，心中先已高興了起來，道：「你不認識我們，何以又知我們是誰？」

那人一直笑著，道：「秀珍小姐，你們兩人的大名無人不知，你們的玉照，也不止在報上出現了一次，叫我怎會認不出來？兩位小姐，可允許我將我心中的難題向你們兩位傾訴一下麼？即使你們肯聽，我也已感激不盡了！」

穆秀珍一張口，已然想立時答應了，但是她總算立時想到，事情十分蹊蹺，總得先徵求一下木蘭花的意見才好，是以她轉頭向木蘭花望去。

只見木蘭花冷冷地望著那人，神情十分冷漠，她看到穆秀珍向她望來，略微點了一下頭，表示可以接納那人的要求，穆秀珍這才大聲道：「好，你過來吧！」

那人向後揮著手，大聲發號施令，他那艘遊艇慢慢向前靠來，等到兩艘遊艇相距只不過兩三呎之際，那人一縱，便躍上了「兄弟姐妹號」。

從他那一下躍身的動作看來，他的身手似乎十分矯捷，真不明白他的手中為什麼要握一根手杖！

他上了「兄弟姐妹號」的甲板，便十分熱情地向穆秀珍伸出手來，穆秀珍和他握了握手，他又立時轉向木蘭花，但是木蘭花卻顯然沒有和他握手的意思，只是向甲板上的幾張椅子指了一指，道：「請坐下講你要講的話！」

那人也十分識趣，已伸出來的手立時縮了回去，在一張椅子上坐了下來，道：「兩位，我姓胡，叫胡天德，你們或許聽說過。」

木蘭花兩道秀眉略蹙了一蹙，穆秀珍卻忍不住「嗤」地一聲笑了起來，胡天德笑道：「穆小姐，你笑什麼？」

木蘭花想要阻止穆秀珍，不讓她說出來，但是穆秀珍口快，已然講了出來，道：「我為什麼笑？我只想起了你的外號！」

胡天德也哈哈笑道：「是啊，我的外號，人家替我的名字改了一個字，我明明叫胡天德，但他們替我改成了胡缺德！」

木蘭花冷笑道：「胡先生，你似乎很引以為榮。」

胡天德雙手一攤，道：「那有什麼法子？木蘭花小姐，人是為自己活著的，不是為了別人對自己的觀感如何而活著的，是不是？一個人不論他怎樣做人，總有人非議的，爺爺和孫子帶著驢子一齊進城的寓言，兩位一定是知道的？」

木蘭花道：「當然知道，但是胡先生，你想對我們說的，當然不是這個寓言，而有別的事的，對不？」

木蘭花的話明顯地打斷了他的話頭，而且還存暗示他：有話請快說，不必多囉嗦。當然，那並不是十分有禮貌的態度，但是，木蘭花在聽到了對方的名字之後，已經是儘量抑制著自己心中的厭惡了，因為她最看不起像胡天德那樣的人！

胡天德是本市著名的花花公子之一！

木蘭花並不是苦行僧主義者，她當然不會反對一切生活享受，但是她卻最看不起靠祖宗餘蔭，不是靠自己的本領賺錢來花用的那些公子哥兒。

那些人，仗著父親有錢，自己不學無術，不務正業，他們的口袋中，有著花不完的錢，但如離開了他們的父親，他們卻無法為自己找到起碼的生活，他們是不折不扣的寄生蟲！而胡天德更是這些寄生蟲中的一個典型！

胡天德的父親，是本市聲名顯赫的大富翁，究竟是怎麼發跡的，自然和別的富翁一樣，永不為人所知，而且在表面上看來，總是大商家。

胡天德至少也有三十出頭了，他是大少爺，自然可以不必做任何事，就可以享受一切，而胡天德似乎比別的花花公子更進一步，因為他十分狡詐，是以才會有

「胡缺德」這個外號！

木蘭花覺得對這種人多望上一眼，也會有作嘔之感，是以她雖然在和胡天德說話，但是她眼睛卻是望定了海面，而絕不望一望胡天德的。

胡天德卻仍然滿面笑容道：「是！我一個很好的朋友，昨天和我打賭，說他可以在一艘小艇上，在暴風雨中度過一夜——」

胡天德才講到這裡，木蘭花立時用責備的口氣道：「你竟接受了這樣疏忽人命的打賭麼？」

胡天德一副無可奈何的神情，道：「絕不是我接受他的打賭，我勸他不要那樣做，但是他一定不肯聽，有好幾個人可以替我證明這一點的，他一定要逼我接受，而且，他還出了很大的賭注，我只好答應了。」

「你們賭的是什麼？」

「一架設備齊全的直升機。」

木蘭花「哼」地一聲，胡天德繼續道：「於是他便去了，我和幾個朋友在岸上看著他——」

胡天德講到這裡，伸手向上指了一指，他指的是一幢相當大的花園洋房，那幢洋房，離木蘭花的住處大約只有半哩之遙。

「那是一個朋友的別墅，」胡天德補充著，「我們看他在海面上掙扎，可是風浪實在太大，看著看著，他就不見了。」

木蘭花又「哼」地一聲，穆秀珍的心中也越想越氣，因為為了那個無聊的打賭，她和木蘭花昨天也幾乎喪生在暴風雨之中！

是以穆秀珍立時道：「這種人，死有餘辜！」

胡天德苦笑道：「朋友一場，我明知他不會有生還的希望了，是以只好一清早便來打撈一下他的屍體，看看是不是能夠找得到。」

木蘭花淡然道：「原來是這樣，我看不出這件事會造成你的什麼困難，也看不出為什麼非要對我們提起這件事不可！」

胡天德道：「這個和我打賭的朋友，隻身一人，無親無靠，但是我怕會有人趁機來訛詐我，是以想兩位女俠幫助——」

他的話還未講完，木蘭花已發出一串冷笑聲來，道：「胡先生太客氣了，你不去訛詐人家，人家已然要感謝上帝了，請吧！」

她老實不客氣地下了逐客令，胡天德無可奈何地站了起來，木蘭花道：「準備駛出海去，別打擾了胡先生的事！」

胡天德還是滿面笑容，鞠躬如也，跳回了他自己的遊艇，而「兄弟姐妹號」也已掉轉了頭，向前疾駛而出。

穆秀珍在甲板上，重重地頓了一下足，道：「倒楣，原來是那麼一回事！」

木蘭花沉聲道：「秀珍，你相信胡天德的話麼？」

穆秀珍一呆，道：「蘭花姐，如果你根本不信胡天德的話，那麼為什麼他一講完，你就立即離去了？」

「那是我要使他以為我們已相信了他的話！」

穆秀珍又呆了一呆，才道：「為什麼？」

木蘭花冷笑一聲，道：「他編了如此拙劣的一個謊話來騙我們，當然是有目的的，如果我當面揭穿他，那就打草驚蛇了。」

「蘭花姐，你何以肯定他說的是謊話？」

「唉，秀珍，你也太粗心大意了，他的話中有好幾個破綻，是難以自圓其說的。第一，他為什麼不報警？而要自己來打撈屍首？第二，他說『打賭』之際，有很多朋友一起在，那麼，為什麼打撈『屍首』時，卻只有他一個人來？第三，這件事根本可以不被我們知道，他為什麼一定要鄭重其事地講給我們聽？可知他是要我們相信他所說的話！」

穆秀珍怒道：「這王八蛋！」

木蘭花瞪了穆秀珍一眼，道：「但是胡天德這個人，我卻要對他另眼相看了，這人的急智確然驚人！」

穆秀珍又不明白了，她道：「這傢伙編了如此拙劣且被你立時識穿的謊話，你為何還說他的急智十分驚人，不是矛盾麼？」

「一點也不矛盾，」木蘭花徐徐回答，「當我們才一接近他的時候，他根本不知道我們是做什麼的，但當他一認出我們是誰之後，他便知道我們是為什麼而來的了！」

「他不信我們是來釣魚的？」

「當然不信！他已經立即想到，我們的住所正在可以看到那小艇在風浪中掙扎的方位，他知道我們看到了那小艇，也看到艇上的那個人，和小艇在風雨中覆亡的一切經過，也知道我們是來查看究竟的，所以他才臨時編了那樣的一個故事！」

穆秀珍恍然大悟，道：「那麼，他是要我們對這件事不再有任何懷疑，從此之後再也不去管他的閒事？」

木蘭花點點頭道：「是的。」

安妮在駕駛艙中問道：「那麼，他是為了什麼？」

木蘭花深吸了一口氣，回頭看去，那三艘遊艇已變成三個小黑點了。木蘭花道：「我還是未能知道，但是我想，那一定是違法的勾當！」

「那怎麼辦？難道我們任由他們去進行麼？」

「當然不，秀珍，你去更換潛水設備，利用海中那個小潛水推進器，在海底逼近他們，你的行動要小心，不能被他們發現，而你也只在暗中監視，看他們的潛水人員究竟在海中幹什麼勾當。記住，不論他們幹什麼，你都不能採取行動，我等著你的報告！」

穆秀珍十分高興，如果木蘭花要她留在艇上，那她便大不高興了，是以她興沖沖地答應著，奔進了艙中。

十五分鐘之後，穆秀珍已然在海水中了。

海底下的海水也十分混濁，在一百呎深處比較清楚些，潛水器無聲地向前滑行著，穆秀珍小心地四面張望著，估計著離那三艘遊艇的距離。

十分鐘之後，她已看到前面有一大叢海底的礁石。而在那一叢海底的礁石中，不斷有汽泡升了上來，穆秀珍是潛水專家，她自然立時可以肯定，那一叢礁石之中有人在活動！

她將潛水器的速度減到最慢，向前慢慢逼近過去，然後，在離那叢礁石只有不到十碼處停了下來。那地方，有著一大簇海藻，穆秀珍便躲在那簇海藻之中，當她進入那簇海藻之際，有一隻很大的八爪魚，吃驚地向外逃去。

穆秀珍看著那叢礁石之後不斷有汽泡升起，但是她卻看不到那礁石後面的人，當然她也不知道那些潛水人在做什麼。

她心中正在考慮，自己如何可以轉到礁石的後面去，而不被別人發覺，她還未曾想出辦法來，突然，又看到兩個潛水人從海面上向下沉來！

那兩個潛水人，合力握著一支相當大的鐵鉤，一齊向下沉來，而那支人鐵鉤上，連著一條相當粗的鐵鍊，直通到水面之上。顯然潛水人的目的，的確是在打撈什麼東西。

但是，穆秀珍卻可以肯定，他們所要打撈的東西，決計不會是一具屍體，打撈一具屍體，是絕不需要那麼大的鐵鉤的。

穆秀珍依照著木蘭花的吩咐，不採取任何行動，只是窺伺著。

她看到那兩個潛水人，帶著大鐵鉤，也到了礁石之後。接著，礁石之後冒起了大蓬水泡來，穆秀珍看到那支大鐵鉤鉤住了一只很大的木箱，升了起來。

那只木箱大約有五呎長，兩呎高，四五呎寬，木箱上面還有著字，但由於木箱上升時，將海底的浮沙一齊帶了上來，是以穆秀珍並未能看清楚那木箱上面的是什麼字，隨著木箱吊起，四個潛水人也一齊向上浮了起來，轉眼間，上了水面。

而那只大木箱也被吊出了水面，水面上起了一陣波動，轉眼之間，便恢復了寧靜，穆秀珍注視著水面，只見水面上立即劃出了幾道浪痕，顯而易見，那是三艘遊艇已然駛走了，穆秀珍從海藻叢中出來，向前潛去。

她來到了那礁石之後，看到在兩塊大石的海沙之上，還有著一個相當深的痕跡，那自然是這個大木箱沉沒的所在了。在那個凹痕之旁，有著一條斷了的鐵鍊，相當粗，穆秀珍將之拾了起來，除此之外，便沒有什麼發現了。

穆秀珍向木蘭花報告著經過的情形，她也聽到了木蘭花的吩咐，叫她回「兄弟姐妹號」去，穆秀珍在十五分鐘之後，便已上了「兄弟姐妹號」的甲板。

她將那一截大約有三四呎長的鐵鍊，放在甲板上，木蘭花拿起來看了一會兒，道：「原來胡天德是在幹走私的勾當！他大約是想利用暴風雨來掩飾他的走私，可是走私的小艇卻出了事！」

「蘭花姐，」安妮道：「我們看到那小艇的時候，小艇上只有一個人，並沒有看到什麼大木箱啊！」

木蘭花笑了起來，道：「安妮，你對於走私的事太生疏了，海上的走私者在近岸時，會將私貨放在船上麼？當然不，他們將私貨吊在水中，那麼即使遇上了緝私船，也可以敷衍一陣，那小艇也是用這個方法，將大木箱吊在水中的，駕駛小艇的人運氣太差了，大木箱竟被夾在礁石之中，以致他的小艇在海中進退兩難，當時風浪一定還不十分大，等到我們發現他的時候，他可能已在海面上掙扎了許久了。」

穆秀珍大聲道：「我們找胡天德去！」

木蘭花笑道：「我們去找他做什麼，告訴高翔，由高翔派緝私人員去辦這件事好了，我相信還可以在他們未將走私貨運到目的地時，將他們截住的，我看到三艘遊艇向西駛去，他們泊岸的地點，多半是九號碼頭！」

「那我用無線電話通知高翔！」

「不必了，你還未曾回來時，我便已經通知高翔了，我想，緝私人員早已出發，不久就可以在幾個他們可能泊岸的碼頭上截住了！」

穆秀珍拍手笑道：「哈哈，只怕他們見到了緝私人員之後，還身在夢中，不知道已然東窗事發哩！」

木蘭花雙手伸了伸道：「當然他們想不到，我們駛出去，我知道在前面大約七八哩，有一個小海島，有很平坦的沙灘，暴風雨會將許多貝類動物捲上沙灘來，我們去看看，說不定可以找到幾枚十分稀有的深海貝殼哩！」

「好！」安妮和穆秀珍拍著手。

3 集體越獄

安妮又縮進了駕駛艙，「兄弟姐妹號」立時向前破浪駛去，不一會，便已泊定在那個小島的岸邊，木蘭花、安妮一齊上了岸。

不出木蘭花所料，在沙灘上，全是貝殼，有的是平時極罕見的，她們甚至找到了一枚「紅翁戎螺」，沙灘上響著她們的歡笑聲。

胡天德的那件事，她們幾乎已經忘了，因為她們都覺得這件事已經完結了，緝私人員人贓並獲，還會有什麼意外發展？

但是，事實的發展，往往是出人意表的，以木蘭花過人的聰明，也不能料中一切事情的意外的變化！

高翔在接到無線電話後，立時下令緝私人員出發，緝私人員分赴四個碼頭，由於木蘭花說最可能是九號碼頭，是以高翔自己和緝私人員一齊到了九號碼頭，那是在接到了無線電話之後的十五分鐘。

兩輛警方的車子駛抵九號碼頭之際，看到三艘遊艇正在向碼頭駛來，遊艇的顏色，正如木蘭花形容的一模一樣。

高翔心中暗自覺得好笑，他心忖，作奸犯科的人，往往以為自己神通廣大，所作所為，神不知鬼不覺，但是在大多數的情形之下，正當他們興高采烈之際，天羅地網早就撒下，在等著他們上鉤，他們還渾然不覺！

高翔一面注視著那三艘遊艇泊岸，一面拿起無線電話，通知已趕到九號碼頭附近的水警輪，吩咐水警輪接近碼頭，進行監視。

水陸雙方面的包圍，可以說是天衣無縫的！

高翔又揮了揮手，有十二個警員在上碼頭的必經之路兩旁隱伏了起來。高翔倚在警車之旁，悠閒地燃著了一支煙。

那三艘遊艇上的水手，工作十分嫺熟，不一會，遊艇便已泊了岸，遊艇上的人也開始上岸，走在最前面的一個，正是胡天德。

胡天德才一踏上跳板，向前看去，就看到了高翔。

因為高翔所在的位置，就在碼頭對面，相距只不過二十多碼。高翔清楚地看到，胡天德在一抬頭看到了他之際，身子震了一震。

但是胡天德卻並沒有停留，他繼續向前走來，在他走過跳板，踏上岸之際，他和高翔隔得更近了，他和高翔揮了揮手。

高翔沒有作什麼表示，因為他看到海面上，四艘水警輪正在漸漸接近，但是卻還不夠近，如果胡天德一有了警覺，而他的那三艘遊艇又有足夠的馬力的話，還是可以硬衝出去的，是以高翔不想打草驚蛇。

胡天德繼續向岸上走來，跟在他後面的有八九個人，全是彪形大漢，胡天德顯然無意和高翔說話，他上岸之後，只向前走出了四五步，便立時向右轉去，但也就在這時，高翔將手中的煙向地上一拋，叫道：「胡天德！」

胡天德陡地一呆，在他身後的十個人也是一呆。

胡天德抬起頭來，臉上帶著相當勉強的笑容，道：「高主任，有何貴幹？」

「你被捕了！」高翔只回答了他四個字！

這四個字是如此簡潔有力，胡天德的臉色立時變了，然而，他卻立即笑了起來，道：「高主任，你在和我開玩笑麼？」

高翔一揮手，隱伏在一旁的警員一齊現身出來，水警輪也在這時來到那三艘遊艇的附近，水警輪上響起了呼喝聲，警告遊艇上的人不可妄動。

高翔冷笑了一聲，道：「開玩笑？胡先生，你回頭看看，這像是在和你開玩笑麼？」

胡天德立時轉過頭去，跟在胡天德身後的十名大漢，也轉過頭去。他們自然一眼便看到岸上和碼頭附近的情形，他們也明白，他們已被包圍了！

胡天德吸了一口氣，攤開雙手，裝出了一副無可奈何的姿態來，道：「我看到了，這不是開玩笑，而是你在濫用警方的權力！」

高翔笑著，道：「請你過來，胡先生。」

「如果我已算是被拘留了，那我立即要見我的律師！」胡天德臉上的笑容也消失了，他一本正經提著要求。

「當然可以，胡先生，如果你希望你的律師親眼看到你的走私品被搜出來的話，你立時可以打電話去叫他來此處的！」高翔冷冷地回答。

胡天德立時睜大了眼，尖聲叫了起來，道：「什麼？走私？高主任，我想你一定弄錯了人，我甚至懷疑你認錯了人，我是胡天德啊，高主任！」

高翔又燃著了一支煙，道：「你不必高叫，我自然認得出你，不錯，是走私，那就是你被捕的理由！」

胡天德頓著足，道：「好，你總不能無緣無故說我走私的，證據呢？證據在什麼地方？我們是生活在一個法治的社會，是不是？」

高翔噴出了一口煙，道：「證據？胡先生，請問你帶著潛水人員出海，是為了什麼？不見得是想去收集貝殼吧？」

胡天德挺胸道：「我出海去玩，潛水是我的嗜好，這難道也犯法麼？」

「潛水自然不犯法，但是在海底的礁石中吊起一支大木箱來，而這大木箱又牽涉到一個在暴風雨中死在海面上的人時，那就有些問題了！」

高翔一面說，一面留意著胡天德的神色。

只見胡天德的臉色變得十分之難看，那顯然是高翔的話講中了他的心坎！高翔甚至可以肯定，那只大木箱，仍在那三艘遊艇之上！

他冷笑著，道：「胡先生，你明白了麼？我想你已經明白了。在那只大木箱中是什麼？照你的德行來看，那應該是一箱香水，對不？」

胡天德卻突然開口了，他語氣之堅定，態度之堅決，倒令得高翔也為之愕然，他大聲道：「我完全不明白你在說些什麼！你說我走私，說我在海底撈起了什麼大木箱，那麼，你可以搜查，你可以將你的話用事實來證明！」

高翔冷笑道：「如果你以為這樣一說，我就不會搜查，那你就大錯而特錯了！」

高翔向身後一揮手，後面一輛警車中，立時躍下七八名探員和多名警員來，高翔命令著他們：「到那三艘遊艇上去搜查，搜查的目的物，是一只大木箱——」

高翔講到這裡，略頓了一頓，又補充道：「大木箱可能已被拆散，是以要徹底搜查，水警輪上有雷達搜索器，可以配合使用。」

探員和警員奉命而去，水警輪上也有探員和警員登上了那三艘遊艇，每一艘遊艇上，至少有十五個人以上在進行搜索。

遊艇上的水手也全被趕上了岸。胡天德的臉色十分難看，在碼頭四周圍滿了人，敏感的新聞記者也已趕到了，閃光燈不住地閃著，胡天德是著名的花花公子，花花公子涉嫌走私，那將是最佳的本市新聞！

胡天德的面色十分之難看，他回頭向正在被搜索的三艘遊艇看了一眼，冷然道：「我以為，這樣的搜查，也應該有搜查令才是。」

高翔搖搖頭，道：「我想不必了。」

胡天德在無意之中捉住了高翔的一個錯處，頓時理直氣壯起來，大聲嚷道：「一定要有，如果沒有搜查令，你就是違法！」

高翔望著他，一聲不出，等到他叫完了，才懶洋洋地道：「如果你一定要的話，那麼你就拿去吧，你以為我會笨得不帶搜查令麼？」

高翔一揚手，將搜查令放在胡天德的手中。

胡天德苦笑著，接過了搜查令，他想不到高翔竟會那樣地捉弄他，在圍觀者的轟笑聲中，他感到尷尬之極！

但是，很快地，他又恢復了鎮定，交叉著手，站著不動。在他身後的那十名大漢，更是自始至終一聲不出，臉上神情漠然，像是對眼前所發生的事完全和他們無關一樣，一點也不放在心上，只採取旁觀的態度！

搜索在進行著，每一艘遊艇上，負責的警官，每隔幾分鐘，便站在船頭上和高翔做一個手勢，報告他搜查的結果。

可是他們所做的手勢，卻全是在告訴高翔，搜查一點結果也沒有，在遊艇上，找不出什麼可疑的東西來！

高翔開始感到有些不安了。

木蘭花和他說得十分明白，那是一只大木箱！就算那只大木箱已被拆開，箱中的東西也不在少數，即使是被分成了三份，分置在三艘遊艇之上，要找到它們也不是難事！

但為什麼還找不到呢？

高翔又發命令：潛水人員立即準備下水，檢查遊艇的底部！

在水警輪上，不到五分鐘，就有六名潛水人員下了水，去檢查那三艘遊艇的底部，潛水人員都是配備有特殊的檢查儀器的。可是，時間慢慢地過去，已過了四十分鐘，潛水人員下水之後，也有二十分鐘了。然而，仍然是沒有結果。

胡天德咳嗽了一聲，道：「高主任，還要多久？我想，你可以慢慢找，甚至可以將這三艘遊艇拖到船塢去，一片片拆開來。但是我們卻不能奉陪了，我們可以走了麼？還是一定要我們參觀你這種毫無根據的誣控？」

高翔的心中苦笑了一下。胡天德並不是好惹的人，他有著一切現代的知識，既然在他的口中講出了「誣控」這樣的字眼來，那麼，他是一定要對自己採取法律行動的了，如果自己找不出走私的證據，那麼——

高翔心中再度苦笑，他道：「你們的身上也一樣要進行搜查，別以為這樣，就可以混過去了！」

胡天德陰森森地道：「你說得對，在法律之前，人人平等，高主任，別以為你可以為所欲為，在法律之前，你一樣混不過去！」

高翔十分惱怒，喝道：「檢查他們的身上！」

幸而高翔想出了這一著來，當警員奉命去檢查胡天德和跟著他的那十名大漢之際，那十名大漢中的三人，突然拔腿便逃。

當然，在那樣的情形之下，想要逃走是不可能的，那三名大漢立時被捉住，在他們的懷中，也立時搜出了一柄威力相當猛的手槍來。

高翔冷冷地道：「胡先生，非法懷械，你還有什麼話要說。」

胡天德也冷冷地道：「高主任，請你弄清楚，非法懷械的不是我，我又何必說什麼話？」

高翔自己親自搜查胡天德，但是在胡天德的身上，卻一樣找不出什麼可疑的東西來，然而那十名大漢卻毫無例外懷著槍械！

那十名大漢全被押上了警車，胡天德也一樣被帶往警署，然後高翔又命令留下一艘水警輪，監視著那三艘遊艇。

胡天德到了警署之中，只說他那三艘遊艇是租來的，那十個人，他以前從來也未曾見過，而那十名大漢卻什麼也不說。

在胡天德的律師趕到之後，高翔無法再扣留胡天德，只好任由他離去，高翔回到了自己的辦公室中，感到十分之沮喪！

他曾用無線電和木蘭花聯絡，但是木蘭花、穆秀珍和安妮三人，都在沙灘上遊玩，根本不在船上，自然也沒有人接聽他的電話。

而木蘭花等三人，以為胡天德一上岸，必然被高翔兜截住，事情也定然可以告一段落，是以根本未曾再將這件事放在心上！

她們盡興地在小島上遊玩著，一直到天黑，她們才回到了「兄弟姐妹號」，就在她們剛在吃飯之際，高翔的無線電話又來了。

那已是高翔第十幾次來電話了，但是木蘭花卻還是第一次接到，當穆秀珍拿起電話之際，木蘭花笑道：「安妮，你猜猜胡天德走私的是什麼？」

「當然是毒品！」安妮回答。

穆秀珍本來也想發表自己的意見的，可是，這時她已聽到了高翔的聲音，由於高翔的聲音十分急迫和緊張，是以穆秀珍只是張大了口，並未曾發出聲來。

高翔的聲音在電話中傳了過來，十分清晰，連木蘭花和安妮兩人也可以聽得到，他道：「秀珍麼？你們怎麼不在船上，我和你們聯絡許久了！」

「我們在小島上玩，什麼事啊？」穆秀珍立時反問。

木蘭花和高翔交往已非一日，而且他們兩人的感情十分之深，這時，雖然高翔的聲音是自電話中傳過來，而且，他也只講了一句話，但是，木蘭花已經可以聽出，有什麼不尋常的事已然發生了，她立時放下了筷子。

只聽得高翔道：「蘭花在麼，自然是胡天德的事——」

高翔講到這裡，突然停了下來。

木蘭花等人自然不知道究竟是什麼事突然打斷了高翔的話頭，但是她們在電話中，可以聽到門突然被打開的聲音，和一陣急促的腳步聲。

接著，便聽得有一個人急速地在講著話。那人自然不是對著電話在講的，是以木蘭花等人並聽不清楚他在講些什麼。

再接下來，便是高翔又驚又怒的聲音，道：「竟有這樣的事？」

穆秀珍實在忍不住了，對著電話叫道：「高翔！究竟發生了什麼事？你怎麼突然之間不講話了？」

穆秀珍的高叫聲，高翔居然也聽到了，高翔立即道：「秀珍，你們快回來，到警局來和我見面，一切等見了面之後再說，現在我有十分緊急的事要處理，你們快來，你們在九號碼頭上岸，有車接你們。」

高翔講到這裡，不等穆秀珍再說什麼，「搭」地一聲，便放下了電話。

安妮和穆秀珍齊聲問道：「蘭花姐，究竟發生了什麼事？」

木蘭花搖著頭，道：「我怎知道？」

她一面說，一面已然走到了駕駛艙中。「兄弟姐妹號」是雲四風親自設計的「怪物」，從外表看來，它和一般的遊艇沒有什麼分別，但是它的造價接近一千萬美元，它不但可以潛水，而且還可以以噴射機的速度，自水面起飛。

當然木蘭花這時不必利用它的飛行設備，因為她們離岸並不十分遠，木蘭花只是將速度提到最高，六分鐘之後，她們已看到碼頭了。

木蘭花再將速度減慢，船靠岸之後，她們一齊上了岸，當「兄弟姐妹號」泊岸的時候，她們自然看到了胡天德的那三艘遊艇。

同時，她們也看到了岸上的警車，和碼頭附近的水警輪。從這種情形看來，胡天德的那件事，似乎進行得很順利，那麼，高翔如此緊張，究竟是出了什麼事呢？難道是和胡天德無關的另一件事麼？

岸上的那輛警車，一看到木蘭花等三人上岸，便立時駛了近來，一個警官自車上跳下，道：「三位請快些上車。」

穆秀珍心急，立時抓著那警官問道：「究竟發生了什麼事，快告訴我，你可別在我的面前賣什麼關子！」

那警官一面推著安妮上車，一面道：「高主任拘留了十個人，那十個人是以非法懷械罪被捕的，高主任曾問過他們，也問不出什麼來。可是那十個人，在拘留所中竟突然發難，打傷了一名警員，搶了一輛警車逃走了，高主任正在指揮追捕！」

木蘭花緊緊皺起了眉，原來發生了這樣嚴重的事情，難怪在電話中聽來，高翔的聲音是如此之緊張了！

穆秀珍忙又道：「那十個是什麼人？」

「不知道，」那警官搖著頭，「他們的身上沒有任何身分證明，只知道他們是在那三艘遊艇之上被拘捕的。」

那警官向泊在碼頭上的三艘遊艇，指了一指。

木蘭花「喔」地一聲，她本來還以為那是完全不相干的另一件事，直到此際，她才知道，事情原來還是和胡天德有關連的。

她沉聲道：「那麼，胡天德也在這十個人之中了？」

「不是，胡天德雖和他們在一起，但是胡天德的身上卻沒有搜出什麼，他說他從來也不認識那十個人，是以不能拘留他。」

穆秀珍叫了起來，道：「這是什麼話，那麼，搜出來的走私物品，還不足以構成拘捕胡天德的罪名麼？」

那位警官也參加了高翔指揮的搜查行動的，他聽得穆秀珍那樣說法，苦笑了一下，道：「秀珍小姐，我們並沒有找到什麼走私物品。」

「什麼？」穆秀珍高聲叫了起來。

她的叫聲是如此之尖銳，以致那警官嚇了一大跳。

穆秀珍忽然高叫了起來，那也是難怪她的，因為一只老大的木箱，被四個潛水人用大鐵鉤鉤住，自海中鉤了起來，這是她親眼目睹的事！而如今那警官卻說並沒有搜查到什麼，那如何不令得她驚訝？

她在高叫了一聲之後，還想講些什麼，但是木蘭花卻向她作了一個手勢，不讓她再說下去。

木蘭花只是點著頭道：「原來高主任什麼也沒有查到？唔，我看，我們還是快去和他見了面再說吧！」

那警官連聲道：「是！」

他們全上了車，警車已然以極高的速度向前駛去，轉眼之間，便可以看到市區中五光十色，奪目之極的霓虹燈光了。

穆秀珍在被木蘭花攔阻了之後，好半晌不出聲，但是她忍了兩三分鐘，卻實在忍不住了，大聲道：「高翔是個飯桶！」

木蘭花瞪了她一眼，沒有說什麼。

安妮忙說道：「秀珍姐，高翔哥哥又怎會是飯桶？」

「哼，可不是麼？」穆秀珍撇著嘴，「那麼大的一只木箱，他也會查不到，他不是飯桶，是什麼？」

安妮搖著頭道：「秀珍姐，我看，還是我們疏忽了，你想，那只大木箱，就算是在三艘遊艇之上，但是當大木箱被吊起之後，到那三艘遊艇泊岸，其間有多少時間？在那些時間中，可以發生許多變化了，對不對？」

穆秀珍瞪著眼，道：「那樣大的一只木箱，還能飛上天去麼？就算不要箱子，箱子中的東西也應該在的。」

木蘭花直到這時才開了口，她的聲音十分低沉，道：「我看，箱子已經轉到另外一批人的手中，我們實在失策了。我們不應該肯定他們一定會將箱子帶上岸，我忽略了他們在海上將東西轉手的可能性了，秀珍。」

穆秀珍恨恨地罵道：「那麼，這胡天德就可以逍遙法外了麼？」

「當然不能。」木蘭花的神情變得嚴肅起來，「秀珍，這件事，我看絕不是普通的走私案。」

安妮和穆秀珍兩人同聲問道：「為什麼？」

「你們想想，那十個人全帶著槍械，而他們在被捕之後，又能集體從拘留所中逃出去，這種事，只有受過嚴格訓練的特務人員或是軍事人員才做得出，豈是普通的走私犯所能做得到的事情！」木蘭花說著，她的雙眉也蹙得更緊了。

經過木蘭花的分析，穆秀珍和安妮也感到事情的嚴重性了。

穆秀珍還想問什麼，但車子已駛進了警局的鐵門，在警局大門前的空地上停了下來。

木蘭花首先跳下了車來，她看到高翔正在神色緊張地指揮著三輛警車出發，一看到了木蘭花，高翔叫了一聲，立時急步奔了過來。

他一來到了木蘭花的近前，木蘭花便道：「我們已知道事情經過的大概了，你不必多說，你只要告訴我，那十個人是不是有消息？」

「有了，他們搶來逃走的警車，撞毀在山邊，車上有兩個身受重傷的人，其餘八個人則不見了。」高翔立時回答。

「那兩個人呢？」

「三個人在醫院中斃命，另一個則在醫院中進行急救。蘭花，你不覺得這件事十分蹊蹺麼？他們十個人，只是以非法懷械罪被捕的。」

「當然蹊蹺之極，他們本來至多不過被判入獄半年或一年，但是他們卻冒著長期監禁的險，做出這樣的事情來，高翔，你說是為什麼？」

「我已經想過了，那是他們非逃不可。」

「他們為什麼非逃不可呢？」木蘭花又問。

木蘭花這樣問著高翔，當然不是想得到高翔的回答，來解決她心中的疑問，她只是想在高翔的回答中，印證自己的想法和高翔的想法是否一致。

高翔立時道：「他們非逃不可的原因，是因為他們全是身分特殊的人物，而如果他們不逃的話，他們的身分終會被警方弄清楚的，而他們的身分卻又是絕不能暴露的！所以他們一定要逃，用逃亡來掩飾他們的身分。」

木蘭花點著頭，高翔的想法，和她是一樣的。而且，她也可以聽出，高翔和她一樣，只想到了那十個人身分特殊，至於那十名大漢究竟是什麼身分，卻暫時未知。

要知道那十個人的身分，現在還有兩條途徑可以遵循。第一個辦法，自然是向醫院中的傷者盤詢，因為那傷者正是十個人中的一個。而第二個辦法，自然是問胡天德，胡天德說不認識那十個人，顯然是一種低能的狡賴！

是以木蘭花忙道：「胡天德呢？你可曾派人去監視他？」

「有，他一離開警局，就有四名探員在跟蹤著他。」

木蘭花道：「聽說那十個人逃走之際，曾打傷了一個警員？那警員可是看守這十個人的麼，傷勢怎樣？」

「傷勢不重，那十個人在拘留室中不斷地交談，用的語言，警員全聽不懂，忽然其中一個高聲叫了起來，那警員去干涉，卻被他所制，他們顯然受過特工的訓練，行動十分敏捷，一制住了那警員，立時奪門而出，另外三名警員趕過來，反而為他們擊倒，奪走了槍，接著，他們便衝出了門，奪車而走。」

木蘭花道：「聽到他們交談的人，沒有一個人能聽懂他們是用什麼語言在交談的？」

「沒有，我已詳細問過了，聽到的人卻說，那是一種他們從來也未曾聽到過的外國語言，他們一個字也聽不懂。」

木蘭花來回踱了幾步，道：「秀珍，那十個人，我們可能都見過，你覺得他們可能是什麼地方的人？」

穆秀珍道：「他們全和我們一樣，黃面孔，黑頭髮，而且在吆喝我走開的時候，他們的語言也沒有什麼不對！」

木蘭花點著頭，道：「但事實上，他們卻操另一種語言，所以我們對這十個人，只能廣義地下一個結論，說他們是亞洲人。」

高翔點頭道：「可以這樣說，我現在要趕到醫院去，蘭花，你可是和我一起去？」

「不，」木蘭花搖著頭，「我們還是分頭進行的好，你到醫院去，我想去看看撞車的地點和那輛被撞壞了的車。安妮，你暫時留在警局中——」

木蘭花才講到這裡，穆秀珍已著急起來，道：「我呢？蘭花姐？」

木蘭花卻並不回答她，只是問道：「高翔，你和那四位監視胡天德的探員，最後一次聯絡，是在什麼時候？」

「在半小時之前。」

「情形怎樣？」

「胡天德在家，並沒有外出的跡象。」

「地址呢？」

「花香路二十七號，那是一幢大花園洋房。」

穆秀珍又想開口，但木蘭花已轉過頭去，道：「秀珍，你到花香路二十七號去，和那四名探員聯絡，參加監視胡天德的行動，我在看過了被盜警車失事的地點之後，趕來和你相會，你千萬記得，只能監視，不能亂動，明白了麼？」

穆秀珍一聽得自己並不是無事可做，立時滿口答應。

木蘭花拍了拍安妮的頭，道：「你也不是沒有事做，你做我們的聯絡員，我們幾方面交換消息，全靠你轉達，你可得用心些，別轉達錯了！」

安妮的神情本來十分憂鬱，這時卻笑了起來。

4 金色蜂鳥

兩分鐘之後，三輛汽車接連駛出了警局，一輛向東，駛向醫院，另兩輛向西，但是在駛出了不久之後，那兩輛車也分了開來。

其中一輛向花香道駛去，而另一輛則駛向被盜警車的失事地點。這時，正是入夜之後最熱鬧的時間，燈光之下，行人摩肩接踵，誰也想不到有什麼嚴重的事發生，大城市在繁忙的活動著——其中當然包括了一切的罪惡活動在內。

通向盜警車失事地點的幾條路，全臨時封鎖了，木蘭花的車子在路口停下來，一位警官連忙迎了上來，向木蘭花行了一個敬禮。

木蘭花十分不好意思，那警官表示著對她的敬意，但是她卻並不是那警官的上司，她連忙點頭為禮，道：「就在前面麼？」

「是的，請駛向前去。」警官回答著。

木蘭花駕車又駛前了十多碼，她已看到那輛被撞毀了的警車，她看得十分清楚，因為一具探照燈正照在那輛車子之上。

那輛車子其實並沒有什麼特別，就是一輛普通的警車而已。車頭部分，撞在路邊的山岩上，整個凹了進去，重傷身死的一個人，怕是駕駛這輛警車的人，因為駕駛盤陷進了他的胸口，是以才成為致命傷的。

木蘭花走近去，看到駕駛盤也被撞扭曲了，司機位上，滿是怵目驚心的血漬！等到木蘭花來得更近時，便發現不但是司機位上，甚至整個車廂中全是血漬，車上的玻璃全被震碎，可見那一撞之力十分猛烈。

木蘭花一看到這等情形，便可以知道，在這樣的撞車情形之下，車上的十個人，一定人人都受了傷！

只不過除了兩個重傷的人之外，其餘的八個，可能只是輕傷，所以他們才能帶傷逃走！

木蘭花對事情又樂觀了些，因為以本市警方的力量而論，要追捕八個受了傷的人，應該不是難事，除非他們已有特別安排，離開了本市。

木蘭花在已被震得掉下一半來的車門中，進了車廂，她想在車廂中找尋一些足以證明那十個人身分的東西，因為這十個人的身分實在太奇怪了。

可是木蘭花卻沒有什麼發現，等到木蘭花跳下車子時，她聽到了一陣犬吠聲，四五頭警犬由警員牽著，奔了過來。

高翔對木蘭花提起過，他已在使用警犬偵察，如今警犬來了，應該已然有結果了。

木蘭花連忙迎了上去，道：「怎麼樣，警犬跟蹤到什麼地方？」領隊的一位警官道：「警犬來到海邊，就沒有結果了，看來他們由水中逃走了，我已將經過情形報告給水警輪了。」

木蘭花皺起雙眉道：「警犬是一直趨向海邊麼？」

「是的。」那警官回答道：「那可有什麼不對麼？」

木蘭花苦笑了一下，道：「我也說不上來，只不過他們有八個人之多，照理，他們逃走的時候，是應該分途逃走，而不應該在一起，打一條路逃向海邊去的，因為那樣的話，十分容易被人發覺，可是警犬卻又只走一條路，這是一個疑問！」

那警官道：「是的，我當時心中也在起疑，或許他們之中的一個人，有什麼特殊強烈的氣味，而他是奔向海邊的，所以警犬就根據那特殊的氣味，一直追蹤到海邊去，而忽略了其他的人了。」

木蘭花點頭道：「有這個可能！你們繼續等候高主任的命令，這輛撞壞了的車子可以拖走了，不必再讓它在這裡阻礙交通了。」

那警官答應了一聲，木蘭花也回到了她的車子中。

這時，她的腦海中仍然十分混亂，因為她對那十個人的身分，仍然一無所知，但是她卻又覺得那十個人，一定是身分十分特別的人！

因為他們不但不惜一切代價要逃走，而且在逃走之際還如此匆忙，甚至在撞車之後，來不及將兩個身受重傷的同黨弄走！

當時，他們可能認為這兩個人已然死了，他們現在什麼地方，他們究竟是什麼樣身分的人呢？

木蘭花雙手放在駕駛盤上，但是她卻並不立即發動車子，她在竭力回憶著那十個人的樣子，那十個人中的幾個，她是見過的。

木蘭花對於認人的本領十分高強，她可以清晰地記憶起她看到過的三四個人的面貌來，但是她的記憶卻也無助於她獲知那些人的身分。

木蘭花踏下了油門，車子向花香路駛去，木蘭花已下定決心，不論用什麼方法，一定要在胡天德的口中，套問出那十個人的身分來。她可以肯定，那決計不是普通的走私，那一大木箱中，可能是什麼極其重要和極其神秘的東西！

車子迅速地向前駛著，十五分鐘之後，便轉進了花香路。

花香路是高級住宅區，寬闊的馬路兩旁，全是附有花園的大洋房。

木蘭花在車子一轉進了花香路之後，便將速度減慢，同時，她的車頭燈也一明一暗，連續閃了五次，這是她和穆秀珍約好的暗號。

然後，她的車子停了下來，車子才一停下，便看到一條黑影，像貓一樣，無聲而迅疾地自一幢房子的牆角處跳了出來。

一看到那人跳出來的身形，木蘭花便認出她正是穆秀珍了，木蘭花連忙熄了車燈，穆秀珍也立時到了車前。

木蘭花低聲問道：「怎麼樣？」

「沒有什麼，胡天德在屋中，我和四名探員一直在注視著他，據四名探員說，這傢伙在我未到之前，一直在二樓他的房間中走來走去，後來他坐了下來，一直到現在，他還坐著不動。」

木蘭花雙眉一揚，說道：「街上可以看到他麼？」

「可以。」穆秀珍道：「你跟我來。」

木蘭花跨出了車子，穆秀珍帶著她，向前走出了七八碼，便停了下來。當她們停下之際，有兩個黑影在屋角處向她們招手。

木蘭花自然知道，那兩個向她招手的人，是高翔派來的四個探員的兩個了。她又問道：「胡天德在哪裡？」

穆秀珍向對面洋房的二樓一指，道：「你看，他在二樓。」

木蘭花循著穆秀珍所指，向前看去，只見穆秀珍所指的，是對街一幢相當大的花園洋房，那幢房子只有二樓有一間房間亮著燈，那間房間在靠近花園處，是一排落地長窗，落地長窗上，這時只拉上一層薄薄的白紗。

由於房間中亮著燈，而外面的天色黑暗，是以透過那重白紗，可以看到一個人，坐在一張椅子上，當然，那人的臉面是看不真切的，只是一個影子而已。

木蘭花向那人影看了一眼，沉聲道：「那是胡天德麼？」

「自然是他，那四個探員說，他們是看見胡天德走進去的，而在胡天德走進去之後，他們又沒有離開過，而且據他們所知，這屋子中，只有胡天德一個人！」穆秀珍振振有詞地說著。

「他坐在那裡，已有多久了？」木蘭花再問。

穆秀珍不明白木蘭花何以問之不休，她想，只要胡天德還在屋中，沒有逃走，事情就好辦了。她心中雖不以為木蘭花的追問是有必要的，但是她還是回答道：「我未到之前，他已坐下來了。」

木蘭花「哼」地一聲，道：「你到了多久？」

穆秀珍翻起手腕來，看了看手錶道：「三十二分鐘。」

「在這三十二分鐘之內，他一直坐著？」

「是的，我一直在注意著他。」

「唉，秀珍，」木蘭花嘆了一聲，「你想，胡天德此際的心情如何？他當然心境十分不寧，什麼人能夠在心境不寧的情形下，呆坐三十二分鐘之久，一動也不動呢？」

穆秀珍被木蘭花一語道破，實在有如夢初醒之感，失聲道：「蘭花姐，你是說——」

木蘭花立時道：「我說，出了意外了！」

穆秀珍連忙發出了一下貓叫聲，隨著那一下「貓」叫聲，四條黑影立時在對面屋子的周圍出現，木蘭花知道那是穆秀珍和那四名探員約好的暗號。

那四名探員一到了近前，穆秀珍便急急道：「出了意外了，我們得快設法進入屋子去，你們四個人，兩個自前門翻進去，兩個——」

穆秀珍的話還未曾講完，木蘭花一伸手，便已攔阻了她，道：「不必了，你們四人是看到胡天德進去的麼？」

那四個探員齊聲道：「是。」

「在胡天德之後，有人進去過沒有？」

「沒有！」他們又異口同聲回答。

木蘭花卻進一步追問道：「是沒有，還是你們未曾看到？」

那四個探員面面相覷，顯然他們無法肯定他們的工作是毫無疏忽的，是以他們才難以回答木蘭花的這個問題。

他們呆了片刻，其中一個探員才問道：「蘭花小姐，你認為已經發生什麼意外了呢？」

木蘭花緩沉地說道：「我認為，胡天德已經死了。」

木蘭花這一句話，不但令得那四名探員吃了一驚，連穆秀珍也嚇了一大跳，道：「蘭花姐，胡天德死了？」

「我認為是的，我們可以進去看看。」

木蘭花一面說，一面已向對面街走去，她來到了那幢洋房之前，一翻手，拋出了一股一端繫有小鉤的繩索，鉤住了圍牆，迅速地爬上了牆。

穆秀珍和那四個探員跟在她的後面，也翻上了牆，他們一齊進了花園，從一條鵝卵石鋪成的道路上，直來到了洋房的門口。

洋房客廳的落地長窗一推就開，他們順利地進入了客廳，木蘭花找到了燈掣，「啪」地一聲，亮著了燈。

客廳中的陳設，極其豪華，全是法國宮廷式的傢俱，主色是白色和金色，地上則鋪白金色的地氈。

木蘭花才一亮起了燈，便聽得穆秀珍發出了一聲驚呼，道：「蘭花姐，你看，這裡有許多血漬通到樓上去！」

穆秀珍說得不錯，在地毯上，的確有著許多血漬，因為地毯是淺色的，所以血漬看來特別明顯。

血漬從通向餐廳，通出廚房的門起，一直滴進客廳來，然後上了樓梯。木蘭花忙道：「你們兩個人，到廚房中去查看一下，小心！」

她吩咐著探員，她自己則以十分輕盈快疾的步法，向樓梯上奔去，穆秀珍跟在她的後面，道：「原來胡天德是在樓下受了傷，走到樓上去才死的。」

木蘭花身子略停了一停，道：「秀珍，別太早作草率的決定。」

穆秀珍不服氣，道：「可不是麼？」

木蘭花不說什麼，那血漬在走廊的地毯上延續著，一直通到了一間房間中。那間房間虛掩著，門內有燈光射了出來。

穆秀珍搶前一步，「砰」地一腳，將那扇房門踢了開來，房門一踢了開來，她不禁陡地吸了一口涼氣，叫道：「蘭花姐！」

木蘭花也到了門口，是以她也看到房間的情形了！

那是一間布置得很豪華的書房，胡天德坐在書桌前的椅子上，他不但已經死去，而且，他的臉上呈現一種可怕的紫色！

在他的兩眼之間，插著一枚鋼針，那鋼針的尾部，有三根鮮黃色的小羽毛，鋼針深插在胡天德兩眼之間的要害之處，而在胡天德的腳下，卻倒著一個死人！

那死人齜牙咧嘴，顯然在死前曾經過十分痛苦的掙扎。但是不論他的臉在死後已如何地變了形，木蘭花還是一眼可以認出來，自己是見過這個人的，這個人，也正是那十個人中的一個，木蘭花俯身下來，先去察看那個死人。

那死人是因傷重致死的，他身上好幾處傷口，都證明他在劇烈的撞車中受傷，在受傷之後，他自然是被他的同伴帶到這裡來的，而當他到了這裡之後，他卻因為失血過多而死了！

然後，木蘭花站起身子來看胡天德。

也就在這時，木蘭花和穆秀珍兩人聽得樓下兩個探員發出了一下驚呼聲，接著，便是一陣急促的腳步聲，穆秀珍忙叫道：「什麼事？」

「兩個死人！在廚房中有兩個死人，他們好像正是從拘留所逃出來的那十個人之中的兩個！」那兩個探員在樓下回答著。

「知道了，不必大驚小怪！」穆秀珍叫著。

木蘭花道：「他們逃獄的代價可不輕啊，十個人逃出來，四個死了，一個在醫院中，實際逃出來的，只不過五個人！那兩個被他們留在車中的，是他們當時就認為死了的，不然，他們一定也將之帶走了，他們不想留活口，因為他們不想他們的身分被人知道。」

「那麼，胡天德也是他們殺的了？」

「當然是，那便是令胡天德致命的毒針了！」木蘭花一面說，一面戴上了一隻極薄的膠手套，小心將那支針自胡天德的額上拔了出來。

那支針深插在胡天德的額骨中，木蘭花一用力，雖然將針拔了出來，但是胡天德的身子也被帶得向下跌了下來，仆在地上。

木蘭花也不理會胡天德的屍體究竟如何，她就著桌上的燈光，仔細地審視那鋼針，足足有兩三分鐘之久。

穆秀珍一直望著木蘭花，她等了兩三分鐘，實在忍不住了，問道：「蘭花姐，這種毒針，好像是非洲土人用的武器？」

「不，這是原始殺人毒藥和科學殺人武器的混合物，你看到針尾部分的深痕沒有？那一定是用一種十分巧妙的器械射出來的。而他們這些人，隱藏身分的功夫雖然做得好，可是在那三根黃色的小羽毛中，他們卻已然露出了馬腳來了。」

穆秀珍聽得木蘭花那樣講法，實是莫名其妙，因為在她看來，那只不過是三根普通的鳥羽而已，如果說有什麼特別之處，那就是它們的顏色是鮮黃色的，黃得十分奪目，鳥羽在鋼針的尾部，自然只不過是為了鋼針射出之際起平衡作用，不致失卻準繩。

那麼，這和那十個神秘大漢的身分，又有什麼關係呢？

穆秀珍剛想問，但是木蘭花卻已然道：「秀珍，快和高翔聯絡，我本來已想到事情十分嚴重，但實際上卻更嚴重得多！」

穆秀珍知道在如今這樣的情形之下，自己就算向木蘭花追問的話，木蘭花也是什麼都不肯告訴自己的。

是以，她乖乖地拿起了電話來，而木蘭花則還在緩緩地轉動那枚鋼針，她雙眉緊蹙，現出十分沉重的神情，使人更覺得事情非同凡響。

三分鐘後，穆秀珍道：「高翔來了。」

木蘭花連忙接過電話聽筒，道：「高翔，你在什麼地方？已從醫院回來了？那人死了，這是意料中的事，胡天德也死了！」

「什麼？」高翔驚叫著，「那我們不是沒有線索了？」

「我已經有線索了，高翔，如果我的觀察不錯的話，那麼，這是一件性質嚴重得出乎我們意料之外的事。」

「蘭花，你發現了什麼？」

「我立刻就來，你派人來處理這裡的事，除了胡天德之外，還有三個人，是被帶到這裡之後才死的。」木蘭花放下了電話，向穆秀珍一招手，道：「走！」

在高翔的辦公室中，木蘭花將高翔桌上的燈按得更低些，使燈光照在放在桌面上的那一枚有黃色羽毛的毒針之上。

安妮坐在桌旁，撐著下顎。

高翔、木蘭花和穆秀珍三人的目光，都定在那支毒針之上。

高翔手中還托著一本很厚的書，那書的書名是「中國雲南西雙版納以及東南亞地區鳥類圖譜」，高翔這時正翻著其中「異種金黃色蜂鳥」那一頁上，在圖片上的，是兩隻十分小的金黃色的鳥兒。

高翔的面色也十分沉重，他抬起頭來，道：「蘭花，你的知識果然豐富，這種羽毛，是那種異種金黃色蜂鳥的羽毛。你看，這裡還說明，這種鳥主要是在中國雲南、廣西兩省以南的山林地區出現，當地的苗人和傜人喜歡捕捉這種蜂鳥，把牠們的羽毛拿來做裝飾品，或者裝在毒針的尾部。」

木蘭花吸了一口氣，道：「高翔，那麼現在，你對那十個人的身分，可有一點概念了麼？」

高翔並不出聲，只是沉重地點了點頭。

穆秀珍嘆了一口氣，道：「我不知你們是在打什麼啞謎，那十個人究竟是何方神聖，蘭花姐，你快說出來，別叫我瞎猜了！」

木蘭花瞪了她一眼，道：「秀珍，你最大的毛病，就是不肯動腦筋，為什麼你自己不去好好地將得到的資料歸納起來想一想？」

穆秀珍笑道：「你已經想到了，將答案告訴我，那麼我就可以不必動腦筋，而保留腦力去想別的問題了，所以我不想！」

木蘭花好氣又是好笑，道：「我非要你想不可，我問你，在中國雲南和廣西兩省以南，是什麼地方？」

穆秀珍立即道：「在地理上，那叫中南半島，也叫印度支那，是緬甸、越南、寮國和高棉等國家，那些國家，以前都是中國的藩屬！」

木蘭花忙道：「行了，那麼，你可能將事情和如今世上最熱門的新聞聯繫起來，想一想這十個人，究竟是來自何處的了麼？」

穆秀珍畢竟不是愚笨的人，她只不過是懶得動腦筋而已，這時被木蘭花一再提醒，她心中陡地一亮，失聲道：「我明白了，那十個人是來自——」

她才講到這裡，木蘭花已一揚手，阻止她再講下去，道：「我知道你已經猜到了，但到目前為止，這還只是一個假設，不能肯定。我想，這十個人，一定全是負有特種使命，受過特殊訓練的軍官。他們到本市來，是要從事一項極其秘密的工作的。」

木蘭花講到這裡，停了一停。

穆秀珍忙問道：「是什麼秘密工作？」

木蘭花搖搖頭道：「現在，我也無法知道，我想，他們一定通過胡天德，利用什麼不法手段，想獲得一些東西，他們想獲得的東西，可能就在那從海底撈起的大木箱之中，而這一箱東西，當然是對他們的侵略行動或是血腥的恐怖行動有利的！」

安妮低聲插嘴道：「可惜我們未曾找到那只木箱！」

木蘭花笑了一下，道：「自然，不然事情早已明白，我們也不必像猜啞謎一樣地亂猜了，但這十個人的身分，大致不會錯了，他們來自和自由世界作毫無希望的抗爭的地方，試想，如果他們的身分被查了出來，那還得了？是以他們非逃亡不可！事實上，只怕胡天德也未必知道他們的身分，但是這批人本來是嗜殺成性的，他們必然要殺了胡天德滅口！」

高翔用力在桌上敲了一拳，憤然道：「我斷然不能容許他們在本市橫行不法，我一定要將他們緝捕歸案，使他們受到法律的制裁！」

木蘭花來回踱了幾步，道：「高翔，首先，你和軍方聯絡一下，他們所最迫切需要的，是戰爭物資，看看這一方面，軍方能盡些什麼力。」

高翔點著頭，道：「其次，那十個人自然是偷進本市來的，他們是如何和胡天德這個花花公子聯絡上的，也很值得研究。」

木蘭花道：「正是，這是我們如今唯一可尋的線索了，胡天德是如何認識那批負有特殊使命的人物的，這是這件事的關鍵。」

木蘭花講到這裡，頓了一頓，道：「那三艘遊艇，可曾對它們作過調查麼？」

「全部仔細調查過了，那三艘遊艇屬於一個小型的走私組織所有，我們根據遊艇上水手的口供，迅速地破獲了這個走私組織，但他們和胡天德好像沒有關係，胡天德出高價租用了這三艘遊艇，聲稱到海中去打撈東西，走私集團心照不宣，也沒有多問。」

木蘭花皺眉道：「可是對那只大木箱，船上的水手說些什麼？難道他們不知道大木箱到了何處去麼？」

「我自然問過他們，但他們的供詞是一致的。」高翔道。

「怎麼樣？」

「他們說，那大木箱吊了上來之後，就被搬進最大的遊艇的主艙之中，只有胡天德和那十個人在這艙中，他們聽到乒乒乒、乒、的聲音，一直到船快靠碼頭時，才見艙門打開，那十個人將許多木片拋進了海中，至於箱中是什麼，他們都不知道。」

穆秀珍「哼」地一聲，冷冷道：「有這個可能麼？」

高翔道：「我聽了他們的供詞之後，特地又派人去搜查那個主艙，可是仍然沒有找到什麼，但所有的水手全都那樣講，我曾將他們分開來，逐一審問過。」

木蘭花又來回地踱了起來，道：「那真是怪事，那麼大的一只木箱，裡面的東西怎能藏得如此嚴密？莫非箱子是空的？」

她這句話講出了口，連她自己也不禁大笑了起來。箱子之中自然不會是空的，只不過裡面的東西，不知被他們用什麼法子藏起來，或者，又拋進海中，暫時保存在海底了。

她想了片刻，道：「時間不早，我們也該回去了。高翔，你和軍方聯絡之後，有什麼結果，不要忘記和我聯絡。還有，我在海灘找到那碎片，上面有一艘軍艦的名字，這多少也是一項線索，你不妨和軍方的情報官提及一下！」

高翔答應著，送她們三人出了警局。

在歸途中，木蘭花久久不出聲，安妮則不住地在長吁短嘆，令得穆秀珍忍不住問道：「小安妮，你不斷嘆氣做什麼？」

安妮又嘆了一聲，道：「你不知道那場戰爭的可怕，這批人專門襲擊和平城市的平民區，他們發動一次襲擊，往往有千百人死亡，上萬人流離失所，你想，如果他們又用不法手段，得到了什麼厲害武器的話，豈不是更可以助他們為惡了？」

木蘭花道：「安妮，那只不過是我的猜測，到現在為止，我們還不知道他們究竟是為著什麼樣的目的而來的。」

等到她們回到家中的時候，已然過了午夜了。

她們在鐵門口下了車，木蘭花下車打開了鐵門，穆秀珍將車子直駛了進去。

5 古怪條件

夜色非常寧靜，和昨天晚上的暴風雨，不可同日而語。

她們在回家之後，又吃了些東西，然後欣賞了十分鐘輕鬆的音樂，以緩和緊張的神經，便準備就寢了。

可是，穆秀珍剛一將安妮抱上床，電話鈴就響了起來。

穆秀珍順手拿起電話來，道：「喂！」

電話那邊，是一個十分濃濁的聲音，穆秀珍以前從來也未曾聽到過那樣的聲音，這種濃濁的聲音，有可能是故意假裝出來的。

那聲音道：「木蘭花小姐？」

穆秀珍向木蘭花招了招手，木蘭花接過了電話來，道：「什麼人？」

那邊的聲音又問道：「木蘭花小姐？」

「是的，閣下是誰？」

但是木蘭花的聲音卻得不到回答，那聲音聽來更含混不清了，只聽得他道：

「小姐，我認為你們實在太好管閒事了！」

木蘭花呆了一呆，伸手按下了一個掣，一架精緻的答錄機已開始工作，那樣，這個電話的交談，就會全部被記錄下來，可以交給專門人員去研究。

木蘭花道：「你說得不錯，我們的確好管閒事，但是我卻不知道你是指那一件具體的事情而言，請你說明白一些。」

「那還用說麼？」對方的聲音十分惱怒，「不是你們干涉，什麼事情也不會有，但是現在，我們方面卻損失了五個人！」

木蘭花立時冷笑道：「恐怕你們的損失，不止是五個人吧！」

木蘭花的思想十分靈敏，她一聽得電話正是和這件事有關的人打來的，她立即知道，對方是斷然不會為了死了五個人而來橫生枝節的。

如果他們已經得到了他們所要得到的東西的話，那麼，不要說死了五個人，就算只剩一個人，也當作任務完成了！

因為，在他們的社會中，人命是最賤的東西，「人海戰術」便是他們的同路人發明的。如果說他們會為了五條人命而來生事，那倒好笑了！

那麼，剩下來唯一的結論，便是他們未曾得到他們想要到手的東西！

他們為什麼會未曾得到要得的物事，木蘭花還不清楚，但是木蘭花卻立即想到了這一點，是以才冷冷地回答了那人一句。

那邊顯然被木蘭花的一句話說中了要害，是以呆了足有半分鐘之久說不出話來，半分鐘之後，才聽得他道：「你很聰明，小姐。」

木蘭花仍然冷冷地道：「不敢當。」

「如果你是聰明的話，」那邊又道：「你就應該和我們妥協，我們是破壞專家，你應該知道，你不想這個城市遭到破壞吧？」

木蘭花冷笑一聲，道：「你們在一次偷偷摸摸的行動中，已然損失了一半人，如果再想進行什麼破壞，不怕全軍覆沒麼？」

那邊怒吼了起來，道：「我們的人可以大批秘密進入，到那時，你們就後悔莫及了，而現在，我們的條件卻十分簡單。」

木蘭花也呆了片刻，對方講的話，倒不能全以虛言恫嚇置之的，但是如果自己詢問對方是什麼條件的話，那倒反使對方以為威脅得逞了。

是以，她只是發出了一連串的冷笑。

在木蘭花的冷笑聲中，那混濁不清的聲音道：「我們的條件很簡單，在碼頭時，警方曾搜去了十柄手槍，將那十柄手槍還給我們就算了。」

木蘭花陡地呆了一呆，一時之間，她幾乎懷疑自己聽錯了對方的話！但是對方實在說得十分清楚，他只要得回十柄手槍！

木蘭花只聽得高翔說起過，當時在九號碼頭所發生的事，她也只知當時如果高翔不是在那十個人的身上，各搜出了一柄手槍的話，他根本沒有法子扣留那些人。但是木蘭花卻不知道那十柄手槍究竟是什麼種類的手槍。

木蘭花也根本未曾將這個問題問過高翔，高翔也未曾對木蘭花說起過，那麼，可想而知，那十柄手槍，一定是普通的手槍，並不值得十分注意的了。

但是，何以對方所提的條件如此古怪，什麼也不要，只想要得回那十柄手槍呢？可知其中一定大有文章！

木蘭花心念電轉，她只不過停了幾秒鐘未曾說話，便立時道：「十柄手槍？你們已死了五個人，卻希罕得回十柄手槍？」

對方的聲音有些惱怒，道：「這不關你的事，小姐，你管的事太多了，如果你不在一小之內給我答覆，那麼你就可以知道我們的破壞能力了！」

「一小時之後，我如何和你聯絡？」木蘭花急忙問。

她自然不是真的想和對方聯絡，而是想在對方說出了聯絡的辦法之後，偵測對方的所在！

木蘭花問得雖然聰明，可是對方卻也一點不笨，冷笑著道：「我會打電話來和你聯絡的，小姐！」

他話一講完，「卡」地一聲，電話已然被掛上了！

木蘭花呆立了幾秒鐘，也放下了電話，道：「自動接線電話的唯一缺點，就是沒有一個簡便的方法，查明電話是從何處打來的。」

安妮躺在床上道：「就算查得出，也不見得有用，他可以用公共電話，也可以在任何地方借打電話的！」

穆秀珍則心急地問道：「他講些什麼？」

木蘭花將電話中那人的話重覆了一遍，穆秀珍手在床上用力一拍，道：「那還用說，一定是那十柄手槍中，有極大的古怪！」

木蘭花道：「我也是那麼想，可是高翔為什麼未曾和我們提起這件事呢？他對於一切軍械的知識是極其豐富的。」

「我打電話問他！」穆秀珍連忙拿起了電話。

木蘭花並沒有阻止她，因為她也正想將那件事告訴高翔。

穆秀珍在接通了警局之後，請接線生接到高翔的辦公室去。可是接著，她聽到的，卻並不是高翔的聲音。

穆秀珍已經有點不耐煩了，大聲道：「我姓穆，我要找高翔，高主任，有要緊的事情，不管他在做什麼，都叫他來聽電話！」

那邊的聲音卻十分客氣，道：「原來是穆秀珍小姐，高主任在幾分鐘之前出去，他是到你們那裡去的！」

「哦，他到我們這裡來了？」

「是的，我是值日警官，他從儲存室中提出了那十柄手槍來，研究了沒有多久，便和你們通電話，但是你們的電話正在通話。」

「是，是的，我們正在通話。」穆秀珍有些興奮。

「我也不知道高主任發現了什麼，看他的情形，像是十分要緊，他打了幾次電話沒有打通，便帶著那十柄手槍，到你們那裡去了。」

「好，謝謝你！」穆秀珍放下了電話，道：「蘭花姐，高翔來了，他一定在那十柄手槍中發現了什麼，是以立時找我們來了！」

木蘭花的面色卻陡地變了一變，道：「他是一個人帶著那十柄手槍到我們這裡來的麼？」

穆秀珍瞪視著木蘭花，道：「是啊，你緊張什麼，高翔又不是小孩子，不要說帶十柄手槍，就算是十挺機關槍，他也——」

穆秀珍未曾講完，木蘭花已然頓足道：「秀珍，我們現在至少知道，那十柄

『手槍』一定是十分重要的東西，是對方非到手不可的，高翔單身一人，帶著那十柄手槍，如果在半途遭到對方的襲擊，那豈不是——」

木蘭花講到這裡，未曾再講下去。

穆秀珍呆了半晌，道：「對方未必知道高翔離開警局是到我們這裡來，而且，更未必知道他隨身帶著那十柄手槍的！」

木蘭花冷笑了一下，道：「你想對方會那樣愚蠢麼？他們會打電話來威脅我，自然也會監視著高翔，而且，高翔會突然從儲藏室將那十柄手槍取出來研究，極可能是對方也打了同樣的電話給高翔，所以高翔才去察看那些手槍的，而對方同時又霸住了我們的電話線——」

木蘭花講到了這裡，突然停了下來，吸了一口氣。

安妮則叫了起來，道：「那一切全是對方安排的詭計，他們特地要高翔取出那十柄手槍來看，他們也知道高翔在發現那十柄手槍上有奇特的地方時，一定會和我們聯絡，而聯絡不到的話，他就會將槍帶來給我們看！」

穆秀珍也臉上變色，道：「然後，他們就在半途截擊高翔，奪回那十柄手槍！」

在穆秀珍叫出了那句話之後，她們三人全都不說話，沉默了大約半分鐘，穆秀珍和安妮才異口同聲地道：「蘭花姐，我們怎麼辦？」

木蘭花雙眉緊蹙著，她們在這時想到了這一點，離事情發生雖然還沒有多久，但是一定已經遲了！如果有什麼事會發生在高翔身上的話，一定已然發生了！如今，她們應該做些什麼工作，來補救這件已然發生的事呢？

在穆秀珍和安妮兩人的注視下，木蘭花想了足有一分鐘，才道：「秀珍，現在這一切，還只是我們的猜想，未必是事實，但是我必須循高翔的來路去看一看，我知道他平時來我們家是走哪一條路的，希望我能在半路上遇到他——」

木蘭花明知在半路上遇到高翔的可能性是微之又微的，是以她講到這裡，苦笑了一聲，便不再講下去。

穆秀珍忽然問道：「我呢？」

「你在家中等著，」木蘭花續道：「或者高翔根本沒有事，我在路上也沒有遇見他，那麼他自然會到我們這裡來的，你吩咐他不要再外出，我很快就回來的。」

穆秀珍連連點著頭，木蘭花轉到工作室中，換了裝束，帶了一些應用的東西，奔下了樓梯，不一會，穆秀珍和安妮都聽到了摩托車發動的聲音。

穆秀珍連忙來到了窗口，向外望去，她看到木蘭花騎在摩托車的尾部還在閃著那盞小紅燈，但是轉眼之間，摩托車便已駛得看不見了。

穆秀珍轉過身來，嘆了一聲，道：「蘭花姐如果恰好在高翔受到截擊時趕到，那就太好了！」

安妮則道：「希望高翔哥哥根本沒有受到截擊！」

安妮和穆秀珍兩人都說著她們的希望。但是，主觀的希望和客觀的事實，往往是截然相反的，確如她們所猜到的那樣，高翔遇到了襲擊，而木蘭花也並沒有在高翔遇到襲擊時趕到！

當木蘭花接到那個無頭電話之前，高翔也接到了同樣的電話，在電話中，那人講話的聲音，也是一樣的含混不清，提出的威脅也是同樣的，而且，也要高翔將那十柄手槍還給他們，便萬事全休，要不然，就要以破壞手段來對付本市！

高翔在對方掛了電話之後，本來是想立時和木蘭花聯絡的。如果他當時那樣做了，那麼以後事情的發展，就可能大不相同了。

但是，不論什麼人，對於未曾發生的事，是沒有法子預料的，所以高翔那時在想了一想之後，決定先研究一下那十柄手槍，看看對方何以那麼迫切地要得回它們，然後再和木蘭花聯絡。

他立時下令，將那十柄手槍從儲藏室中提了出來。

那十柄手槍的柄上，都繫了一塊牌子，這證明它們曾被登記，編號，在那十個人上法庭的時候，這十柄手槍，便是證明那十個人犯有「非法藏械」罪的證物。

當那十柄手槍放在高翔辦公桌上的時候，高翔實在看不出它們有什麼特別來。

那種手槍十分大，是一種特大的軍用手槍。但是高翔在軍械方面的知識，畢竟是十分豐富的，他在審視了幾秒鐘之後，首先發現，那些槍，全是簇新的，一次也未曾使用過！而且，十柄手槍，毫無例外！

十個人，身分如此之神秘，他們配槍，不是為了狙擊，就是為了防身，在這種人身上的配槍竟是簇新的，連油也未經抹去，這不是很可疑麼？

高翔連忙取起了其中的一柄，褪下了槍膛中的子彈來。當子彈一被褪下之際，高翔便看出那種手槍的與眾不同之處來了！

它有七顆子彈，可是那子彈卻比普通的手槍子彈長出一倍，已接近步槍子彈了，而且在彈夾中的排列也是斜排，而不是橫排的。

當高翔取下了其中一顆子彈，再細加審視之際，他更發覺，那絕不是普通的子彈，而是一枚超小型的火箭！那也就是說，如今在他桌面上的那十柄手槍，全是最新型的武器，全是威力十分強大的火箭槍，而且是新型的火箭槍。

火箭槍出現，已有相當時日了，高翔也見過幾種不同類型的火箭槍，但是這種外表看來和舊式手槍一樣的火箭槍，高翔卻還是第一次看到。

而高翔也立時聯想到了那只大木箱！他們在海中撈起來的那只木箱，其中的物事，顯然就是這種火箭槍，木箱的來源如何，高翔還無法知道，但是那火箭槍絕不是那些人自己製造得出，高翔卻是可以肯定的。

木箱十分大，箱中的火箭槍自然不止十柄，但他們只取了十柄，其餘的自然全被拋入海中了，他們有了這十柄槍做參考，要仿製也就不是什麼難事了！

從這一點推斷，也可以說明為什麼在那三艘遊艇上，搜查得如此之詳細，但是卻一無所獲，原來木箱中的東西已全帶在身上了。如果當時，自己不是搜查那十個人的身上，那麼，他們這項私運軍械的任務也已完成了！

高翔想到這裡，心中實是高興之極，因為謎一樣的案情，已然現出了曙光，他已得到了極大的線索！

高翔連忙放下手中的子彈，拿起電話來。

可是當他撥了木蘭花的電話號碼之後，聽到的卻是正在通話的信號，高翔連打了幾次，都未曾打通。

他心忖，反正事情在電話中講，也講不明白，木蘭花也非看到那些特殊的火箭槍不可，於是，他拉過一只公事包，將公事包中的東西全倒了出來，將那十柄火箭槍一齊放了進去，然後提著公事包，走出了辦公室。

他一出辦公室，便對值日警官說明，他是去見木蘭花的，以便有要事之際，可以在木蘭花處找到他。然後，他走出大門，上了車。

他將那十柄火箭槍放在身邊的座位上，發動了車子，向前疾駛而出。

高翔有了那麼重要的發現，他一心一意，只想木蘭花快一點知道這件事，是以他並沒有發現，就在他一離開警局之際，便有一輛小型的汽車跟蹤在他的後面！

那輛小型車跟蹤技巧十分高超，它離高翔的車子相當遠，但是又不至於看不到高翔。駕駛那輛小型車的，是一個身材十分魁偉，面色黝黑的男人。

高翔如果見到他的話，是一定可以認得出他來的，因為他就是曾被拘留而又逃走的那十個人中的一個！

在六七分鐘之後，高翔的車子已駛出了市區，開始駛上郊區的公路了。那輛小型車仍然跟在後面，只不過距離得更遠了些。

那漢子一面駕著車，一面取起了無線電話，沉聲道：「他已駛上公路，就要接近你們了，你們已奪得那加油站了麼？」

他扳下一個掣，便聽到了回答，道：「是，我們已準備好了一切全照計畫進行著，十分順利，他大約多久可以來到？」

「兩分鐘！」那大漢回答著。

這一切，高翔全是不知道的。由於已經來到了郊區的公路上，沒有什麼車子，是以他將車子的速度提得相當高。

公路上十分黑暗，但是，一分鐘之後，高翔便已看到了一片光亮。他知道，那是一個加油站，高翔經過這個加油站已不知有多少次了。

然而這一次，卻有點異樣，離加油站還有幾百碼時，高翔便看到一輛運汕車橫在路上，幾乎將公路的去路全擋住了。

而在那輛運油車之前，則有兩個穿著加油站工作人員制服的人，正在揮動著手，示意高翔將車子停下來。

如果這時高翔不是急於要去和木蘭花見面的話，那麼他一定會停下來，調查一下，究竟這輛運油車發生了什麼意外的。但是，這時他卻有急事在身，他心急得連電話打不通，都不再等下去，而趕去和木蘭花相會，自然不會在這裡多耽擱時間的。

而且，他已然看到，那輛運油車雖然橫在路中，但是在車尾與加油站之間還有空隙，勉強可以容一輛車子穿過！他就準備將車子在那道夾縫中穿過去。

所以，當他看到那兩個人向他揮著手，示意他將車子停下來之際，他並未減慢車速，而是大力按著喇叭，表示他無意停車。

他的車子迅速地接近加油站，那兩個揮手的人，身手敏捷地向後跳了開去，高翔在他們向後跳去的那一剎間，已令得車子「呼」地穿了過去。

可是，也就在那一剎間，他陡地踏下了剎車，發出了一下極其難聽的急剎車聲，令得他的車子停了下來。

因為當他的車子在那兩個人身邊掠過之際，他看到那兩個人並不是加油站的職員，但是那兩個人的臉容，他卻十分熟悉！

他一想到這一點，便立時停住了車子，當時，他還只是覺得事情十分蹊蹺，非弄個明白不可而已。但當他的車子停定之後，他卻已然想起來了，那兩個穿著加油站工作人員制服的人，正是那十個逃亡者之中的兩個。

高翔一想到這一點，一手提住了那公事包，身子連忙一矮，也就在那電光石火的一剎間，槍聲自後面響起，他汽車後窗玻璃碎裂，子彈穿過車廂，令得前窗玻璃也同時碎裂，如果他不是及時伏下身來的話，一定會被子彈射中了。

他身子蹲著，也已拔槍在手，他疾伸手，打開了車門，將車門推向外，身子縮成一團，一個翻滾，便已滾出了車外。

在他滾出車外的那一剎間，槍聲更加密集，他的車子已著火燃燒了起來，但是高翔卻已滾到路邊，那裡近著山，十分黑暗，可以找到地方藏身。

高翔一閃身，躲藏到了一塊大石之後，向前看去。

直到這時候，他才有時間打量眼前的情形，他並沒有看到什麼人，只看到那橫在路中心的運油車突然發動，向前衝來，可是在車頭卻看不到有人駕駛，那自然是駕駛者伏在車窗之下。

當高翔看到運油車企圖向自己藏身處撞來之際，他立時射了三槍！

隨著那三下槍響，只聽運油車突然打了一個轉，接著，便是一下驚天動地的爆炸聲！

整輛運油車爆炸了，火焰衝得至少有三百呎高，高翔所藏匿的路邊，距離爆炸的運油車只不過三十呎左右，隨著那一聲巨響，一股挾有巨大力量的氣浪湧了過來，他身前雖然有那塊大石遮擋著，但是仍然無法和氣浪襲來的那股力道相抗衡。

在幾乎只有百分之一秒的時間內，高翔只覺得一股灼熱的風向自己撲了過來，令得他的身子陡地向後撞了開去。

他的後腦重重地撞在另一塊大石上，那一撞，令得他失去了知覺，是以他的身子向旁一側，路邊是一個十分陡峭的山坡。高翔那時已經昏了過去，自然也無法平衡自己的身子，是以他的身子就在山坡上向下滾了下去。

運油車轟轟地燃燒著，火焰像是一根碩大無朋的火柱，捲著濃煙，直衝凌霄，映得半邊天紅，這時，跟蹤高翔的那輛小車子也已到了，立時有三個人奔向那輛車子。車中的人忙問道：「得手了麼？」

「沒有，」那三個人還穿著加油站的工作服，「我們又犧牲了一個人，高翔不知道躲到什麼地方去了！」

那人向燃燒中的運油車一指，道：「這是怎麼一回事？一切都安排好了，你們還會將事情弄糟，真是蠢得可以！」

另一個人道：「現在不是檢討的時候，我看到高翔自車中滾出來，是滾向那面路邊的，我們不會有多少時間可以利用了，快過去看看！」

他們四個人一齊繞過了燃燒著的運油車，向前奔去，奔過了高翔剛才藏匿的大石，向下面黑暗的山坡下攀去。

運油車燃燒的火焰，在幾哩外都可以看得到，在他們四人攀下山坡後不久，救火車便已趕到，首先趕到的救火英雄無用武之地，因為燃燒的是汽油，接著趕到的泡沫救火車，才將火勢控制了。

就在這時，木蘭花的摩托車也趕到了！

由於油車燃燒的地點和加油站十分近，是以趕到現場的警務人員已經臨時封鎖了公路。

木蘭花在離家不久，轉過了一座山頭之後，便看到了火焰和濃煙，她自然還不知道事情和高翔有關，但是她卻知道發生了非常的變故。

是以她將摩托車駕得飛快，以致在遭到了攔截而停下來之後，摩托車陡地跳了起來，幾乎將她直摔了下來！

木蘭花鎮定了車子，兩個警員迎了上來，他們一到了近前，便「啊」地一聲，道：「原來是木蘭花小姐。」

「是我，」木蘭花連忙問：「前面發生了什麼事？」

「一輛運油車爆炸起火，火勢已被控制了，」一個警員回答著，「加油站的三個工作人員，事先被幾個人捆綁了起來，那幾個人便改穿了他們的工作服！」

木蘭花聽到這裡，只覺得自頂至踵發出了一股寒意！不消說，那一定是那批人的計畫了，他們正準備在這裡截擊高翔！

是以木蘭花立時又問道：「那麼，高翔怎樣了？」

那兩個警員現出驚詫的神色，反問道：「高主任？」

他們接到火警的報告而來，自然未曾將事情聯繫在一起，是以聽得木蘭花忽然問起高翔，不禁覺得奇怪。

木蘭花也不和他們多說，只是道：「我去前面看看！」她一面說著，一面已大踏步地向前奔了過去。

這時，運油車大火已熄了，只是還在冒著濃煙，運油車已成了一堆廢鐵。在運油車不遠處，另外有一輛汽車，也是燒得焦黑一片。

在那輛汽車之旁，兩個警員正呆呆地站著，他們的臉上充滿了驚駭莫名的神色，其中一個，一抬頭，看到了木蘭花，忙叫道：「蘭花小姐，你快來！」

木蘭花奔到了那輛車子之前，道：「怎麼樣？」

那警官向這輛車子一指，道：「蘭花小姐，這輛——是高主任的車子，高主任的車子為何會在這裡？」

木蘭花只覺得手腳一陣冰冷！但是她畢竟是一個非凡的人，她還有足夠的鎮定問道：「那麼高主任呢？他是不是在車子中？有沒有發現他？」

那兩個警官搖了搖頭，其中一個道：「這輛車子在燃燒時，顯然沒有人，但是那輛運油車在爆炸的時候，卻是有人的。」

木蘭花回頭向運油車的殘骸看了一眼，不禁倒吸了一口涼氣。如果運油車發生爆炸時，車中有人的話，那情形實是不堪設想的了！」

木蘭花自齒縫中迸出了三個音來，道：「那是誰？」

那兩個警官一齊苦笑了起來，道：「根本沒有法子認了，我們只不過在路面上發現了一隻被燒焦了的手，和在油車的駕駛位上，發現了一些燒焦了的——」

那兩個警官講到這裡，也覺得講不下去。

木蘭花只覺得一陣昏眩，但是她的心中卻有著十分堅強的信念，那種信念告訴她：那不會是高翔，在運油車中的，絕不是高翔！

木蘭花的心中所以會有那樣的信念，絕不是什麼「神示」，也不是什麼「第六感」，而完全是她受過嚴格的科學訓練的頭腦，進行科學分析的結果。

木蘭花趕到現場雖然還不到三分鐘，可是出事之際的大致情形，她已然可想而知了，高翔駕車前來，在這裡受阻。

那麼，高翔自然立即從自己的車中跳出來，去找尋躲避的地方，除非高翔是一個白癡，要不然他絕不會在自己的車中跳出來之後，再躲進運油車中去的。

木蘭花不但想到了這一點，而且還立即作了進一步的判斷，她猜測，高翔一定滾進了路邊，而敵人方面，駕著運油車想去撞他，或者逼他！

高翔在那樣的情形下，自然只有開槍還擊，運油車中槍之後，自然起火爆炸，要不然，運油車的安全設備十分好，絕不會自動爆炸的！

敵人方面不止一個，死在運油車中的只是一個，那麼其餘的人，在什麼地方呢？

6 故布疑陣

木蘭花無法再進一步推斷下去，因為事情發生之際，她究竟不在現場，她如今又沒有獲得更進一步的可供分析的資料！

她略想了半分鐘，便道：「高主任是在半途受到襲擊的，請你們快命令弟兄在兩面路邊找尋他的蹤跡，我和方局長通話。」

那兩個警官連忙答應著，木蘭花來到了一輛警車之前，利用無線電話，和方局長取得了聯絡。

木蘭花不停地說著，道：「方局長，高翔在公路的加油站出了事，請派所有攜帶探照燈的車子來，同時令直升機出動，更請派人守住公路的兩端，和公路旁的一切小路。」

方局長剛接到運油車爆炸的報告，他急忙問道：「高翔的事和運油車爆炸，可是有關連的麼？那麼，他現在，他——」

木蘭花答道：「我想他沒有生命的意外——我是指他並未在運油車爆炸中喪生

——他可能落在敵人的手中，我們要儘快行動！」

「好，我會帶大批人員前來的！」方局長答應著。

木蘭花放下了無線電話，她看到至少已有二十名警員已開始攀下兩面山坡，在進行搜索了，她也攀下了山坡，去參加搜索。

山坡上樹木雜生，野草比人還高，天色又黑，要找尋什麼，是極其困難的事，但二十分鐘之後，情形便大不相同了！

方局長率領了大批人員趕到，有八架強力探射燈照向兩面的山坡，同時，大隊人員也參加了搜尋的工作，直升機也來了。

不多久，他們便發現在一塊大石之後，找到有人滾下去的痕跡，一位細心的警員，在一根樹枝上找到了一條布條，那分明是一個人滾過被樹枝帶下來的。

順著那條線索找下去，來到了一個小小的石坪上，在那石坪上的兩塊石頭中，發現了一柄手槍，那是高翔慣常佩用的大號左輪！

有一點是可以肯定的，那便是：高翔到過這個小石坪之上，他可能是滾跌下來的，到了那小石之後，情形如何，就不得而知了。

因為，只發現了高翔的手槍，而並沒有找到高翔。

而再向下去，是峭壁，峭壁至少有兩百呎高，然後是亂石灘，海水正沖擊著，如果高翔在那小石坪上，繼續跌下去的話——

木蘭花倒吸了一口氣，她和方局長一齊站在那小石坪上，木蘭花道：「直升機上可有照明設備？方局長，你命令他們照著那峭壁，我要攀下去！」

方局長點著頭，向副官一招手，副官攜著無線電話，來到了方局長的身邊，方局長下了命令，強烈的燈光自直升機中射了下來。

木蘭花向下看去，那兩百多呎高的峭壁，實在藏不了什麼，高翔若是一直跌了下去的話，那麼，一定已經跌進海中去了！

在那一剎間，木蘭花只覺得自己的鎮定完全消失了，她只是呆立著，她能夠站立著，已經算是十分不容易的事了！

事實上，高翔從山坡上滾跌了下來，滾到那小石坪上，並沒有再向下滾去，他的身子停在小石坪上，他的左手仍然緊抓著那公事包。

而且，當他落在石坪上，那劇烈的震盪反倒令得他醒了過來，然而他才有了知覺，便聽得有人叫道：「他在這裡！」

高翔這時雖然已經恢復了知覺，但是他一路滾跌下來，身子在樹幹和石塊上撞擊著，好幾處地方全受了傷，當他想用手按著，站起身子來時，只覺得脅下一陣疼痛，竟然站不起來，而此際，他已經看到，有兩個人在迅速地向他接近了！

高翔連忙揚起右手來。

在他的記憶之中，他右手是握著槍的，他就是用槍擊中了油車，才引起了爆炸，而爆炸所產生的氣浪，又將他湧下山坡的。

可是這時，他揚起手來，想對付那兩個向他逼近來的黑影時，卻發現他手中的槍不知已在什麼時候失去了！

他手中沒有武器，而他又受了傷，脅下陣陣疼痛，連要站起來也在所不能，在急切之間，高翔無法可施，身子向旁，疾滾了開去。

高翔跌落在這個石坪之上，一有了知覺，便已看到有人向他逼了過來，他根本來不及察看自己所處身的環境，是以他也不知道自己所在的那個石坪，面積並不大，如果滾多幾下，就會跌下兩百多呎的峭壁，直跌進海中！

而事實上，他只不過滾了兩下，那兩個人已然撲到了他的近前，在那兩個人飛撲而至的同時，另外有兩條黑影也迅速地自山坡上落了下來。

首先撲到的那條黑影，到了高翔的身邊，舉腿便向高翔的頭部踢來，高翔人仍然躺在地上，他手中可以用來還擊對方的唯一的東西，就是那只裝有十柄火箭槍的公事包，是以他一看到那人揚腳向自己踢來，他猛地一側身，用力將公事包向那人的膝蓋砸去！

只聽得「啪」地一聲，那一下砸個正著，高翔是傾全力砸出的，力道自然不輕，只聽得那人悶哼了一聲，身子直退了出去。

他退得十分之突然，在他身後的一個人，本來也在迅速地撲向前來的，料不到前面的人忽然之際向後退了開來，逃之不及，只聽得兩人一齊發出了一下呼叫聲，在後面的那人，被前面那人一撞，撞得身不由主向後連退了幾步，陡地一腳踏了個空！

而當他一腳踏空之際，再想穩住身形，卻已在所不能了，只聽得他發出一下極其尖銳的慘叫聲，而那下慘叫聲卻極其迅速地在向下沉去，像是流星劃空而過一樣，轉眼之間，便已聽不到任何聲響，那人已從峭壁之上跌下去了！

這突然其來的意外，令得其餘三個人都呆了一呆。

不但是那三個人一呆，連高翔也是一呆，因為高翔明白了自己的處境，向下滾去，是沒有生路的，要逃生，只有攀上山坡去！

他抬頭向上看了一眼，看到烈焰沖天，山坡陡峭，要爬上去，並不是易事，更何況就在眼前，還有三個虎視眈眈的敵人！

高翔勉力站起了身子來，向前跌跌撞撞走出了兩步。但是，他才走出了兩步，那三人已一齊閃動身形，將他圍住。

雖然天色濃黑，但是公路上的火光，也照映得這個小石坪上，時不時閃起一陣光芒來，高翔可以清楚地看到那三人的手中，全握著槍！

而同時，高翔也已聽到救火車的尖叫聲，自遠而近傳了過去。高翔此際，實際上是處在極度的下風的。但是他卻知道，要扭轉劣勢的話，現在只能依靠一點了，那就是：鎮定！

他的手槍已不知在什麼時候失去，而且他還受了傷，行動不便，在那樣的情形下，他只有鎮定，利用自己的鎮定和對方作賊心虛的弱點來扭轉劣勢！

是以，一聽得救火車尖銳的響號聲，高翔清了清喉嚨，然而他發出來的聲音，還是十分乾澀，只聽得他道：「你們聽到了麼？警方人員已經趕到了，這裡上下都沒有去路，你們除了放下武器投降之外，是沒有第二條路可供選擇的了！」

圍住高翔的那三人呆了一呆，他們顯然想不到，在他們已完全控制了局面的時候，高翔會講出那樣的話來！

高翔繼續道：「你們來的時候，是十個人吧，但現在只剩下三個了，如果你們還想頑抗，那麼，就一個也剩不下了！」

那三人中的一個，突然抬起了手槍，看他那種握槍的熟練姿勢，毫無疑問，他是想向高翔射擊了，在那一剎間，高翔只覺得一陣心寒！

但是，在那人剛一抬起手槍之際，另一人卻疾聲道：「別開槍，上面已有人來了，你若是開槍，正中了他的計。」

那人一面說，一面向高翔逼了近來。

高翔聽到救火車的聲音已停了下來，他立時想到，自己如果大聲喊叫的話，那可能使上面的人聽到自己的聲音來救自己的，於是，他立時大聲叫了起來。

可是，他只叫了一聲，那在向他逼近的人，突然像野豹一樣地躍起來，整個身子向他撞了過來！

那人的來勢如此矯捷，大出於高翔的意料之外。

本來，以高翔的身手而論，他是可以避得開對方這一撲，而且趁機予以還擊的。然而，當他被爆炸的氣浪震昏過去，在陡峭的山坡上滾下來之際，他卻已受了傷，足踝也拗得極痛，是以當那人撲過來，高翔想側身避開去時，只覺得左足一陣劇痛，身子反倒向前跌出了一步，正好迎著那人的來勢！

高翔不甘心失敗，在那樣的情形下，他將手中的公事包猛地向前擊了出來，擊向那向他撲來的人的面門。

然而，這一擊，是不是會擊中那人，他卻不知道。

因為就在他那一擊擊出之際，另外有一個人，已然悄沒聲地掩到了他的背後，用槍柄重重地敲在高翔的後腦之上！

那一擊的力量十分強大，令得高翔立時昏了過去！

高翔一昏了過去，身子向後便倒，他擊出的那公事包也從他手中落了下來，那人一俯身，便拾起了那公事包，道：「在這裡了！」

另外兩個人也忙道：「任務完成，撤退！」

一個人自身邊取出了一捆繩索來，那種繩索，顯然是用來攀爬峭壁的，因為繩索的一端，附有一支鐵錨也似的鉤子。

他將鉤子鉤牢在石上，雙手拉著繩子，已準備向下落去，但另一人指著高翔，道：「他在這裡，會被人發覺我們從哪一條路走的！」

那人道：「將他推下峭壁去算了！」

還有一人卻一揚手，道：「慢！我們就算下了峭壁，也不一定能安然離去，留著他，在必要的時候，可以作為人質！」

那人的意見，受到了其餘兩人的反對，那兩人道：「帶著他？那怎麼可以？帶著他，只怕我們也落不到峭壁的下面了！」

然而那人卻不顧兩人的反對，堅持自己的意見，道：「為什麼不能？你將他負在肩上，將他的身子和你的身子綁在一起，那就行了！」

另外兩人仍然面有難色，可是那人面色一沉，道：「我是副組長，組長犧牲之後，我就是領導，你們敢不服從我的命令？」

那兩人不再說什麼，其中一個將高翔負了起來，另一人將他們兩人用繩子綁在一起，兩人一齊在繩上，縋了下去。

那副組長最後才縋下去，當他離開那小石坪之際，向上看了一眼，看到火勢已然被控制，大蓬的濃煙，正在衝向半空！

他們三人帶著高翔離開那小石坪的時候，離木蘭花騎著摩托車趕到現場，只不過一分鐘！

高翔漸漸又開始恢復知覺之際，只覺得後腦傳來陣陣劇痛，像是有人在用巨大的利鑽在鑽著他一樣，令得他不由自主發出呻吟聲來。

當他發出呻吟聲之後，他的神智又清醒了些。他只覺得自己的身子，在不斷地搖晃，那種搖晃的感覺是實實在在，而不是昏眩所引起的幻覺，高翔立時知道，自己在一艘船上！

而且，那還是一艘小船，因為它搖動得十分厲害。

最後，高翔睜開眼來。

天色仍然十分黑暗，他才一睜開眼來，就看到了海水上亮晶晶的閃光，他是在海上，接著，他想彎身坐起來。

但是，他用了一下力，卻發覺自己並不能坐起來，他不但不能坐起來，而且，他根本不能移動他的手，也不能移動他的腳！

因為他被結結實實綁在一塊和他的人一樣高的木板之上，他的確是在一艘小船上，那小船已十分殘舊，船底上全是海水。

小船約有十五呎長，兩個人正在用木槳划著船，另一個則站在他身邊，那人的手中就提著高翔的那一只公事包。

高翔可以看到城市的燈火，但他們離岸已相當遠了，可知那三個人已在海中划行了不少的時間。高翔看清楚了這情形，突然大笑了起來！

他突然其來的笑聲，令得那三個人全都吃了一驚。

站在高翔身邊的正是副組長，只聽得他怒道：「你笑什麼？」

高翔道：「我笑你們，竟想用這個破木艇遠渡重洋，回到你們的國家去麼？世上只怕沒有再比你們更愚笨的人了！」

那副組長冷笑著，道：「世上最笨的人是你，不是我們，你以為我們在海上，會沒有我們的自己人來接應我們的麼？」

高翔心中苦笑了一下，但是他力謀鎮定，道：「原來那樣，那麼你們已經可以安然回程了，還將我綁了起來，是為了什麼？」

「你？哈哈！」副組長笑了起來，「你，將作為自動投誠的人員，和我們一齊回去，這是我們的另一收穫，我們將會舉行記者招待會，說明我們的理想，使得你受了感動，所以才毅然投誠的！」

高翔的心中感到一股寒意，不錯，他們是最善於玩弄這套把戲的，他忙道：「在記者面前，我將毫不猶豫地說出我是被脅迫前來的！」

高翔這句話一出口，他們三人一齊哈哈大笑了起來。

那副組長一面笑，一面還道：「不會的，朋友，在經過了洗腦之後，你就會乖乖地聽從我們的意旨辦事的了，你明白了麼？」

高翔緊咬著牙，不作回答，在如今那樣的情形下，多說話完全是多餘的，高翔只是在拼命的想，如何能夠在他們遇到接應的船隻之前離開他們，

可是，他的身子被緊緊地綁在那塊木板上，而且他身上，至少有三四處地方傳來劇烈的疼痛，他實在沒有什麼辦法可想！

他曾想拼命搖動著身子，令得那小艇傾覆，那麼，他和那三個人就同歸於盡，

一齊葬在大海之中了。

但是他身子才搖動了兩下，副組長便伸過腳來，踏住了他的胸口，道：「老實一些，你想要令這艘破船翻倒麼？你別心急，到了我們的船上，自然會將你鬆開來的。」

「你們的船在什麼地方？」高翔問。

「等見到時，你自然會知道的！」副組長回答。

高翔深深地吸了一口氣，閉上了眼睛，他心想，木蘭花現在在做什麼？她知道自己出事了麼？油車爆炸的地點離她家不是太遠，她也應該聽到爆炸聲了？

高翔現在唯一的希望，只好付託在木蘭花的身上了！

事實上，木蘭花在聽到爆炸聲的時候，已經在路上了，而在家中聽到了爆炸聲的，則是穆秀珍和安妮兩個人。

當木蘭花離去之後，屋子中陡地靜了下來。

穆秀珍和安妮兩人，一點睡意也沒有，但是她們卻誰也不想講話，她們的心頭十分沉重，穆秀珍怔怔地望著窗外。

她們沉默了並沒有多久，那轟隆一下，震耳欲聾的爆炸聲，便已傳了過來，剎那之間，玻璃窗也發出了一陣嗡嗡的震動聲來！

穆秀珍疾跳了起來，安妮也大吃一驚，她立時臉色蒼白地問道：「那是什麼聲音？秀珍姐，那是——什麼爆炸聲？那麼驚人？」

穆秀珍只回答了一聲，道：「我不知道！」

她人衝到了陽臺上，向前看去，她看到了烈焰和濃煙，而且也認出，濃煙和烈焰冒出來的地方，正是一個加油站的所在地。

穆秀珍和那個加油站中的職員，還是十分稔熟的！

她只看了一眼，便又回到了房間中，道：「是加油站出了事，一定十分嚴重，安妮，你打電話報警，我要去看一看！」

「秀珍姐！」安妮忙叫道：「別留我一個人在家中。」

穆秀珍已到了房門口，可是一聽得安妮那樣說法，她不禁一呆，連忙站定了身子，轉過頭來，道：「為什麼，你還害怕麼？」

安妮點頭道：「是的，我害怕！」

穆秀珍攤開了雙手，道：「安妮，你看你不是小孩子了，而且，你也不是第一次一個人在家中了，你應該鎮定些——」

可是安妮執拗起來，卻是誰也說不服她的——她一面咬著手指甲，一面道：

「我不，秀珍姐，我不要一個人在家中，我要你陪我！」

穆秀珍苦笑了一下，道：「好，好，那你至少先打電話問一問，那個加油站出了什麼事，也好讓我知道究竟，不要納悶！」

安妮見穆秀珍已然答允，她不禁笑了起來，道：「好，我打電話，打給近加油站的分局就可以了，是不是，秀珍姐？」

穆秀珍其實也很願意安妮不要離開她，因為這表示她是個成人，而安妮還是個孩子，因為在安妮未來之前，她自己也常常要木蘭花陪伴的，而如今安妮的要求，使她覺得自己已長大了。

但這時，她卻假作生氣，瞪起了眼不出聲，安妮忙拉住了她的手，道：「好，秀珍姐，我知道你肯陪我的，你真好！」

穆秀珍忍不住「噗嗤」一聲笑了出來，道：「行了，你打電話吧！」

安妮撥著號碼，穆秀珍又來到陽臺上，這時，烈焰衝得更高了，穆秀珍移過了望遠鏡的三腳架，湊在望遠鏡中向前看去。

在高倍數的望遠鏡中看來，直衝凌霄的烈焰更加驚人，烈火夾著流煙，翻翻滾滾，不一會，穆秀珍又看到有幾根水柱噴了上來，但是那幾股水柱顯然不能遏制火勢，穆秀珍握著拳，心中叫道：「要噴多些才行啊！」

就在這時，安妮大聲叫了起來，道：「秀珍姐，是一輛運油車爆炸起火，泡沫滅火車已趕到現場，立時可以控制火勢了！」

穆秀珍人雖然粗心大意，但是她究竟是各方面知識十分豐富的人，聽得是一輛運油車起火，她便不禁呆了一呆，道：「安妮，你可曾聽錯了？」

「沒有！」安妮大聲回答。

「噯，其中一定事有蹊蹺！」穆秀珍側著頭，「運油車的安全設備十分好，絕對不會無緣無故爆炸起火的，一定有原因。」

安妮在床上叫道：「火還在繼續燃燒麼？秀珍姐，讓我上輪椅，讓我也到陽臺上來看看。」

穆秀珍氣道：「給蘭花姐知道，我們又要挨罵了，不去參加救火，說我們待在家中，隔岸觀火──」

安妮低下頭去，低聲道：「都是我不好，不但自己的行動不便，而且還要連累人，秀珍姐，你去吧，我──一個人在家中好了。」

她講到後來，語言淒然，穆秀珍忙托起她的頭來，只見她眼中淚花亂轉。

穆秀珍如道安妮對於她自己行動不便一事，十分敏感，而她又是出言不慎的人，時時會令安妮感到傷心，這時她忙道：「傻安妮，我不是在這裡陪你麼？」

安妮幽幽地道：「可是你的心中卻是不願意的，你只想到起火的地方去。」

穆秀珍怒了，她漲紅了臉，大聲道：「小安妮，你再說這樣無情無義的話，我可和你不客氣了，你不是不知道我的脾氣，什麼人可以強迫我做我不願意的事情，你倒說來聽聽看！」

安妮嚇得伸了伸舌頭，說道：「秀珍姐，我講錯了！」

穆秀珍伸出了拳頭，在安妮的鼻子前現了現，道：「你若是下次再這樣胡說八道，看我是不是會饒了你！」

安妮裝出一副可憐巴巴的樣子來，道：「是，女大王，小女子再也不敢了，請女大王掌下留人！」

穆秀珍想不到安妮會講出那樣的話來，安妮的話還未曾講完，她已經撐不住，哈哈大笑了起來，將安妮抱到了輪椅上。

安妮一坐上了雲四風特製的輪椅，要去到何處，便都可以隨心所欲了，她立時來到了陽臺上，穆秀珍也跟在她的後面。

這時，火勢已被控制了，是以安妮湊在望遠鏡中向前望去，只看到一大團一大團的濃煙，順著風而滾滾向前吹去。

安妮看了一會，道：「高翔哥怎麼還沒有來？蘭花姐料得對，他一定已在路上出事了，不知道他究竟怎樣了？」

穆秀珍本來還不曾將大火和高翔連繫在一起的，這時她聽得安妮這樣問，心中不禁陡然一動，暗忖：難道運油車起火，竟是和高翔有關？

她來回地踱著步，心中十分焦急。這時，她最希望高翔突然出現，或是木蘭花有一個電話打回來，告訴她運油車是如何起火的，因為那是運油車必經之路。

可是，高翔也沒有出現，木蘭花也沒有電話！

木蘭花這時正在參加緊張地搜索，如何有時間打電話給穆秀珍。她們兩人在陽臺上，不久，便看到那地方突然光亮了起來。

接著，她們又看到了在上空盤旋的直升機。

穆秀珍呆了一呆道：「奇怪，看這情形，他們是正大規模地在搜索什麼，你看，安妮，直升機飛得如此接近山峰！」

當直升機低飛之際，她們因為山頭阻隔，而看不到直升機了，但是可想而知，直升機低飛的主要任務是搜索什麼。

安妮一直將眼睛湊在望遠鏡前向前望著，穆秀珍說的話，她可能根本未聽見，她轉動著望遠鏡的方向，突然叫道：「秀珍姐，我看到了一艘小艇，在海面上！」

穆秀珍又好氣又好笑，道：「海上有一艘小艇，那有什麼出奇，現在又不是在暴風雨之中，海面上自然會有艇的。」

「不，秀珍姐，那隻小艇十分古怪，天這樣黑，他們還在向外划去，而且，艇上有一個人躺著，秀珍姐，你快過來看看！」

穆秀珍本就是好奇心十分重的人，她連忙抬頭向海面上看去，但是那小艇一定在十分遠的地方，因為她什麼也看不到。

她俯下身去，道：「在什麼地方啊！」

安妮讓開了一些，讓穆秀珍將眼睛湊在那一百倍的遠距望遠鏡上，即使在望遠鏡中，穆秀珍也找了好一會，才看到了那只小艇。

她立時「呸」然一聲，道：「看你，大驚小怪，你看，這不就是放在海邊，租給人家划的小艇麼，那有什麼出奇？」

「可是，你看到有一個人睡著嗎？」

「嗯，我看到了，那人睡得很直，他累了睡一會，也不是什麼出奇的事情啊！」穆秀珍掠了掠頭髮，「倒是他們划出大海去，相當可疑。」

「豈止可疑，簡直就有問題！」安妮說。

「那我們怎麼辦？」

「追上他們去問一問！」安妮道：「我們的『兄弟姐妹號』，不是就在路下的海邊麼？追上去問問他們是幹什麼的！」

「那怎麼行？如果他們是在海上玩的呢？」

「那我們至多道歉就是，但我看事情絕不會那麼簡單，秀珍姐，運油車失火，高翔哥哥沒有來，海面上又有這樣的一艘怪艇！」

穆秀珍呆了一呆，安妮的話，倒也不是沒有道理，那艘小艇在天色如此黑的時候，還在海中向外划去，那實在是十分可疑的一件事！而火災現場又在進行搜索，是不是正要找尋逃走的人呢？

安妮的話，倒絕不是孩子氣，的確值得追上去看一看的！

她想了不到半分鐘，便道：「好！」

她是個想做什麼，立時便做的人，是以「好」字剛一講出口，便已推著輪椅向前走去，六七分鐘之後，她們便已到了「兄弟姐妹號」的旁邊。

7 插翅難飛

安妮是帶著望遠鏡一起來的，她一到遊艇上，便在船頭的甲板上坐著，用望遠鏡向前搜索著，而穆秀珍則已駛著遊艇向前去。

在配有紅外線的望遠鏡中看來，海面是一片暗紅色，而那艘小艇，估計距離她們約有兩海浬之處。

安妮一面在望遠鏡中目不轉睛地望住了那小艇，一面告訴穆秀珍那小艇的位置，穆秀珍將「兄弟姐妹號」的速度提得十分之高。

十分鐘後，安妮在望遠鏡中，已清楚地可以看到小艇上的幾個人了，她看到一個人站著，手中提著一只公事包，另外兩個人在划著船。

等到「兄弟姐妹號」離得那小艇更近時，安妮突然叫了起來，道：「秀珍姐，那躺著的人，原來不是躺著的，而是被綁在木板上的！」

穆秀珍大聲回答道：「這樣看來，我們追趕小艇，有點道理了！」

穆秀珍一面回答著安妮，一面向前看去，但是她還是無法看到那小艇，因為在望遠鏡中看來雖然近，但實際上是很遠的。

安妮又道：「秀珍姐，看來那小艇上不是好人，我們將『兄弟姐妹號』的燈全熄了，可以在不知不覺中接近他們。」

穆秀珍道：「說得是！」

她按下了幾個掣，「兄弟姐妹號」上所有的燈光全熄滅了，像是在剎那之間，黑暗將整艘遊艇一口吞噬了一樣！

在「兄弟姐妹號」熄去燈火前的兩分鐘，小艇上的人，也已看到好像有一艘船，以極高的速度在向他們駛近。但是他們並沒有望遠鏡，「兄弟姐妹號」和他們間的距離又相當遠，是以他們並不能肯定那一點。

副組長一面虎視著，一面道：「像是有船想接近我們，準備戰鬥！」

高翔冷笑著，道：「那船不是來接引你們的麼？」

副組長道：「來接引我們的是飛機，蠢人，在幾個小時之內，你就可以在完全不同的環境之中了！」

高翔一聽，心又冷了半截。

而就在那時，「兄弟姐妹號」的燈火熄滅了。

燈火一熄，他們更看不到什麼了，副組長又向海面注視了片刻，道：「發射信號，使水上飛機知道我們的所在，可以迅速趕來。」

在划船的兩人停止了划船，其中一個取出了一柄信號槍來，向天便是一槍。隨著「砰」地一聲響，一股奪目的紅焰一直向天上升去。

這一股紅焰，至少升高了一千呎，才爆散了開來！

當那信號自小艇上升起之際，沒有使用望遠鏡的穆秀珍也看到了，她大聲問道：「好傢伙，這算是什麼玩意兒？」

安妮道：「是信號，他們放出了信號。」

穆秀珍道：「那一定是在海上，他們有同黨接應，我們要快些追上去，等他們的同黨趕到，那就要增加很多麻煩了！」

穆秀珍將「兄弟姐妹號」的速度提到更高，艇底兩個翼將整艘艇都托了起來，「兄弟姐妹號」等於是在貼著水面飛行一樣！事實上，如果有必要的話，它是可以飛起來了。

就在這時，又聽得安妮叫道：「一艘水上飛機！」

這時，穆秀珍也可以看到那小艇了。

等到穆秀珍可以看到那艘小艇之際，離小艇已只不過兩三百碼了，同時，她也看到了那架貼著水面飛了過來的水上飛機！

「兄弟姐妹號」和那水上飛機是以相反的方向，全以極高的速度在接近的，不到一秒鐘，水上飛機便像是要迎面撞了過來一樣。

穆秀珍大叫一聲，安妮的身子在輪椅上縮成了一團，她輪椅前透明的防護板也已升了起來，幸虧她升起了那塊防護板，因為那時，水上飛機上掃射出一排子彈來，射在「兄弟姐妹號」的甲板上，穆秀珍大叫一聲，道：「安妮，還火！」

安妮早就將手指放在按鈕之上了，穆秀珍的聲音才一出口，她的手指便用力連按了兩次，兩枚火箭「颼颼」地射了出去。

第一枚火箭發射得太早了，在水上飛機之前十來碼處掠過，直衝霄漢。

水上飛機顯然想不到會遭到火箭的襲擊，而那飛機的駕駛員，技術也是第一流的，因為水上飛機的機頭立時向上翹起，飛機已向空中直竄了上去！

但是，安妮的兩枚火箭是接連而發的，水上飛機竄到了半空，機頭還未及掉轉，第二枚火箭便射中了機身！

只聽得「轟」地一聲巨響，整架飛機在千分之一秒內，化成了一團極大的火球——接著，又在不到百分之一秒的時間內，再是「轟」地一聲響，那個大火球爆了開來，變成了千百個小火球，四下飛濺。

那時飛機離海面大約有五百呎，火球劃過那五百呎的空間，落到了海面之上，令海面上不斷傳來「嗤嗤」的聲響，那些火球，全是灼熱燃燒著的飛機碎片！

安妮的身子仍然縮成了一團，穆秀珍冒險從駕駛艙中奔了出來，將她拉了進來，安妮喘著氣，道：「我射中它了，我射中了！」

穆秀珍的心中也十分緊張，道：「安妮，快注意那小艇，那水上飛機一定是來接應這小艇的，咦，小艇上的人呢？」

她伸手向前指著，那小艇就在她前面一百多碼處，可是小艇上的三個人卻已不見了，只有那個被綁在木桅上的人還在。

安妮也是一呆，道：「那三個人一定是剛才趁我們不經意時，赴水逃走了，你看，有一個已浮起來了！」

果然，就在小艇附近不遠處，已有一個人頭冒了起來，接著，另外兩個也露出了水面，他們在水中游著，可是人想憑藉游泳而在海中求生，那是極其可笑，而且是根本不可能的。

是以穆秀珍和安妮也根本不去理會他們三人，將「兄弟姐妹號」向那小艇駛去，等到接近那小艇時，已然聽得小艇上那人叫道：「秀珍，小安妮，你們怎知我在這裡？你們來得太及時了！」

穆秀珍和安妮自然聽到了那是高翔的聲音！

她們兩人也真正呆住了！

她們未曾想到，被綁在小艇上的是高翔，她們更想不到自己在無意之中救了高翔，她們還一直擔心會被木蘭花責罵呢！

這時候聽到了高翔的聲音，穆秀珍和安妮心中的高興，實在是難以形容的，她們兩人一齊高叫了起來，穆秀珍立時跳進了海中！

不到兩分鐘，穆秀珍已然攀上了那小艇，用小刀割斷了綁住高翔的繩索。

高翔搓著被繩子綁得太久的地方，向海面叫道：「喂，如果你們不想餵鯊魚的話，還是快回到小艇上來，你們以為你們可以靠游泳游回去麼？」

那三個人已在海中集合，當然在那樣的情形之下，他們除了游回小艇來之外，是絕對沒有選擇餘地的！

穆秀珍也高聲叫道：「你們還不投降麼？」

她一面說，一面手腕一翻，一柄小手槍在她的手中旋轉著，在旋轉之中，「砰砰砰」一連射了三槍，那三槍都射在離他們不遠的海面上！

那三人中的一個高叫道：「我們投降了！」

高翔叫道：「那箱火箭槍呢？」

高叫投降的正是副隊長，只見他右手從海水中揚了起來，高翔的那只公事包仍然在他手中緊緊地抓著！

高翔笑了起來，道：「很好，我接受你們的投降！」那三個人一齊游了過來，等到他們終於伸手攀住了小艇的邊緣時，他們不住地喘著氣，顯然他們已經筋疲力盡了！

在他們還未曾攀上小艇之際，高翔先一伸手，將他的公事包自那副隊長的手中接了過來，笑道：「現在，物歸原主了！」

副隊長的面色難看到了極點，而在他的雙眼之中，則射出了一股十分惡毒的眼光來，這種眼光，使人想起要擇人而噬的毒蛇！

穆秀珍一看到那副隊長的這種眼光，心中便大吃了一驚，她無意之中救了高翔，贏得太僥倖了，反倒使她警覺起來。

她連忙走到高翔的身邊，低聲道：「高翔，你忘記了他們的身分了？他們這種人，是絕不許投降的，他們稱投降的人為『叛徒』，而被加上了『叛徒』的身分，比死還慘，我看他們一定另有詭計，我們要小心才好。」

高翔點著頭，道：「秀珍，你說得是，我早已想到這一點了，他們絕不是真心投降，只不過是走投無路，暫時敷衍我們而已。」

穆秀珍忙道：「你準備怎樣？」

「我自有辦法。」高翔回答著。

這時候，那三人已一齊爬上了小艇，坐在小艇上喘氣。

高翔吩咐他們道：「將小艇划近遊艇去，快！」

那三個人互望了一眼，並沒有說什麼，其中兩個拿起船槳來，不一會，艇已到了「兄弟姐妹號」的旁邊，高翔先從安妮放下的繩梯上，登上了「兄弟姐妹號」，接著便是穆秀珍。

等到穆秀珍也登上了甲板，高翔才冷冷地道：「你們三人，現在是我的俘虜，我將帶你們到警局去扣押起來，你們將在本市的法庭受審，自然，你們可以請律師，但是如果你們再企圖逃走的話——」

高翔講到這裡，反手在安妮的手中接過一柄手槍來，道：「那就是你們自討苦吃了，你們明白了麼？」

那三人的面色十分之難看，那副隊長忙道：「你——你不讓我們登上這艘遊艇麼？」

「當然不，」高翔立時回答，「你們是什麼人，我已經十分清楚，你們是一切恐怖分子中最恐怖的傢伙，你們簡直是野獸，我會讓你們這種人登上我的遊艇麼？」

那三人的面色更難看了。

副隊長乾咳了幾聲，道：「高先生，我們承認失敗了，我們是十個人一齊來的，已經犧牲了七個人，可是，我們不能好好談一談麼？」

高翔冷笑一聲，道：「有什麼好談的？」

「譬如說，」副隊長蒼白的臉容上，現出一個奸詐的笑容來，「我們可以提供一筆數字十分巨大的款項，作為我們三人自由，和得回那十柄火箭槍的代價！」

高翔怒道：「你們不必白費時間了！」

副隊長喘著氣，道：「高先生，我們在進行著的事，和你們是全然無關的，為什麼你要插手干涉？難道你們也參與這場戰爭了？」

「我們不參與任何戰爭，」高翔立即回答，「你們是從什麼地方偷到這些新型火箭槍，你們是用什麼方法偷到這些火箭槍的，偷了去做什麼用，我們全不管，但是你們在本市犯了法，我是本市警方的負責人，我就必須管這件事！」

副隊長等三人都不出聲，高翔又冷冷地道：「我可以隨便就舉出你們的許多罪名來，第一，你們是非法入境的，第二，你們攜帶軍械，第三，你們越獄，搶奪警車，毆傷警員，第四，你們意圖謀殺、綁架，這些罪行，我能不管麼？」

高翔所說的，全是鐵錚錚的事實，是任何巧辯之士都難以否認的，副隊長只是苦著臉道：「不能通融麼？我們可以給你一筆十分巨大的——」

高翔和穆秀珍不等他講完，便轉過了身去，穆秀珍不一會便從船艙中走了出來，她手中拿著一支十分尖銳的鐵錨。

她大叫道：「快讓開！」她一面叫，一面用力將鐵錨向下拋去，「叭」地一聲響，鐵錨正砸在小艇的艇首，深深陷進木中，穆秀珍立時向安妮揮了揮手。

安妮在駕駛艙中控制著「兄弟姐妹號」的駕駛系統，「兄弟姐妹號」轉了一個彎，已然駛了回去。

「兄弟姐妹號」的速度相當快，浪花濺了起來，拖在遊艇後面小艇上的三個人，自然也狼狽之極。

穆秀珍仍然留在艇尾的甲板上，監視著那三個人，高翔也到了駕駛艙中，他先打開了公事包，檢查了一下，看到十柄火箭槍全在，他才放心。

然後，他用無線電話和警局聯絡，兩分鐘後，他就聽到了方局長的聲音，方局長大聲叫著：「高翔，你在什麼地方？」

「我在『兄弟姐妹號』上，和穆秀珍在一起。」

「天，」方局長叫著，人在太高興的時候，是會不由自主高聲大叫的，「你怎麼會在海上的？唉，我們只當你——」

方局長高興得幾乎難以講下去。

高翔還未曾回答方局長的話，便又聽得方局長在電話中叫著，道：「蘭花，蘭花，你快來，真的是高翔，他和秀珍在一起，在海上！」

接著，高翔便聽到了木蘭花的聲音。

木蘭花的聲音和平常有些不同，高翔聽得出，那是在極度緊張之後的鬆弛而引起的輕微的顫抖！木蘭花先吸了一口氣，才道：「你好嗎？」

「蘭花！」高翔忙道：「差點我再也見不到你了，他們已捉到了我，而且要將我帶回他們的地方去！」

安妮在一旁叫道：「蘭花姐，幸虧我和秀珍姐及時趕到，不但救了高翔哥哥，還將他們剩餘的三個人捉住了，不信你問高翔哥哥！」

高翔道：「安妮說得一點不錯，蘭花，我要將那三人帶回警局去，我們在警局——不，你們立時趕到碼頭上來如何？詳細情形，見面再說！」

「好，我們立即來！」木蘭花立時答應。

高翔放下了電話，來到了船尾，穆秀珍立時問道：「怎麼樣？蘭花姐知道你沒有事了？她在什麼地方？」

「我們已約好了，她和方局長到碼頭上來。」

穆秀珍揚了揚手中的槍，向小艇指了一指，道：「你看，他們三人不住在交頭接耳，看來還想出詭計！」

高翔笑道：「讓他們去動腦筋好了，但是我看，他們是插翼也難飛的了，方局長會去通知水警輪，看，水警輪已經來了！」

這時，「兄弟姐妹號」離岸也已不遠了，已經可以看到城市的燈光。自然，四艘燈火通明的水警輪正在疾駛而來，更可以看得清楚。

「兄弟姐妹號」的速度慢了一些，以便四艘水警輪接近，水警輪一駛到了近前，立時放下了小艇，划了過來，將那三人戴上了手銬，帶上了水警輪去。

在團團受包圍的情形下，正如高翔所說，那三個人是插翼也難飛的，他們自然只好被乖乖地被帶上了水警輪。

而在「兄弟姐妹號」快要靠碼頭時，只見碼頭上排列著好幾輛警車，探照燈照得碼頭通明，方局長和木蘭花站在最前端。

高翔不等遊艇泊定，便迫不及待地跳上了岸，木蘭花立時迎了上來，他們兩人立時緊緊地握住了手！

等到高翔和穆秀珍分別對方局長和木蘭花講完了他們的經歷之際，曙光已照射進高翔的辦公室來了。

穆秀珍奇怪何以那麼久聽不到安妮的聲音。她轉過頭向安妮看去，安妮卻已在輪椅上睡著了，睡得還十分之沉。

穆秀珍笑了一笑，木蘭花也放低了聲音，道：「方局長，我看我們倒不必堅持那三個人一定在本市受審，我們可以將他們移交給國際警方，也可以將他們交給聯合國，那樣，比全然由我們自己處理要好得多了。」

「為什麼？」穆秀珍立時問。

木蘭花來回踱了幾步，道：「如果那三個人在我們的手中，那麼，他們的同黨一定會以破壞本市為威脅，同時一定有更多的恐怖分子源源不絕地進入本市！」

穆秀珍道：「那怕什麼，來一個捉一個，來兩個捉一雙，來好了！」

木蘭花道：「可是事實卻並不那麼簡單，這件事，牽涉著一場國際戰爭，除非有意介入這場戰爭，否則，這三個人還是不要繼續留在本市的好，我們可以將這三個人連同那十柄火箭槍一齊交還給失主！」

方局長和高翔兩人都不出聲，顯然，他們對於木蘭花的意見，都不怎麼贊同。

房間中頓時靜了下來，但也就在此際，電話鈴聲忽然響了起來。電話鈴並沒有吵醒安妮，她只是將頭轉了一個方向而已。

高翔拿起電話，聽了一聽，便遞向方局長，道：「是找你的，由軍方打來的。」

方局長連忙接過了電話，道：「我是局長，什麼？將軍要和我通話，在清晨？是的，是將軍麼？我在聽，我明白了，單獨？好的，請他們前來好了！」

方局長放下了電話，向木蘭花望來，他的臉上充滿了疑惑的神色，旁人都沒有開口，穆秀珍已忍不住道：「什麼事啊？」

「軍方負責人打電話來，說是有兩位很特殊的客人，現在在他那裡，那兩個人立時就要來拜見木蘭花，而他們希望單獨和木蘭花見面！」

木蘭花雙眉向上揚了一揚，顯然是她也感到事情十分之不尋常。

穆秀珍忙道：「那一定又是敵人的詭計！」

方局長搖頭道：「不可能，將軍是我的老上司了，他的聲音，我是絕不會認錯的。蘭花，你怎麼樣，見不見他們？」

木蘭花道：「將軍不肯透露他們的身分？」

「他沒有說，他說這是一個極度的秘密。」

木蘭花的雙眉蹙得更緊，她考慮約莫一分鐘，才道：「好，我單獨會見他們。」

方局長道：「好，你們可以在我的辦公室中密談。」

穆秀珍「哼」地一聲，道：「蘭花姐，我看那兩個人一定不是什麼好路數，有什麼大不了的事，連我們也不能聽？」

高翔也有些憤然，道：「局長，難道你也不能知道這件事麼？」

方局長十分沉緩地道：「將軍說那兩個客人只準備和木蘭花一人單獨會見，他既然那樣說，一定是有他的道理的。」

高翔和穆秀珍沒有再出聲。

木蘭花不住地來回踱著，她的心中也十分之納悶，不知道由軍方通知要來見她的兩人，究竟是什麼身分的神秘人物！

他們等了不到五分鐘，便聽得對講機中傳來了值日警官的聲音，道：「高主任，軍方的聯絡官潘上校，帶著兩個人來了！」

「請他們進來！」高翔一面回答著，來到了門口。

他們可以聽到腳步聲自遠而近迅速地傳了過來，等到腳步聲來到將近門口時，高翔拉開了門，道：「歡迎，潘上校！」

他雖然口中說著「歡迎」，但是他的聲音卻十分生硬，可見得他們的心中，確實並不是對來人表示十分歡迎的。

潘上校是軍方聯絡官，和方局長、高翔等人都是很熟悉的，他平時是一個嘻嘻哈哈，十分隨和的人，但這時他的神情，卻十分嚴肅。

他大踏步走了進來，跟在他後面的是兩個陌生人。

那兩個陌生人的身量都不是很高，在西方人的標準而言，他們甚至於可以說十分矮小，而他們的臉面，他們的衣著，都說不出來的普通。

他們兩個，是毫不起眼的兩個人，是你在街頭，隨時隨地都可以遇到的人，是你對他凝視五分鐘，也不會留下特別印象的人！

如果木蘭花不是先經過了軍方的特別安排，而他們又是由潘上校帶領前來的話，那木蘭花對這兩個相貌平凡的人，也一定不會特別注意的。

但這時情形卻多少有點不同，是木蘭花先知道了這兩個人是有著十分特殊的身分，他們的樣貌平凡，更顯得他們兩人的地位重要。

木蘭花自然知道，真正的探長絕不像九流編劇、八流導演所想像的那樣，晴天也穿雨衣，必然咬煙斗、戴帽子的那樣子。而要當一個真正有地位，有成就的特工人員，首要的條件便是外表平凡，平凡到了令人絲毫不加以注意的地步！

所以這時，木蘭花已可以肯定那兩個看來十分普通的人，一定是十分有來頭的重要人物。但是木蘭花仍然無法知道他們的來意。

木蘭花只是在潘上校嚴肅的神情上可以看出來，他們兩人來和自己商談的事，一定是一件十分重要的事！

潘上校一走了進來，也不和別人打招呼，只是和方局長略點了點頭，然後，便直接來到木蘭花面前，才轉過了身來。

他轉過身來之後，道：「兩位，這一位，就是你們所要見的木蘭花小姐！」

那兩人忙向木蘭花點頭為禮，他們並不出聲，卻向其他人看去。他們的動作，明顯是希望其他人能夠退出房間去。

高翔立時冷冷地道：「你們可以到方局長的辦公室去，我這裡有竊聽器，要談絕對的秘密，那是不適宜的，請！」

那兩人連忙向潘上校望去，方局長唯恐高翔的話令他們感到尷尬，是以忙道：「是的，我的辦公室比較靜些，絕不會有人來打擾的，請各位隨我來。」

方局長說著，已向門外走去，木蘭花也道：「兩位請！」那兩人和木蘭花一起跟在方局長的身後，向外走了出去。

他們穿過了一道走廊，便已來到了方局長的辦公室之前，方局長替他們打開了門，道：「三位請進去，不會有人打擾你們的。」

那兩個人直到此際才開了口，道：「多謝！」

木蘭花首先走了進去，在一張椅子上坐了下來。

那兩個人跟著也走了進來，其中一個，來到了木蘭花的身邊，像是怕木蘭花逃走一樣，另一個則立時將辦公室的門關上。

那人關上了辦公室的門之後，便開始忙碌了起來，只見他取出了一個如煙盒大小的儀器來，將這儀器靠近每一根電線，仔細地看著。

木蘭花知道他是在檢查在這間房間中是不是有著竊聽器和答錄機，看到他們如此之認真，木蘭花的心中也不禁好笑，她道：「你們可以放心，我們在這裡講話，絕不會有第四個人可以聽到我們之間的談話的！」

可是那個持著儀器的人卻道：「小姐，我們工作的信條是：小心！小心！一千個小心之後，再加一個小心！」

木蘭花攤了攤手，對方既然那樣說了，她自然也不好意思再去阻止他們了。那人拿著那儀器足足檢查了十分鐘之久。

他還向每一扇窗子之外看過，打開了所有的窗簾，使得窗外的情形，可以一覽無遺，然後，他在門前站了下來，將門打開了一道縫，他站在門前，從那道門縫中望著門外，防止有任何人可以接近這扇門！

木蘭花本來只覺得他們緊張得可笑，但這時，她的心中卻變得十分佩服了，因為那人的工作是如此之認真，簡直可以說一絲不苟！

那樣的工作態度，在旁人看來，或者會覺得「多餘」，但是，卻可以將出錯的可能減至最低！那的確是十分值得佩服的工作態度！

等到那人在門邊站定之後，木蘭花便笑了笑，道：「我想，你們兩位有什麼要說的話，現在可以開始了！」

一直坐在木蘭花身邊的那人，立時道：「是，但是木蘭花小姐，請先看看我們的證件，你對我們的身分有了瞭解，自然也信我們所說了。」

木蘭花點了點頭，那人立時將一個封面深紫色的證件，送到了木蘭花的面前，當那人還未曾打開這個證件之際，木蘭花已吃了一驚。

木蘭花之所以吃驚，是因為兩個原因。第一，那證件的封面上燙金的字，說明這證件是一個大國的情報機構的。而木蘭花也知道，那舉世知名的情報機構的證件分好多種，而只有極高級的人，才持有深紫色外皮的那種。由此可知，木蘭花一見那兩人時的估計沒有錯，那兩人的確是極有來頭的人物！

接著，那人便打開了證件來，證件中有那人的照片，但是卻沒有那人的名字，而只有一個號碼，在那人的照片上，有著這個機構的首腦的簽字。

那人道：「很對不起，因為我們工作是絕對秘密的，是以我不能將名字告訴你，木蘭花小姐，你以為我的身分確定了麼？」

木蘭花想了一想，道：「你所持有的那種證件，我還是第一次看到，是以我難以確定究竟是真的，還是假的。」

「你說得對，小姐，讓我來想想，我們是不是可以找出一個我們大家認識的人，通過他來證明我的證件上的身分是屬實的呢？」

「這是一個好辦法，」木蘭花立時同意，「你提出來吧，我不知道你認識的是一些什麼樣的人物，而你對我的瞭解較深。」

「好的，好的，」那人道：「倫敦MI34的負責人？」

木蘭花搖了搖頭，道：「我甚至不知有這樣的機構。」

那人皺起了眉，但只不過半分鐘，他突然一拍自己的大腿，道：「這個人，木蘭花小姐，你一定是認識的了，國際警方的納爾遜先生！」

木蘭花笑了起來，道：「好，就是他！」

那一位納爾遜，不但和木蘭花是認識的，而且還和木蘭花在一起辦過好幾件案子，是以木蘭花立時同意了那人的說法。

那人道：「好，那麼請你用長途電話向他查問我，我和他很熟，他是知道我是有什麼特徵的，請快些。」

木蘭花拿起了電話來。

8 挽救大局

在木蘭花和那兩人進了方局長的辦公室之後，方局長又回到了高翔的辦公室之中，高翔坐著，穆秀珍則在來回踱著步。

過了十來分鐘，穆秀珍已然不耐煩了，道：「他們在講些什麼，怎麼還沒有講完？我去看看，別叫蘭花姐吃了他們的虧！」

方局長忙道：「秀珍，別胡鬧！」

穆秀珍重又焦急地踱起步來，過了五分鐘，她又站定了身子，看來她又想去看看為何木蘭花還未曾回來！

但就在此際，對講機的紅燈閃亮了起來，高翔按下了一個掣，聽到了值日警官的聲音，道：「高主任，蘭花小姐剛才在局長的辦公室中，打了一個越洋長途電話，她吩咐絕不許有人偷聽電話的內容。」

高翔「嗯」地一聲，道：「知道了。」

穆秀珍道：「奇怪，她打長途電話做什麼？」

高翔苦笑了一下，道：「我也不明白，但是我相信她既然打了那個電話，那當然是有作用的，我們還是等她出來再說吧。」

穆秀珍用力在桌上敲了一下，發出了「砰」地一聲響，道：「我可等不及了，高翔，我看事有蹊蹺，我們一齊去看看！」

穆秀珍那一拍桌子，將安妮拍醒了，安妮也未曾聽到穆秀珍前幾句話，只聽到了一句「我們一齊去看看」，她一面揉著眼，忙不迭地說道：「我也去！」

穆秀珍道：「好，我們一起去！」

方局長要阻止她們，可是穆秀珍決意要去，誰阻得住她！她一面大聲叫道：「我非去不可！」一面已用力拉開了門！

可是她才一拉開了門，便不禁一呆！

木蘭花就站在門口！

木蘭花沉著臉，道：「秀珍，你又想胡鬧些什麼？」

穆秀珍連忙狼狽退了回來，吐著舌頭。

高翔忙替穆秀珍解圍，道：「沒有什麼，她——我們覺得那兩人和你傾談得太久了，是以想去看一看你。」

木蘭花瞪了穆秀珍一眼，道：「如果敵人的膽量竟有那麼大，敢派兩個人到警方的總部來做手腳，那倒是天下奇聞了！」

高翔、穆秀珍和方局長三人聽了，雖然都沒有說什麼，可是他們的心中，卻都不免十分奇怪，因為木蘭花平時對任何事情的態度，總是十分小心，考慮到每一個可能，而不是那樣粗枝大葉的，木蘭花此際的那兩句話，使他們都感到意外。

但是他們卻也都沒有問，因為看木蘭花的神情，她的心中分明有著十分沉重的心事！木蘭花在門口並沒有站立多久，便走了進來。

穆秀珍又是最先忍不住發問的，她問道：「蘭花姐，那兩人走了麼？他們來找你，究竟是為了什麼事情？」

「是一件十分嚴重的事，」木蘭花沉緩地回答著，「但現在我還不能說是什麼，我們必須先處理現在的這件事再說。」

「可是，現在這件事已然了結啦！」高翔和穆秀珍異口同聲地回答。

「你們以為已經了結，但事實上並不，就算我們打算讓這三個人在本市受審，那麼，至少也要有他們初步的口供，而對於這件事的來龍去脈，警方也必須在法庭上陳述，高翔，你敢說已然知道那十柄火箭槍自何處來的麼？」木蘭花望定了高翔。

高翔呆了半晌，道：「現在我當然不知道，但是那三個人已被拘捕了，我是可以在他們的口中問出來的。」

木蘭花點頭道：「你說得是，那你還在等什麼？還不將那三個人帶來審訊？」

「是，我立時就去。」高翔一面說，一面向外走去。

「你上哪兒去？」木蘭花立時問。

高翔呆了一呆，他覺得木蘭花今日的行事多少有點異常，他站定了身子，道：「我去審問他們，到拘留所中去審訊。」

木蘭花卻搖搖頭，道：「不，將他們帶到這裡來！」

高翔又呆了一呆，道：「蘭花，他們三個是窮凶極惡的危險分子，而且有過一次越獄的記錄，將他們帶到這裡來，是會增加危險的。」

木蘭花笑了起來，道：「高翔，你什麼時候變得這樣小心起來了？他們只不過三個人，我們有四個人看著他們，還怕什麼？」

高翔仍然不同意木蘭花的見解，道：「蘭花，我仍然認為我們不能給敵人任何機會，我們一齊到拘留所去問他們，比較安全得多。」

穆秀珍插口道：「高翔，你怎麼那麼膽小，將他們帶來不就行了，如果出什麼事，是蘭花姐的主張，自然有蘭花姐負責。」

高翔忙又道：「秀珍，這不是——」

他本來是想說「這不是誰來負責的問題」的，因為若是給那三個人逃走的話，再要追捕他們，那卻是十分困難的事了。

但是，他的話還未講完，木蘭花卻已用十分堅決的語氣道：「是的，有什麼意外，我來負責，你去將他們三個人帶來好了！」

高翔聽了，不禁愕然。他和木蘭花在一起工作已然很久了，可是卻從來也記不起木蘭花有哪一次，是用這樣武斷的口吻來決定一件事的！

他不願和木蘭花爭執，而且，即使將那三個人帶到他的辦公室來進行審訊，那三個人逃亡的可能也是微乎其微的。是以，他不再說什麼，只是道：「好！」

可是木蘭花卻又進一步道：「將他們的手銬除去，我不慣像普通警官那樣地詢問犯人，我要和他們親切地談談，或許更容易問出真相來。」

這一次，不但是高翔，就連方局長也著急起來了。

方局長忙道：「蘭花，你別忘記，他們是窮凶極惡，置生死於度外的亡命之徒，將他們的手銬除去，那——」

但是木蘭花一揮手，又打斷了方局長的話頭，道：「正因為他們是窮凶極惡的亡命之徒，所以我們可能什麼也問不出來，只有用別的方法，例如對他們好些，除去他們的手銬，希望他們會得到感動，而與我們合作！」

高翔嘆了一聲，道：「蘭花，你怎麼啦？他們這種人，全是滅絕人性的畜牲，你對他們講仁慈，他們一有機會便會將你的頭顱敲碎！」

連穆秀珍也遲疑著道：「這樣做，似乎不怎麼好吧？」

但是木蘭花卻獨持己見，道：「高翔，我已說過，如有意外，我來負責，請你照我的話去做，好不？」

這件事實在太嚴重了些，是以高翔自己也不敢決定，他立時向方局長望去。

方局長深吸了一口氣，他心中也不同意木蘭花的主張，但是木蘭花卻曾替警方屢建奇功，而且木蘭花的意見，往往是極其正確的，是以他也放棄了自己的主張。

當高翔向他望來之際，方局長的心中已然有了決定，他點了點頭，道：「好，照蘭花的意思去做好了！」

高翔向穆秀珍苦笑了一下，他沒有再說什麼，向外走去，木蘭花等人都不出聲。

高翔去了沒有多久，便推開了門，在他身後，是倒退進來的兩名武裝警員，在那兩名武裝警員之前的，則是那三個人，而在三人之後，又是四名武裝警員。

那三個人的手銬，確然已被除去了，他們在六名武裝警員的前後監押之下，自然是絕沒有妄動的餘地的，只好乖乖地走進了辦公室。

但是看他們三人，一進辦公室，便眼球骨碌碌亂轉的情形，便知道他們心中絕不懷著好意！

木蘭花一見三人進來，便站了起來，道：「請坐！」

那三人互望了一眼，坐了下來。

木蘭花向那六名武裝警員揮了揮手，道：「你們出去！」

高翔一聽得木蘭花叫那六名武裝警員出去，立時要反對，可是木蘭花像是知道高翔一定要反對一樣，是以她立時向高翔望來，現出十分不愉快的神色來。

高翔苦笑了一下，將要說的話縮了回去，改口道：「你們先退出去！」

他伸手在褲袋之中握住了槍。而且，他慢慢地移動著，到了辦公室的一角，倚在牆上。

看來他那樣行動，似乎並沒有什麼意義，但實際上他卻已在不動聲色中，占領了一個十分有利的地位，如果那三人一有異動的話，他那有利地位是易於控制局面的。

那三人坐下之後，木蘭花便道：「三位，我們已知道你們的身分，是某地的現役軍官，而你們是負有間諜任務前來的，是不是？」

那三人緊抿著嘴，一聲不出。

木蘭花又道：「照你們的身分和案情來看，你們得不到公開審訊的權利，我們可以將你們移交給你們的敵對國家，去接受軍事審判的！」

那三個人的面色，變得極其難看。

木蘭花又道：「但如果你們肯合作的話，那麼，或者還有別的辦法，你們可以考慮，是不是願意確實回答我的問題！」

那三個人又四面張望了一會兒，副隊長才道：「我們沒有什麼可以回答的，你既然已知我們的身分，自然也應該知道我們的行動，是最大的秘密，你想在我們的口中問出什麼來，那是不可能的事，而我們也決計不會接受你們的審訊！」

「我知道，」木蘭花冷冷地道：「在必要的時候，你們都可以自殺，我相信能令你們自殺的毒藥，在你們的口腔中，是不是？」

那三個人全不出聲，等於是默認了木蘭花的猜測。

木蘭花又冷笑著，道：「而你們至今還未曾自殺，這證明你們怕死，至少並不想死，那就有商量的餘地，現在，我問你們第一個問題！」

木蘭花轉過身，在桌上，將高翔的那只公事包取了過來，將之打開，公事包中，是十柄那種新型的火箭槍，她將打開的公事包向那三人揚了一揚，又將之關上，道：「這裡是十柄火箭槍，是從你們十個人身上搜出來的，是不是？」

副隊長冷笑道：「自然是！」

木蘭花「啪」地一聲，闔上了公事包，道：「好了，這種火箭槍絕不是你們自己製造的，你們是在什麼地方偷來或搶來的？」

副隊長又冷笑道：「我早已說過，我們不會回答。」

木蘭花勃然大怒，向前走出了幾步，厲聲道：「你們不說，我有辦法令你們說的，不要以為只有你們才會折磨俘虜！」

她已直衝到那三人的面前，而且，揚起公事包來，向副隊長的頭上直擊了下去！

木蘭花這種突如其來的行動，是全然出乎各人的意料之外的，穆秀珍高叫道：「蘭花姐，小心些，別太接近他們三人！」

而高翔也將槍自袋中疾拔了出來。

也就在那電光石火的一剎間，「砰」地一聲響，木蘭花手中的公事包已重重擊在副隊長的頭頂之上。

那一擊，令得坐在椅上的副隊長突然向後倒去，但是他在向後倒去的同時，雙腳卻也飛了起來，正踢中了木蘭花的腰際！

這一切變化，全是在電光石火，一剎那之間發生的，全部經過，只怕還不到一秒鐘！高翔立時大聲喝道：「千萬別妄動！」

可是高翔那一聲喝出來之際，已然遲了！

副隊長一腳踢中了木蘭花，木蘭花的身子向左一側，那三人中的另一個人，立時跳了起來，一伸手，已然勾住了木蘭花的頭頸，同時劈手將木蘭花手中的公事包奪了下來。

另一個人也一躍而起，但那人卻並未能有什麼作為，因為他才一躍起，穆秀珍便拿起辦公桌上的一只水晶玻璃鎮紙疾拋了過去。

那只鎮紙，正擊在那另一人的面門之上，人人都可以清晰地聽到那人鼻骨斷折時所發出的那一下清脆的聲音！

那人立時用雙手掩住了臉，痛苦地打著轉，安妮控制著輪椅，向那人直撞了過去，「砰」地一聲，又將那人撞到了牆上。

方局長也已掣出了槍，他用力將槍柄向那人的頭上敲去，那人便已昏倒在地。

可是就在那一剎間，木蘭花那邊的情形卻已起了變化。

木蘭花被那人伸手箍住了頸，她右臂一縮，手肘向後用力撞去，那一撞，正撞在她身後那人的胸口，令得那人不由自主發出了一下怪叫聲來！

那一撞之力，自然十分驚人，從那人面色煞白，額上直冒冷汗這兩點上，就可以看得出來，可是那人顯然也知道現在是他們的最後機會了！是以他忍住了痛，仍然緊箍著木蘭花的頭頸不放，而副隊長在那時，卻已然一個打挺，跳了起來。

副隊長一跳了起來之後，伸手在鞋底摸了一下，他的手中立時多了一枚毒針，那枚毒針十分細小，但是連在毒針尾部的黃色羽毛，卻是鮮豔奪目的。

那正是他們用來殺死胡天德的毒針！

這種毒針的毒性十分厲害，高翔和穆秀珍是早知道了的，是以此際一看到副隊長取出了那枚毒針來，兩人皆是一聲大喝！

可是，副隊長的行動快捷之極，他一取了毒針在手，立時逼近了木蘭花，而他手中的毒針，離木蘭花頸際的大動脈，也只不過呎許了！

高翔、穆秀珍、方局長和安妮四人，一看到這等情形之後，不禁都嚇呆了，一動也不敢動，房間中在剎那間靜了下來。

副隊長暫時控制了木蘭花，已占了上風，但是他也因為過度的緊張，而在不斷地喘著氣，他尖聲道：「將槍放下，所有人全將槍放下！」

高翔等三人仍然木立著不動。

副隊長的聲音聽來更是淒厲，叫道：「將槍拋下，聽到了沒有，要不然，木蘭花就性命難保了，快！」

他一面說，一面又將手中毒針移近了半吋！

木蘭花的面色蒼白，她卻叫道：「快開槍，快，別顧慮我，絕不能讓他們帶著火箭槍逃走，別理會我！」

木蘭花雖然這樣叫著，可是方局長首先嘆了一口氣，將手槍拋了出來，接著，高翔和穆秀珍兩人也將手槍拋了過來。

另一個俯身想去拾手槍，但是副隊長立即喝道：「別亂動，還有這小女孩，將她從輪椅上拖下來，快照我的話去做！」

穆秀珍深吸了一口氣，走了過去，將安妮從輪椅上抱了起來，將她放在一張沙發上，那另一人已將三柄槍一齊拾了起來。

副隊長接過了一柄槍，槍口抵在木蘭花的後背心。

他的右手捏住了那枚毒針，只見他用手指一彈，「啪」地一聲，那枚毒針被彈得飛了出去，正好射在那倒地昏去的人臉上。

只見那人本來是昏了過去，一動也不動，一中了毒針之後，身子抽動了幾下，面色便已漸漸變得青紫，分明已然毒發身死了！

另一人吃了一驚，道：「副隊長——」

副隊長冷笑道：「我們不能帶著他撤退，只好這樣！」

那另一人苦笑著，道：「是，可是我們現在如何撤退呢？」

副隊長一伸手，道：「將火箭槍給我，我帶著木蘭花離去，你在這裡看守著他們，令他們不能追趕我，任務就可以完成了！」

那人一聽，身子不由自主發起抖來，呻吟著道：「副隊長，可是，如此一來，我——我——豈不是——」

如果副隊長帶著木蘭花，留那人在這裡，那這人實在是有死無生的。

副隊長冷酷地道：「是的，當你不能看守他們之際，你就該自殺！」

那人的面色，白得像石灰一樣，他聲音在發著抖，道：「副隊長，我們可以一齊撤退，有木蘭花在我們手中，他們不敢來追的。」

副隊長厲聲道：「你不服從命令？」

那人的聲音也變得十分尖銳，道：「我知道，你要一個人回去，所有的功勞便可以完全記在你一個人的身上了，你——」

那人的話還未曾講完，槍聲便響了！

副隊長的槍法十分之準，只見那人兩眼之間突然有一股血泉湧了出來，接著，他身子搖晃著，砰地一聲，倒了下去。

副隊長發出了哼地一聲冷笑，立時又將槍移向木蘭花的後腦，道：「你們看到了沒有？我絕不是不會放槍的！」

副隊長剛才的那一槍，確然令得高翔等人心中生寒！他接連殺了兩個自己人，如果再觸怒了他，他自然會向木蘭花下毒手的！

高翔勉力鎮定心神，道：「你逃不了的！」

副隊長冷笑著，道：「我必須逃得掉，如果我逃不了的話，木蘭花也沒有命了，因為我一定是帶著她一齊逃走的！」

安妮在沙發上叫道：「你要將蘭花姐帶到何處去？」

副隊長陰森地道：「自然是到我認為安全的地方，好了，你們聽著，你們誰也不要準備離開這辦公室，不能跟著我來，一被我看到了你們之中的任何一人，首先遭殃的就是木蘭花，你們可明白了麼？現在，我占了絕對的上風，你們是沒有辦法的。」

高翔舐了舐口唇，他只覺得十分口渴。如今造成這樣的威脅，自然是木蘭花不肯聽他的話，固執己見的結果。但是高翔卻也絕無意在如今這樣的情形下責備木蘭花！

他只是在想，如何才能扭轉局面！

可是他卻想不出任何機會來，因為副隊長的手槍緊抵在木蘭花的後腦！高翔知道，木蘭花暫時是沒有危險的，因為副隊長要靠控制著木蘭花逃走。

但是當他逃到了安全的地方呢？

高翔只覺得五內如焚，用十分沉痛的聲音叫道：「蘭花，你——」

木蘭花卻保持著一貫的鎮定，她立時道：「你們放心，我會將他手上的槍奪下來，再將他押回這裡來的！」

副隊長「桀桀」笑了起來，道：「小姐，那大約是你的夢境，這是美麗的夢境，是麼？但是事實就不那麼美麗了，快走！」

木蘭花在手槍的指押下向前走去，高翔和穆秀珍兩人的身子也動了一下，但副隊長立時喝道：「誰也別動！」

高翔和穆秀珍兩人只得站定了不動。

木蘭花來到了門口，拉開了門。

只見門外，兩排武裝警員守在走廊上，那全是剛才一下槍聲傳出之後，在門外戒備的警員。可是門外的警員再多，看到木蘭花被副隊長控制的情形，卻也是面面相覷，一無對策。

副隊長大聲喝道：「快退開去。」

方局長忙道：「照他的話去做！」

那些警員全都退了開去，副隊長押著木蘭花，走出了建築物，來到了建築物之後的廣場中，那裡，正停著一架直升機。

副隊長是早已打定了主意，他押著木蘭花，直向那架直升機走去，這時，湧出警局來的警官和警員，至少有七八十人之多。

但是，他們都不敢太接近，因為木蘭花的生命在敵人的掌握之中，只消敵人手指輕輕一扳，木蘭花就性命難保了。

就算在事後，他們可以將可惡的凶手打死，那又於事何補呢？所以，他們只好眼睜睜地看著木蘭花被帶到了直升機之旁。

副隊長到了直升機旁，喝道：「上去！」

木蘭花冷冷地道：「你不會駕駛直升機麼？」

「我當然會，但我仍然要你上去！」

木蘭花悶哼了一聲，跨進了直升機，副隊長緊跟在木蘭花的後面，他逼木蘭花坐在駕駛位上，然後道：「好了，你將直升機升空！」

木蘭花道：「如果我反對呢？」

副隊長大笑了起來，道：「你反對，我立時將你射死，而我仍然一樣有機會，可以駕著直升機飛走的！」

木蘭花不再說什麼，她扳下了一個掣，又按了幾個按鈕，直升機的機翼軋軋轉動了起來，遠轉越快，機身開始晃動，不到十分鐘，直升機已飛起來了！

高翔、穆秀珍和方局長也已趕了出來，這時，至少有一百個人注視著那直升機，至少有一百支槍對著那直升機！可是木蘭花在直升機上，任何人都沒有辦法！

直升機越升越高，十呎，十五呎，當直升機升到了離地面約有二十呎之際，突然聽得所有的人都發出了一下驚呼聲來！

只見一個人，從直升機上直跳了下來！

從直升機上跳下來的人，正是木蘭花！

隨著木蘭花向下跳來，直升機陡地一側，機翼幾乎打中了木蘭花！

但是直升機卻立時恢復了正常，而且迅疾無比地向上飛去，那自然是副隊長立時接替了木蘭花的駕駛工作，而所有的人眼看木蘭花跳下，全都呆住了。

木蘭花從近二十呎的高處跳下來，等到她的身子離地只有三五呎之際，只見她身子突然一縮，就像一隻貓一樣，她雙足先落地，就地便打了幾個滾，滾出了六七呎，身子一挺，便已站了起來，一點也沒有受傷，看得眾人彩聲雷動！

直到此時，才有人想起射擊那直升機，可是此際，直升機早已飛得極高，而且向海洋方面飛去，一閃之間，就看不見了。

方局長忙叫道：「高翔，快通知空中巡邏隊截停直升機，不能讓他走了！」

木蘭花慢慢向前走來，卻道：「我看截不住了，他一飛到海洋之上，自然會放棄直升機，而利用直升機上的逃生設備逃生的。」

方局長忙道：「那麼再通知水警輪！」

木蘭花卻不置可否，她的神情顯得十分之疲倦，道：「我要回去睡一覺了，方局長，我相信他在海面上，一定另有同黨接應的，我們失敗了！」

一連三天，木蘭花的生活和往常無異，但是穆秀珍和安妮兩人卻大不相同。連平日最喜歡講話的穆秀珍，三天之中，也講了不過二十句話！

她們兩人，全感到了失敗的恥辱！因為海空搜索的結果，正如木蘭花所料那樣，是找到了直升機的殘骸，副隊長已帶著火箭槍逃走了！

而更令得穆秀珍和安妮兩人難過的是，這次失敗，全是因為木蘭花而起的，而木蘭花在失敗之後，卻又若無其事！

木蘭花本來是安妮崇拜的人物，為了木蘭花對失敗若無其事，她還難過得哭了一場，木蘭花卻問也不問她究竟為什麼要哭！

第二天傍晚時分，高翔來了。

自從三天前分手之後，高翔還是第一次來，他們只不過在電話上聯絡而已。

穆秀珍開了門，讓高翔走進來。

木蘭花正在看書，她抬起了頭來，道：「請坐。」

高翔在木蘭花的身邊坐了下來，嘆了一聲，道：「蘭花，你別難過，人是不能每一次都成功的，難得失敗一次，難過什麼？」

木蘭花笑道：「我沒有難過啊！」

穆秀珍忍不住道：「蘭花姐，如果不是你堅持要除去那三個人的手銬，那麼，我們就不會有這次的失敗了！」

這句話，穆秀珍已憋了三天想說了，但到這時才說了出來，高翔連忙向穆秀珍望去，責備她不應那樣說法。

但是木蘭花卻不在乎，道：「我想，該有消息來了！」

她向電話指了一指，穆秀珍等三人卻不知她那樣說法，是什麼意思，木蘭花看了看手錶，又道：「快了，再等十分鐘就行了！」

她說完之後，又自顧自看起書來。

穆秀珍等三人互望了一眼，嘆了一聲，都不知木蘭花在做什麼，他們只好耐著性子等著。

十分鐘過去了，那是晚上七時正，電話鈴突然響了。木蘭花拿起電話來，道：「我是木蘭花。」

那邊是一個男子的聲音，道：「我們成功了，木蘭花小姐，十分多謝你，我們十分感謝你的幫助！」

「那不算什麼。」木蘭花放下了電話。

高翔等三人仍是莫名其妙，穆秀珍一張口，但木蘭花卻笑了起來，道：「我講給你們聽，你不必問了！你們知道，那一場戰爭是十分激烈的，雙方都想爭取勝利，在正規戰之外，還進行間諜戰，由於戰爭的另一方，將他們的總部設在叢林之中，不可捉摸，往往占了地時之利，於是另一方就想出了一個辦法來。」

「蘭花姐，那和我們有什麼關係？」

木蘭花笑了笑，道：「另一方想出來的辦法十分巧妙，他們製造了一批火箭槍，揚言是運到戰場上去使用，威力十分驚人，極度秘密，卻又故意將這秘密洩露出去，讓對方間諜知道，於是對方的間諜通過內線，盜了一大箱這樣的火箭槍！」

「那又是為了什麼？」這一次是高翔問。

「那一大箱火箭槍，總共有一千柄之多，被他們運到了本市附近，但在運到本市附近之際，又恰好碰上了暴風雨，箱子擱淺在礁石中間，由於數量太多，他們勢難全部運走，是以他們犧牲了大部分，只準備帶回去十柄，以研究這種火箭槍究竟有什麼威力，這便是我們遇到的一連串的事！」

安妮嘟起了嘴，道：「他們成功了！」

木蘭花又笑了起來，道：「不，他們全失敗了，他們幾乎可以不必失敗，直到那兩個人來找我，說明了原委，那兩個人是另一方的高級情報人員，他們告訴了我一個秘密，那一千柄火箭槍，只要射上一發，小火箭在爆炸之後，便會升起一股肉眼看不到，用特種儀器才能探測到的光波來。而他們在得到這種火箭槍之後，一定會在最高指揮部附近試射，那麼，通過空中偵察，就可以輕而易舉知道他們的最高指揮部究竟是在什麼地方了。剛才那兩人中的一個打電話告訴我，他們已經成功了！」

高翔和穆秀珍兩人面面相覷，不知說什麼才好，好半晌，高翔才道：「天，我們幾乎令他們的計畫全部失敗！」

木蘭花道：「是的，幸而他們來見我，向我說明白，我才及時挽回了過來，使得副隊長可以帶著那種火箭槍離去，不然我們就壞事了！」

「蘭花姐，」安妮咬著手指，「你為什麼不早講給我們聽？」

「請你們原諒，我不能早說，因為要使他們以為那真是副隊長英勇無匹，完成了任務，你們全蒙在鼓裡，自然『演出』更加逼真了，是麼？」

穆秀珍哈哈大笑了起來，道：「原來我們全做了一次演員！」

她的心情輕鬆之極，以致在接下來的幾個鐘頭中，她講話實在太多，連喉嚨都啞了！

蜘蛛陷阱

1 惡作劇

電話鈴聲突然響了起來，刺破了靜寂的黑夜。

木蘭花和穆秀珍兩人，幾乎是在鈴聲響起，不到一秒鐘之內，便從沉睡中一起驚醒，坐了起來，多年來的冒險生活，養成了她們即使在熟睡中也有驚覺的習慣。

她們兩人一齊伸手向電話筒抓去，但是木蘭花先將電話抓在手中，穆秀珍忙轉過身去，她看到安妮在床上，也睜大了眼睛。

穆秀珍向安妮做了一個手勢，示意安妮不要出聲，以免打擾木蘭花聽電話，同時，她也看了看床頭的那只鐘，時間是清晨四時零五分！

誰在那樣的時候打電話來呢？在那樣的時候打電話來的人，不消說，一定是有著極之重要的事情了。

穆秀珍雖然沒有拿起電話，但是因為十分寂靜，而打電話來的人，又講得十分大聲，所以穆秀珍也可以清楚聽到電話中傳出來的聲音。

電話中傳出的是一個極急的聲音，好像是小孩子的聲音，正在道：「我要找木蘭花，找女黑俠木蘭花聽電話！」

木蘭花沉聲道：「我是，你是誰？」

「木蘭花女俠，你救救我，你一定要救救我！」那孩子的聲音聽來十分惶急，「你一定要救我，請你快來，遲來我就沒命了！」

「你在什麼地方，發生了什麼事？」木蘭花已一翻身，坐在床沿上，並且作了一個手勢，示意穆秀珍拿衣服給她。

「我在芝蘭路二十號，木蘭花女俠，你一定要來，快來救我，我……」講到這裡，電話中突然傳來了「砰」地一聲響。

「你現在怎樣了？」木蘭花忙問。

可是在電話中卻已聽不到講話聲，只聽到了一些掙扎聲，接著，電話便突然掛上了，木蘭花的耳中只聽到一陣「胡胡」聲。

穆秀珍已將衣服取了來，木蘭花換好了衣服，道：「你們兩人在家中，我去去就來。」

「蘭花姐！」安妮和穆秀珍齊聲叫道：「這個電話來得十分蹊蹺，你不認為那可能是一個陷阱麼，我看還是不要去的好。」

木蘭花早已到了門口，她微微一笑，道：「有可能是陷阱，但也可能是真有人遇到了什麼意外，在急切中向我求助的！」

她講到這裡，頓了一頓，才又道：「我會小心的，如果是什麼人設下的陷阱，你以為我會那麼容易就跌進人家的陷阱中去麼？」

穆秀珍和安妮兩人都笑了起來，她們自然知道木蘭花的能力，她經歷過不知多少風險，如何會怕那樣一個安排得如此拙劣的陷阱（如果那真是一個陷阱的話）。

木蘭花走出房間，迅速地奔向樓梯。

她並不走正門離去，而是從屋子後面的圍牆上翻了出去，在弄清楚了屋子的四周確實沒有人埋伏之後，她才在圍牆的草叢中，推出了摩托車，在黑暗中，摩托車發出驚人的呼叫聲，向前飛馳而出。

木蘭花在距離芝蘭路還有三條街的時候，便停了下來，這一帶，是十分高級的住宅區，幾乎全是獨立的小洋房，被高高的圍牆圍著。

木蘭花貼著每一幢洋房的圍牆，向前迅速地前進著，在她越過了一條街後，看到有兩個巡邏的警員，正慢慢向前走來。

那正是二十四小時之內最寂靜的一刻，警員的皮靴踏在水泥地上，發出十分響亮的聲音，一切看來全極之平靜。

木蘭花躲在圍牆的陰影中，等那兩個警員走了過去，她繼續前進，不一會，便轉進了芝蘭路，她看到芝蘭路二十號，是一幢外表看來並不算十分突出的洋房，奇怪的是，在一片黑暗中，那房子的二樓有一個窗口，卻亮著燈光。

木蘭花吸了一口氣，用十分輕巧的步伐，向前奔了過去。

她奔到了二十號門口，在鐵門前站定，鐵門顯然是鎖著，木蘭花在鐵門上略推了一推，便打橫跨出了幾步，來到了牆腳下，一抖手，拋出了一股繩索，在那繩索的頂端，有一支勾子。

她將勾子拋過牆頭，勾子發出輕微的「啪」地一聲響，勾在牆頭上，她用力拉了拉，覺得已十分牢固了，她便拉著繩子向上攀去！

圍牆大約有十二呎高，她迅速地向上攀著，等她攀高了約有六七呎之際，突然聽得身後傳來一聲呼喝，道：「木蘭花，別動！」

木蘭花陡地一呆，那聲音立時又道：「有一柄槍對準著你的背部，木蘭花，如果你亂動的話，那麼，你的背上一定要多幾個洞了！」

木蘭花雙手緊握著繩子，她停在半空之中不動。

那聲音聽來很年輕，而且也不像是職業匪徒的口吻，而像是一個蹩腳的演員在扮演並不合適他的角色一樣，木蘭花的心中只覺得好笑。

那聲音又在道：「你們看到了沒有？我早就說過了，木蘭花沒有什麼了不起，有關她的一切，全是過度誇張渲染的結果，你看，我只不過略施小計，打了一個電話，就將她引來了，而且，她笨拙地爬著圍牆，現在，她已經完全不能動彈了，我……」

那聲音才講到這裡，木蘭花心中好笑的感覺更甚了，同時，她也有幾分生氣，她雖然一直面對著圍牆，然而她也可以知道，那究竟是怎麼一回事了。

在講話的那個人，顯然是一個還未長大的男孩子，而他現在，正在向他的女朋友表示他的勇敢和智謀在女黑俠木蘭花之上。

這本是一件十分好笑的事情，木蘭花是可以置之不理的，但是這個大孩子使用的方法，卻十分卑鄙，他是假裝自己在危急之中而引木蘭花前來的，利用他人的同情心達到自己的壞目的，這是最不可原諒的事情了！

所以，木蘭花不等那聲音講完，便決定對使用這種卑鄙手段的人略施懲戒！

她突然之間，雙足在牆上一蹬！

她整個人還是懸在繩上的，在她雙足一蹬之下，她的身子便直蕩了起來，而在她的身子蕩得和地面平行之際，她突然移開了雙手，而她一蹬的力道還在，她手才一鬆開，便「呼」地倒飛了出去，足飛了有七八呎，在半空之中畫了一個弧形，才落在地上！

她身在半空中的時候，便聽到了幾下驚呼聲。

那種驚呼聲，自然只有十五六歲的女孩子才會發出來的，而她在不到兩杪鐘之內，便已站定了身子，她看到在她前面，有三個人一齊慌張地轉過身來。

那三個人中，有兩個是女孩子，她們的年齡，不會超過十六歲，都穿著十分合時的短裙，還有一個則是男孩子，大約有十七八歲，面色十分蒼白，頭髮幾乎比女孩子還長，他實在還不能算是成人，硬將唇上的汗毛當作鬍子來蓄著。

他穿著緊裹著雙腿的褲子，看來，他很想充一個英雄，但是他的雙腿卻顯然擺明了不肯和他合作，正在不住地發著抖。

他的手中，居然握著一柄槍！

由於他的手中有槍，所以木蘭花在他一轉過身來之際，立時便搶前一步，一伸手便已抓住了他的手腕，用力抖了一抖，令得他手中的槍跌下地來。

從那柄槍跌下地所發出的聲音聽來，木蘭花已經可以知道，那根本是一柄假槍了。

木蘭花仍然不鬆開他的手，冷冷地向他道：「你覺得那樣很有趣麼？」

那傢伙的雙腿抖得更厲害了，一句話也說不上來。

那兩個女孩子則已從驚惶中定過神來，一齊向前迎了上來，道：「木蘭花小姐，你真了不起，羅拔說你沒有什麼了不起，他可以輕而易舉將你捉住，現在，他應該知道滋味了，你看他那種可憐的樣子，你還是快將他放開罷！」

木蘭花冷冷地望著那傢伙，那傢伙的樣子，的確是可憐巴巴的，讓他在女孩子面前出了這樣一次醜，這樣的處罰也已經夠了！

是以木蘭花放開了他的手腕，道：「這並不是一件很有趣的事，你使用的手段，十分之卑鄙，我看你不像是一個有出息的人！」

那大孩子受了木蘭花的責斥，狡猾地低下頭去。

那兩個女孩子齊聲道：「木蘭花小姐，你既然來了，能到我們家去坐坐麼？我們都是十分仰慕你的，並且很高興你絕不是那麼容易被人制服的人，你能和我們一起談談麼？」

木蘭花淡笑著道：「其實我也沒有什麼了不起，這句話是對的，我只是一個普通人。而現在這種時候，不在床上睡覺的女孩子，總不是好女孩，我要走了！」

木蘭花話一講完，轉身便向外奔了開去，轉眼之間，她便跨上了摩托車，在回家途中，她想到了那扮得不男不女的傢伙，在想逞英雄不果之後的狼狽相，心中再也沒有怒意，只覺得好笑了。

她在想，自己將一切遭遇講了出來之後，穆秀珍的笑聲只怕可以將屋頂震破了！

清晨的街道上，幾乎一輛行走的車子也沒有，木蘭花將摩托車駛得十分快，幾分鐘之後，就轉進了郊區的公路上，不到十分鐘，她已經可以看到自己的房子了。

而當她看到自己的房子之後，她不禁呆了一呆。

天色還十分黑暗，所以隔得老遠，她便可以看到自己的屋子燈火通明！她皺了皺眉，準備一回去，便將穆秀珍和安妮狠狠地責備一頓，責備她們不好好睡覺！

可是，當她漸漸駛近的時候，她卻知道事情並不那麼簡單了。

因為她看到，在鐵門前，停著一輛車子。

還隔得相當遠，木蘭花已認出那是一輛「阿發羅米歐」牌的「蜘蛛型」跑車。這種跑車，可以說是世界上性能最佳的跑車之一，是任何喜愛跑車的人都十分希望擁有一輛的車子。

木蘭花來到了鐵門前，推開鐵門，已聽到穆秀珍高聲叫道：「蘭花姐，你回來了麼？我們有客人來了！」

木蘭花加快腳步，走進了大廳中，穆秀珍和安妮都在，還有一個，自然就是那輛跑車的主人，是清晨來訪的不速之客了！

當木蘭花向那位客人看去時，她不禁揚了揚眉，覺得十分奇怪，她的客人，是一個三十歲上下，十分豔麗的少婦！

她穿著在秋天十分合時的衣服，臉上的化妝也十分濃，她見到木蘭花，便立即站了起來，現出一副焦急不安的神態來，不等木蘭花開口，她就道：「木蘭花小姐，你一定要幫助我，我是來特地請你幫助我的，請你答應我。」

木蘭花笑著，道：「請坐，你別緊張，有什麼事，請你先說出來，如果是我可以做得到的事，我一定是樂於幫助你的！」

那美婦人吸了一口氣，道：「有人要殺我！」

木蘭花笑了起來，道：「如果是有人要殺你的話，我想你是找錯地方了，你應該到警局去報案，而不應該到我這裡來的！」

「到警局去？那有什麼用？他們會問你姓名、地址，然後告訴你，已經登記在案，你可以回去了，要等到凶手將你殺死之後，他們才會起勁，他們的責任是尋找凶手；他們還會告訴你，一個人在未曾殺人之前不是凶手，警方是不能對他採取行動的！」那美婦人一口氣講到這裡，才停了下來，然後又道：「所以，我不到警局去，那是沒有用的！」

木蘭花搖著頭，道：「你來找我，那也不是辦法啊，你不相信警方，可以雇請私家偵探來保護你的。」

那美婦人道：「我聘請你保護我！」

木蘭花笑了一下，轉頭對穆秀珍道：「秀珍，我們什麼時候宣布過我們接受聘請了？」

「當然沒有，」穆秀珍明白木蘭花的意思，所以立時回答，「是她誤會了，我已經告訴過她，可是她一定要見你，坐著不肯走！」

那美婦人望著木蘭花，眼光之中充滿了祈求的神色，道：「蘭花小姐，我求你，請你為我破一次例，我的性命實在是在極度的危險之中，你總不至於見死不救吧！」

木蘭花剛擺脫了一個大孩子的拙劣惡作劇，卻又遇到了這個走上門來懇求的美婦人，她心中只覺得啼笑皆非。

她仍然搖著頭，道：「我自然不會見死不救，但是我認為，如果你的生命真受到了威脅的話，你應該找警方更適合些！」

那少婦神經質地哭了起來，道：「沒有人可以幫助我了，世上真的沒有什麼人可以幫助我了！難道惡人橫行，就沒有人管了？」

她忽然哭叫了起來，木蘭花和穆秀珍兩人卻皺起了眉，木蘭花向穆秀珍望了一眼，又指了指電話，穆秀珍立時知道木蘭花是要通知警方，她向電話走去。但就在這時，安妮卻道：「蘭花姐，我們何不聽聽她的故事？」

木蘭花無可奈何地笑了一下，道：「也好，小姐，請問你是什麼人？是誰要害你，你不妨對我們簡略地講述一下。」

「好的，好的。」那少婦連忙答應著，道：「我是屈寶宗太太，我想，木蘭花小姐，你是應該聽說過我丈夫的名字的。」

木蘭花並沒有出聲，但是穆秀珍卻已不由自主「啊」地一聲，道：「你就是上個月飛機失事而死的大富翁屈寶宗的太太？」

「是的。」美婦人回答著。

「可是，」穆秀珍仍不免有點疑惑，「根據報上的記載，屈寶宗雖然是死於飛機失事，但是……他已是七十高齡的老人了！」

那少婦自稱是大富豪屈寶宗的夫人，以她的年齡而論，和一個七十歲的老翁，顯然是不相配的，也難怪穆秀珍會那樣問。

「是的，」少婦又點著頭，「他大我四十歲，但我們是正式結婚的，我嫁他的那年，我才十八歲，我是他第四任太太，他以前的幾個太太全都死去了。」

木蘭花揚起了手，她臉上已帶著十分明顯不要屈夫人再說下去的神情，她道：「屈夫人，像你那樣的身分和財勢，你可以雇用整連的軍隊來保護你，我們也不會為你這種身分的人服務，我想你可以離開這裡，我們要睡了！」

屈夫人忙道：「可是，你得讓我將話講完，我的確在十分危險的處境之中，說不定我一離開這裡，就給人殺害了！」

屈夫人說得十分的懇切，這令得木蘭花也不能不考慮一下，如果真的屈夫人身在危險之中，那麼她自然不能見死不救的。所以，她擺了擺手，道：「好，你說吧！」

屈夫人卻靜了片刻，才挺了挺胸，像是她要講的話，需要十分大的勇氣才能講出來一樣，她道：「我又準備結婚了。」

木蘭花呆了一呆，道：「夫人，你的丈夫死了還不到一個月呢！」

「是的，」屈夫人的神情有些激動，「但是你想想，一個十八歲的少女，嫁給一個大她四十歲的老頭子，為的是什麼？」

木蘭花雖然欣賞屈夫人的坦率，可是那實在是一件本質十分醜惡的事，所以她不由自主皺起了雙眉。

屈夫人又補充道：「老實說，我等這一天的到來，已經等得太久了，他因飛機失事而死，我絕不掩飾我心中的高興，我不能再等了，我必須和我相愛的人立即結婚。」

木蘭花冷冷地道：「帶著屈寶宗的全部財產？」

「對，屈寶宗沒有立特別的遺囑，我是他的合法繼承人，一切繼承遺產手續都辦好了，有人想要阻止我的婚姻，他們要在我結婚之前殺死我，好讓鉅額的財產再從我的手中轉出去，他們要殺死我，木蘭花小姐，你應該知道我所指的『他們』是什麼人。」

「是屈家家族中的人？」

「對的，如果我死了，那麼，巨大的財產，將會轉到屈寶宗第一任太太所生的兒子手中，他今年已有五十歲了，是一個典型的敗家子！」

木蘭花道：「夫人，你的事，本來我就無能為力，現在又牽涉到了家產的爭執，我自然更不能夠插手了，我想你還是……」

「我不是要你管別的事，木蘭花小姐，我要和我相愛的人結婚，這是一個女人應有的權利，是每一個人都有的權利，可是他們卻阻攔我，要殺死我，我所要求你的，是請你保護我，到我正式結了婚後，他們就算害死我，也得不到任何好處，自然反而會向我屈服了！」

木蘭花並不出聲，她甚至不望向屈夫人。

但是屈夫人還在不斷地道：「他——我要嫁的人在巴黎，他的行蹤只有我知道，木蘭花小姐，如果你能護送我到巴黎去，等我們正式結了婚，我已不再危險時，你的事就完了，我可以將屬於我的三所醫院，撥出作為平民醫院，並且負責全部醫院的開支。」

木蘭花苦笑了一下，道：「屈夫人，你開出來的條件十分誘人，但是我卻還是愛莫能助，我可以介紹幾個可靠的人給你，他們……」

「我不要任何人！」屈夫人叫了起來，她淚痕滿面，開始向外退去，但是她卻揚起了手，直指著木蘭花，叫道：「如果我被人殺死了，你想到我曾來求過你，而遭到了你冷漠的拒絕，那你一定會後悔的，你一定會後悔不肯答應我的！」

屈夫人一面叫著，一面疾轉過身，直向門外奔去。

她「砰」地撞開了門，奔進了黑暗之中！

她或許還未曾奔下石階，突然，槍聲響了！

在清晨聽來，那一聲槍聲，當真是驚心動魄！

木蘭花和穆秀珍兩人，不約而同的一齊跳了起來。

穆秀珍離門口較近，所以她先奔出了門外，她看到屈夫人呆立在門口，她忙叫道：「快伏下！」她向屈夫人撲了過去。

當她們兩人一齊伏下時，第二下槍聲又響起來了！

穆秀珍抱住了屈夫人，向外滾去，子彈就射在離她們不遠處的石階上，濺起了可怕的火星來，穆秀珍已帶著屈夫人滾進了灌木叢中。

而在第一下槍響之際，木蘭花已在大門口蹲了下來，第二下槍響之後，她更是肯定發冷槍的人，是在東面的圍牆之外！

她沉聲道：「秀珍，你們在樹叢中別動！」

穆秀珍道：「我知道了，拋一柄槍給我！」

木蘭花望向安妮，安妮連忙控制著輪椅，來到了鋼琴之前，掀開了琴蓋，取出了一柄手槍來，拋給了木蘭花。

木蘭花將槍向灌木叢中拋去。

只聽得穆秀珍叫道：「ＯＫ！」

木蘭花已從門口退了回來，迅速地退到了廚房，然後，從後面翻出牆去，向東面的圍牆轉去。但是當她轉過牆角之際，只看到牆上掛著一節可以按鈕伸縮、專供夜行人爬牆用的鋼梯。但是放冷槍的人，卻已蹤影不見了！

木蘭花等了幾分鐘，沒有什麼動靜，而黑夜已快將結束。東方已出現一線曙光了。

木蘭花心知暗殺者已經離去，也不會再在白天出現的了。

她繞過了圍牆，來到了鐵門前，推開鐵門，叫道：「秀珍，歹徒已經走了，你們可以出來了，屈夫人有沒有受傷？」

穆秀珍首先自灌木叢鑽了出來，緊跟著，幾乎是被穆秀珍硬拖了出來的，則是面無人色，驚駭之極的屈夫人，她幾乎站立不穩，身子在不住地顫抖！

木蘭花來到了她們兩人的身前，道：「我們進去再說。」

屈夫人有點神經質地叫道：「這已是第三次了，這已是他們要害我的第三次了，天，我難道一定要給他們殺死，才有人相信我麼？」

木蘭花扶著屈夫人，大踏步走了進去，令屈夫人在沙發上坐了下來，然後才道：「前兩次的情形是怎樣的？」

「五天之前，當我宣布要再嫁之後的幾小時，我的一輛蓮花牌跑車的煞車便突然損壞，然後，便是我到你們這裡來之前，我從夜總會出來，兩輛大卡車要來撞我，幸而我跑車的性能好，使我逃了出來，我就決定向你們來求助了！」屈夫人喘著氣說。

木蘭花略想了一想，道：「你可以暫時在我們這兒休息一下……」

屈夫人握住了木蘭花的手，道：「保護我到巴黎去，木蘭花小姐，保護我到巴黎去，我知道你是不稀罕酬勞的，但在我安全地再結婚之後，我可以將三分之二的財產捐出來，由你支配，用在對市民有益的地方，求求你！」

木蘭花仍然沉吟不語，過了半晌，才道：「你至少得讓我考慮考慮，你要的是安全，而在我們這裡，你一定是安全的。我看你神經未免太緊張了，你不妨服一些鎮靜劑，好好地睡一覺，然後我再告訴你，我是不是答應你的要求！」

屈夫人嘆了一口氣，道：「好，我聽你的話，但希望你能答應我的要求。」

木蘭花不置可否地笑了笑，她望了望穆秀珍，道：「秀珍，你扶屈夫人上樓，讓她服食一片安眠藥，睡在我的床上。」

屈夫人順從地跟著穆秀珍走上樓去。

木蘭花瞪了安妮一眼，道：「你也去睡吧。」

安妮卻頑皮地扮了一個鬼臉，道：「蘭花姐，天也亮了，還睡什麼？芝蘭路二十號的事情怎麼樣？你何以回來得那麼快？」

「那裡沒有什麼事，只不過是一個無聊的男孩子，想在他女朋友面前表示他可以捉住木蘭花的惡作劇而已，安妮，你也上樓去，在屈夫人睡著之後，你和秀珍兩人別離開她，我要去找高翔，向他瞭解一下屈夫人的為人和搜集一些資料。」

安妮道：「我看她好像十分可憐！」

木蘭花笑了笑道：「那是你的直覺，安妮，世上有很多人，就是先裝出了一副可憐相，等人去同情他，然後他才趁機害人的。」

安妮點著頭，控制著輪椅，向樓梯而去，然後一按掣，樓梯扶手欄上的傳送帶開始轉動，將她的輪椅帶了上去。

安妮到了樓上，木蘭花便轉身向外走了出去。

2 連鎖問題

高翔是在憩睡中突然驚醒的。在睡夢中，他彷彿覺得有什麼軟綿綿的東西，在他臉上拂著，又像有人在他的臉上吹著氣，那令得他突然驚醒了過來。

可是，他雖然在剎那之間從睡夢中突然完全清醒，然而他的身子，卻一動也未曾動過，因為他不知道究竟發生了什麼事。

他身子保持著不動，人家便不知他已醒了過來，他就可以有機會弄明白究竟發生了什麼事了，他慢慢地將眼睛打開了一道縫。

他看到木蘭花。

木蘭花正在他的床前，俯首看著他。

高翔難以看得出木蘭花的心中在想些什麼。但是他卻知道木蘭花在看著他，看得十分出神，以致連秀髮垂了下來，拂在他的臉上，木蘭花也不知道。

木蘭花在出神的時候，更是端莊美麗，高翔忍不住陡地欠身坐了起來，在木蘭花的頰邊輕輕吻了一下。

以他們兩人的戀情而論，那輕輕的頰邊一吻，實在是不算過分的，但是木蘭花卻不知道高翔已經醒了，是以那一吻對她來說，是突然其來的！

當然，木蘭花也不會和別的少女那樣，惺惺作態，假作憤怒的，她只是立時站了起身來，掠了掠秀髮，道：「我有事來找你。」

高翔卻感到有點委曲，道：「蘭花，為什麼你一定要有事才來找我？」

木蘭花淡然笑著，道：「一小時之前，我們的住所來了一個不速之客。」

高翔揉了揉眼睛，向窗外朦朧的曙光看了一眼，道：「嗯，在一小時之前去造訪人家的，那人真可算是不速之客了，那是誰？」

「是屈寶宗夫人。」木蘭花回答。

「哦？」高翔十分有興趣，坐了起來，道：「是她？她剛繼承了驚人的遺產，她為什麼來找你？可是有人要害她？」

木蘭花詫道：「正是，你怎麼會想到這一點的？」

高翔站了起來，伸了一個懶腰，道：「這事說來話長了，屈寶宗的飛機失事十分蹊蹺，雖然沒有什麼確鑿的證據，可是警方仍然懷疑那是一樁布置得十分巧妙的謀殺，是以展開調查，調查的主要對象，首先自然是屈寶宗年輕貌美的遺孀！」

「你已見過她了？」

「見過不止一次了。」高翔回答，「她表示十分痛恨屈寶宗，希望屈寶宗早死，當然她有著極大的嫌疑，但是卻沒有證據，而還有奇怪的事情哩，當我們調查屈寶宗的遺物時，竟發現屈寶宗幾乎沒有什麼私人的文件，而他名下的企業，幾乎沒有一個是賺錢的！」

木蘭花呆了一呆，道：「怎麼會？屈寶宗是個大富豪！」

「是的，他在銀行中的存款數字驚人，我們連帶對屈寶宗的經濟來源也有了懷疑，事情牽涉得十分廣，我們還沒有任何頭緒。」

木蘭花在窗前的一張椅子上坐了下來，默然不語。

高翔來到木蘭花的身前，道：「她來找你是為了什麼事？我料到有人要殺害她，是因為我懷疑屈寶宗的死因，而她又有那麼多的存款在銀行中，那是她才獲得的遺產，如果她被殺害，那麼這筆遺產，便會再度轉移到第二個人的手中。」

木蘭花靜靜地聽著，等到高翔停了下來，她才緩緩地道：「這樣看來，這件事情很複雜了，她來要求我，要我護送她到巴黎去，她要在巴黎再婚。她說屈寶宗的大兒子要害她，無非是為了想謀奪她的財產，而在她再婚之後，即使害了她也得不到她的財產，她就安全了。」

高翔皺起了雙眉，道：「你答應了她沒有？」

「沒有，但是——」木蘭花接著將屈夫人一出門口便遇到了槍擊的經過，說了一遍，「我想，她的確是在危險之中。」

高翔抬起頭來，搖著頭道：「我看那是一個圈套。」

「圈套？」

「是的，為了調查屈寶宗，我們也附帶調查過屈夫人，她的真名叫秦蕙苓，你對這個名字，可有什麼特別的印象麼？」

「秦蕙苓？」

木蘭花將這個名字念了幾遍，突然一呆道：「以前，亞洲最大的走私黨的二號頭目，是一個女子，叫秦蕙蘭，被同道中人叫著『吃人花』的，是屈夫人的什麼人？」

「你記性真好，」高翔佩服地道：「屈夫人是她的妹妹，吃人花死於黑吃黑的火拚。照年分算來，吃人花死的那年，屈夫人已有十七歲了。」

木蘭花來回踱了起來，當她才一聽到屈夫人來要求她保護的時候，她只當那只不過是一宗巨富之家常見的爭奪財產事件。可是，當她越是深入瞭解這件事之後，便發現問題越是多，事情的錯綜複雜，遠超過了她的想像！

首先，屈寶宗的死因，便耐人尋味。

屈寶宗可能是被人謀殺的，是被什麼人所害的，現在還是一個謎。要使所有錯綜複雜的事有一個明朗的解釋，第一個要揭開的謎，自然就是這一個了。

接下來令人生疑的，便是屈夫人的身分。這個身分可能十分隱秘，但是卻極其重要，因為「吃人花」是一個窮兇惡極的女匪徒，不但警務人員看到她怕，連其他犯罪分子，也對她十分忌憚，她死的時候，屈夫人已經十七歲了，而在第二年，屈夫人就和屈寶宗結了婚。這中間，是不是有著什麼聯繫呢？

再其次，高翔調查的結果，屈寶宗所有的事業，歷年來不是虧本，便是不見得如何賺錢，那麼，他銀行中的巨額存款自何而來？

如果那許多事業，對屈寶宗而言，只起著「幌子」作用的話，那麼，屈寶宗想藉這「幌子」來掩遮的真相，又是什麼呢？

一個問題接一個問題，每一個問題都是有連鎖性的，而最後的問題則是：屈夫人到巴黎去，究竟為了什麼？如果那是一個圈套的話，那麼目的何在？

木蘭花迅速地轉著念頭，將所有的問題都歸納了一下，這時，她對整件事所知仍少，是以她只能歸納問題，而無法作出結論來。

她在想了幾分鐘之後，才道：「警方對屈寶宗的背景，可有展開進一步的調查麼？我想這十分重要。」

「正在調查中，可是沒有什麼結果。蘭花，這次飛機失事，死的不止屈寶宗一個人，這是一件十分嚴重的案子！」高翔講到這裡，停了一停。

「我知道，」木蘭花已經明白了高翔的意思，「我想，我應該答應屈夫人的要求，和她一齊到巴黎去才是。」

高翔剛才話中未盡的意思，的確是想木蘭花答應屈夫人的要求，和屈夫人一齊到巴黎去，因為接近屈夫人，弄清楚她在幹什麼，對整件案子十分重要。

但是，屈夫人的要求十分突兀，現在根本無法判別她所說的話是真是假，而且，她還是「吃人花」的妹妹，那更使整件事複雜，顯示其可能是一個圈套！

如果那是一個圈套的話，高翔要木蘭花答應屈夫人的要求，那豈不是要木蘭花跌進屈夫人的圈套之中麼？

所以，高翔的心情十分矛盾，他忙又道：「我看，我們還是從另一方面著手的好，就那樣答應她，未免太危險了些。」

木蘭花微笑著道：「如果我們一無所知，就完全相信了她的話，那才是危險的事，現在我們既然已知道了不少事，而且，對她的目的也有了懷疑，我們隨時可以應付意外的發生，如果是怕危險的話，那我只能坐在家中，什麼事也不做了！」

高翔握住了木蘭花的手，說道：「蘭花。我覺得這件事牽涉得十分廣，甚至和已死的『吃人花』都可能有關係，你要小心才好。」

「我當然會小心，」木蘭花立時轉變了話題，「而我想得到更多屈寶宗和『吃人花』的資料，還有吃人花領導的那個走私組織的一切，我想警方應該有這些資料的，我要研究一下。」

「好。我們立即就去！」高翔迅速地穿好衣服，就和木蘭花一齊出了門，直赴警署。

在警署中，木蘭花幾乎沒有和高翔說什麼話，因為木蘭花全副精神都集中在一整疊的文件資料上。

有關那個走私黨的資料之多，也頗出乎木蘭花的意料之外。這個走私黨的「犯罪業務」十分廣泛，他們甚至在亞洲各地誘拐來亞洲旅遊的白種女郎，將她們販賣到中東一帶去！

木蘭花在警署一直耽擱到下午三時，在午飯的時候，她也是一面看文件，一面進食。

她在一到警署的時候，就和穆秀珍通了一個電話，知道屈夫人服下安眠藥之後，正在憩睡，看來，不到黃昏時分，是不會醒來的。

下午三時，木蘭花和高翔道別，離開了警署。

她費了將近七個小時，去查閱種種資料，並不是白費時間的。在有關走私黨的文件中，木蘭花也看到了屈夫人的照片。那是屈夫人和她的姐姐在一個公開場合之中合拍的照片，屈夫人已經十分美麗了，但是「吃人花」看來更加豔麗。

這證明她們姐妹兩人是常在一起的，而且還十分親密，因此可知，屈夫人在十六七歲的時候，已經不是天真純潔的人了！

而資料中有關「吃人花」秦蕙蘭的記載，也十分有趣，資料中說秦蕙蘭在二十歲那年，便榮登走私黨第二把交椅的寶座，她死的那年是二十五歲，死因是因為她殺死了走私黨第一頭子，而企圖獨攬大權，結果，引起另外幾個頭子的不滿，在走私黨的總部，發生一場火拚的槍戰，吃人花未登上寶座便已死去，走私黨從此內爭不已，此後就沒落了。

這個規模龐大的走私黨，組織十分嚴密，除了秦蕙蘭之外，第一號頭子，據知是一個菲律賓人，至於還有一些什麼重要的人物，資料中卻已付之闕如。

在屈寶宗方面，木蘭花也得到了不少有用的線索。

木蘭花曾費了將近三小時的時間，審核了人家認為屈寶宗財富主要來源的企業和重要帳簿，發現這幾項企業都是虧本的。而且，從帳簿上的收支項目看來，那幾項企業，根本不像是在做生意，而是像有著散不完的錢，可以隨便胡來一樣！

從這一點看來，屈寶宗龐大財產的來源是大有問題的了，這又進一步說明，屈寶宗的身分也有值得研究之必要。

木蘭花也看了國際航空專家對飛機失事的報告書。那架中型客機是在一次短途飛行中失事的，在散落的飛機殘骸中，可以清楚地看到機尾部分有爆炸的痕跡，那是有人在行李中放置炸彈的證明。

可以肯定，那是謀殺。

當然，機上一共有搭客二十八人，那是一班超級豪華的客機，那二十八人，非富即貴，謀殺的對象不一定是屈寶宗。警方對每一個死難者的親友都展開了調查，但是其中最惹人注意的，就是屈寶宗。

當木蘭花看到這裡的時候，曾停下來想了片刻，她想，如果謀殺的對象是屈寶宗，那麼，最可能在屈寶宗行李中放置定時炸彈的是什麼人？

當然是他的妻子！

木蘭花覺得自己已掌握了不少資料。自然，要進一步瞭解整件事的來龍去脈，還非得花一番工夫不可，但木蘭花卻充滿了信心。

那次飛機失事，是一件萬方矚目的大案件，木蘭花感到自己如果可以為這樁大案盡一點力量的話，那就算要冒險，也是值得的。

木蘭花回到家中時，已經將近下午四時了。屈夫人仍在沉睡中，木蘭花一到家，穆秀珍和安妮就輪流向她提出了許多問題，木蘭花只是約略扼要地回答了她們，然後道：「我已決定陪她到巴黎去了！」

穆秀珍和安妮拍手道：「好啊！」

木蘭花又是好氣又是好笑，道：「你們高興什麼？是我陪她去，我一個人，而不是我們三個人。你們在家裡。」

穆秀珍和安妮本來是十分高興地在笑著的，可是一聽得木蘭花那樣講法，她們的笑聲突然之間停了下來，拉長了臉。

木蘭花故意不去看她們，只是道：「現在，對方究竟有什麼目的，我還不明白，我要做的是，不論對方是懷著什麼目的，都不要使她改變計畫，唯有如此，才能知道整件事的真相。如果我們三個人一齊去，可能使她改變整個計畫的！」

「可是，我們三個人在一起，也安全得多！」穆秀珍咕噥著說。

木蘭花早就料到穆秀珍會那樣講的了，是以她立時道：「秀珍，如果要安全，坐在家中，什麼地方也不去，那最安全了！」

安妮知道是沒有希望了，她只得退而求其次，道：「那麼，蘭花姐，你到了巴黎之後，如果事情有什麼變化，你要通知我們。」

木蘭花笑了起來，摸著安妮的頭髮，道：「你放心，這件事情十分複雜，牽涉的事情十分之多，不單在巴黎有事會發生，在這裡，仍不斷會有事發生的，高翔一定會和你們聯絡的，或許你們這裡發生的事更多，使我更羨慕你們哩！」

穆秀珍又高興了起來，道：「那麼你什麼時候走？」

木蘭花攤了攤手，道：「那要看我雇主的意思了，她要什麼時候走，我就什麼時候走，而且，我看未曾離開本市之前。我也要開始保護她了！」

穆秀珍忽然問道：「蘭花姐，她說要害她的人，是屈寶宗的大兒子，你怎麼一個字也未曾提及過這個嫌疑凶手？」

木蘭花笑道：「我已經在資料上瞭解到那個『嫌疑凶手』了，他實際上是一個毫無作為的人，對於屈寶宗的全部財產落入屈夫人手中，他自然表示不滿，但是卻絕不會去殺屈夫人的，他根本是一個廢物！」

「那麼，要殺害屈夫人的是誰？」安妮問。

「那就是我要答應屈夫人要求的原因，我要慢慢地從這一大堆凌亂不堪的事實中，找出一個頭緒來，然後就可以瞭解整件事情了。」

「哼，」穆秀珍憤然道：「她在撒謊！」

「是的，她在撒謊，但是在她醒了之後，我們不必揭穿她。」木蘭花伸了一個懶腰，「我也該休息一下了，你們上去看看她！」

木蘭花在安樂椅上坐了下來，穆秀珍和安妮又回到了樓上。

木蘭花閉上了眼睛。她真是需要休息一會了，因為當屈夫人醒了之後，不知道會有什麼樣的事發生。都是需要她全神貫注來應付的。

但是，木蘭花卻未曾想到，屈夫人還沒有醒來，意外已經發生了！

當木蘭花朦朧要睡去之際，她突然被門鈴聲驚醒。

木蘭花立時睜開眼來，一轉身，向窗外看去。她看到兩個人站在鐵門之前，那兩個人都穿著得十分整齊，看來十足是體面的紳士。但是木蘭花卻不認識那兩個人。

木蘭花按下了咖啡几邊上的一個對講機掣，道：「兩位找誰？」

她立時聽到了回答，那是一個十分客氣的聲音，答道：「我們想來見木蘭花小姐，我們有重要的事。」

「你們是什麼人？」木蘭花再問。

這時，木蘭花看到穆秀珍和安妮兩人在樓梯上出現，木蘭花一面問著門口的兩人，一面揮手令她們退回去，穆秀珍和安妮兩人雖然不願，但還是退了回去。

「我們是ｘｘ航空公司，和保險公司的經理。」那兩人中的一人回答道。

木蘭花的雙眉揚了揚，那家航空公司，就是屈寶宗搭乘的那架失事飛機的所屬公司，那本來是一家規模十分巨大的航空公司，但是自從那次驚人的空難事件之後，那家航空公司的業務幾乎已處在停頓狀態了。

木蘭花考慮了幾秒鐘，便道：「請推門進來，鐵門並沒有鎖。」

她從窗外看出去，可以看到那兩個中年人推開了鐵門，走了進來。

那兩個人都愁眉苦臉，一望而知他們有著重大的心事，他們既然自稱是航空公司和保險公司的經理，那麼，他們的愁眉不展，也是可想而知的了，那件空難事件，使他們的公司面臨倒閉的威脅。

那兩個中年人來到了客廳中，向木蘭花望著，木蘭花客氣地坐著，道：「我就是木蘭花，兩位來見我，有什麼事情？」

那兩人互望著，像是不知道由誰開口才好。

他們推延了半分鐘，左邊的一個才道：「蘭花小姐，這件事，和我們兩家公司的生死存亡有關，我們不想再有別的人聽到我們的談話。」

木蘭花揚了揚手，道：「你們應該看到，只有我一個人在。」

「是的，」那中年人連忙答應著，他向木蘭花走了過來，「小姐，我們航空公司的客機遭人破壞一事，你一定是知道的了——」

他一面說，一面向木蘭花走過來，等到他來到離木蘭花只有兩三吋，木蘭花正感到他離得自己太近之際，他突然停住了口，而幾乎在同時，他手中的一柄槍已對住了木蘭花。

那中年人本來還是一副愁眉苦臉的樣子，但是他一定可以去當第一流的演員，就在他突然拔槍指住木蘭花之際，他那種愁苦的神情消失了，而換上了獰笑，他和剛才看來判若兩人！

那中年人的行動，實在是突然之極的，如果換上了別人，一定會在這樣的意外下先陡地一呆，然後才能想出對策來。

而在絕大多數的情形之下，當一呆之後，是根本想不出什麼應付的辦法來的，要在那樣情形下改變處境，必須要在變故發生的同時，立即應付！

這種幾乎連十分之一秒鐘也不耽擱，而立即應付變故的本領，並不是每一個人都有的，但是木蘭花卻具有這種本領。木蘭花從小就具有這種本領，她接受外界的刺激而生出反應所需的時間特別短，也就是說，她對任何變故的反應都特別快。

有一種遊戲，是兩個人玩的，甲持著一張沒有折疊的鈔票，放在乙的食指和拇指之間，令乙的食指和拇指相隔一兩吋，鈔票就在乙的手指之間。甲可以告訴乙，當甲叫一聲「放」，甲便放開鈔票，任由鈔票向下落去，而乙則在聽到「放」字之後，立即捏緊手指，如果他可以捏到那張鈔票的話，鈔票便屬於乙的。

不論那張鈔票的面額多麼大，甲都可以放心，因為乙是沒有什麼機會捏住這張鈔票的，雖然乙要捏住這張鈔票，只要略動一動手指就可以了！

但是，乙從聽到甲說「放」之後，神經中樞起了反應，腦神經再傳達到指神經，令得手指收攏，至少要五分之一秒的時間，而在那五分之一秒的時間中，根據物體下墜的速度來計算，那張鈔票早已滑出了乙的手指，而不會被乙抓住了。

可是，木蘭花如果玩這個遊戲的話，她卻是可以捏住那張鈔票的，她小的時候，在她長輩處，從這個遊戲中贏得不少錢來買她心愛的東西。那是因為她的反應來得特別快，那種「快」和「慢」，相差其實是極微的，絕不會超過五分之一秒！

然而，在那中年人突然取出手槍來這樣的情形下，五分之一秒的時間便起了巨大的作用了！

當那中年人來到離木蘭花太近之際，木蘭花已然感到了疑惑，接著，那中年人突然以槍對住了木蘭花，而木蘭花幾乎是在同時突然抬起膝來！

那可以說是在同時間內所發生的事！

木蘭花的膝蓋，重重地撞在那中年人的手腕之上。

那中年人面上的神情，才由愁苦轉為獰笑，他的手腕便被撞中，而他手中的手槍，也被撞跌了下來！

那中年人顯然沒有像木蘭花一樣，對於突然發生的變故有極其迅速的反應能力，在手槍脫手而出之際，他呆了一呆。就在他一呆之際，木蘭花早已一伸手，抓住了他的手腕，將他的手臂扭了過來，將他的身子也隨之轉了過來。

然後，木蘭花絕不猶豫，用力將那中年人的身子向前推去，撞在另一個中年人的身上，令得他們兩人一齊跌倒在地。

而就在木蘭花向他們兩人跳過去之際，穆秀珍高聲呼叫著，騎在樓梯的扶手上，向下疾滑了下來，她的神情高興得像是得到了最喜愛事物的小孩子！

她從樓梯的扶手上躍下，那兩個人中的一個恰好要站起來，但是穆秀珍凌空而降，膝頭重重地撞在那人的背部。那人整個身子向前一衝，前額又撞在大理石的咖啡几上，他發出了一下呻吟聲，身子倒在地上，穆秀珍連忙伸足踏住了他的胸口。

另一個人眼看大勢已去，也不再作掙扎，縮在地上不動。穆秀珍拉住了那人的衣領，將他直提了起來，翻開了他的外衣，將他的佩槍摘了下來。

穆秀珍大聲道：「好啊，你們兩個傢伙，到老虎頭上拍蒼蠅來了？你們是什麼人，想來幹什麼，快照實說！」

木蘭花後退兩步，坐了下來，揚起頭，對在樓梯上的安妮道：「安妮，別只管看熱鬧，去陪著我們的客人——」

木蘭花才講到這裡，便看到屈夫人的雙手支在額上，身子搖擺著，也走了出來，她向下望著，用嘶啞的聲音問道：「什麼事？」

「沒有什麼，」安妮回答她，「有兩個人不知好歹，想來找麻煩，當然，和所有的人一樣，吃虧的只是他們自己而已。」

屈夫人蹙著雙眉，向下看來，那兩個人已齊聲道：「請原諒我們，兩位女俠，我們……我們絕不是想和兩位為難的。」

「哼，那你們來幹什麼？」

那兩人中的一個，向樓上的屈夫人指了一指，道：「是為了她，有人出高價要我們將她帶走，並且告訴我們，她在兩位家中，天地良心，我們天大的膽子，也不敢加害兩位女俠。」

屈夫人從樓梯上奔了下來，尖聲道：「他們是來害我的，蘭花小姐，你聽，他們是來害我的。你一定要保護我，不然我一定會死在他們手中了。」

木蘭花緩緩地道：「我已經答應保護你了。」

「和我一起到——」屈夫人驚喜交集地問。

「是的，從現在起，我就和你在一起，直到你安全了為止。」木蘭花回答。

屈夫人長長地呼了一口氣，突然安靜了下來。

3 西塘之虎

穆秀珍繼續問那兩個人：「要你們來對付屈夫人的是什麼人，說！」

那兩人一齊哭喪著臉，道：「我們不知道，我們……是接到了一個神秘電話，叫我們到公園的一株大樹的樹洞中，去取兩萬元現金，我們這幾天正窮得可以，姑且去了，那樹洞之中，果然有兩萬塊錢，而且還有兩柄槍，和一封信。」

「你們平時是幹什麼的？」木蘭花問。

那兩人還沒有回答，高翔已推門走了進來，道：「他們？他們有過十三次暴力行劫的案底，和九次偷車，另有數不清的偷竊和其他的犯罪記錄，如果我說得不錯，他們離開監獄只有七天，而這一次，只怕他們有生之年，沒有什麼機會再離開監獄了！」

那兩人一看到高翔，更是面如土色。

木蘭花冷笑一聲，道：「原來這樣！」

那兩人一齊道：「我們上人家的當了，蘭花小姐，高主任，我們是被人利用了，你……請你們高抬貴手！」

木蘭花道：「那封信中說些什麼？」

那兩人忙道：「信中就叫我們到你這裡來，並且還教我們說，只要說我們是ＸＸ航空公司和保險公司的經理，你一定會見我們的，我們要做的事，便是將你制住，將屈夫人帶走，那樣，我們就可以再得到八萬元了。」

「將屈夫人帶到什麼地方去？」

「仍然是那公園，那株大樹旁。」

高翔揚了揚眉，道：「蘭花，他們在說謊！」

木蘭花卻搖了搖頭，道：「不，他們說的是實話。」

穆秀珍也覺得那兩人是說謊，她道：「蘭花姐，那怎麼可能？公園是公眾場合，將屈夫人帶到那地方去，去做什麼？」

那兩人忙道：「我們也不明白，可是，那是真的！」

木蘭花道：「如果我的猜想不錯，那麼一定在公園附近的某一幢建築物中，早已埋伏了一個槍手，用遠距離來福槍在等著，一等他們三人出現，三顆子彈就可以將所有的事情全了結了，自然，也可以省下那八萬元了。」

高翔道：「好啊，那就叫他們兩人，挾一個假人，到公園的那株樹旁去！」

那兩人身子不住發起抖來，道：「高主任……別……別開玩笑……別開玩笑。」

高翔瞪著眼道：「誰和你開玩笑，只有你們兩人前去，才能引隱藏的人開槍，我們才能找出他是什麼人！」

那兩人道：「可是我們……我們……」

「你們？你們還不是一樣麼？那兩顆子彈早就該歸你們兩人享用的了，你們何必客氣？」高翔冷冷地回答著。

那兩人怪叫起來，道：「你無權那樣做，我們犯了罪，願意接受法律的制裁，我們願意接受審判，你不能要我們去送死。」

高翔冷笑道：「那很好，我會通知警員將你們帶走的！」

高翔一面說，一面已向電話走了過去，通知警員前來。

穆秀珍問道：「蘭花姐，我們無法知道是誰在利用這兩個人麼？」

穆秀珍站了起來，來回地踱著步道：「很困難，公園附近的建築物相當多，遠端射擊的射程又遠，就算我們埋伏許多人，當槍聲一響之後，也只不過可以得到一個大概的方向而已，那槍手可以從容離去，而我們卻是無可奈何的。」

屈夫人道：「去捉屈寶宗的大兒子，一定是他主使的！」

木蘭花道：「屈夫人，你最好靜一靜，沒有確鑿的證據，警方是不能隨便捕人的，你準備什麼時候離開本市，到巴黎去？」

「自然是越快越好。」

「那我們現在就到機場去，一切手續在機場辦。一有飛機，立時就可以離開本市了。」木蘭花提議。

「那……那……」屈夫人遲疑了一下，「我至少要帶一些東西，不能就這樣去旅行的，我要回家去。」

「屈夫人！」木蘭花沉聲道：「你回家去？那可能十分危險！」

屈夫人的眼珠轉動著，道：「有你保護，不要緊吧，我……要取的，不過是一些女人日常的必需品，至多不過是一只小提箱。」

「如果你堅持要回家去取的話，當然我可以陪你去。」木蘭花回答。

屈夫人連聲道：「多謝你，多謝你！」

這時，一輛警車已在門口停下，幾個警員走了進來，將那兩個人帶走，木蘭花和屈夫人是和警員一齊離去的。

她們並沒有使用那輛「蜘蛛型」跑車，而是一齊登上了警車，高翔駕著車，跟在警車的後面，留下安妮和穆秀珍兩人，老大不願意地站在門口怔望著！

三十分鐘後，警車便在一幢花園洋房前停了下來。

木蘭花一路在想，屈夫人堅持在到機場前先來取些東西，那麼，她要取的東西，一定不是如她所說，是普通的日常用品，定然是關係十分重大的物件。

木蘭花一直在思索著屈夫人要取的究竟是什麼東西，是以並未曾注意到經過一些什麼街道，由於她是在警車之中，她也不必為安全擔心。

所以，當車子停下來，她向外一看，不禁呆了一呆。那幢花園洋房在這個高貴的住宅區中，本身並沒有什麼特異之處，令得木蘭花突然一呆的，是那幢洋房的門牌。

那門牌是：芝蘭路二十號！

這不是太湊巧了麼？木蘭花的腦中，立時閃電也似閃過昨天晚上發生的事情，在這以前，她一直以為昨天晚上在這裡發生的事是無關緊要的。

但是現在看來，顯然不是那樣了！

如果芝蘭路二十號正是屈夫人的住所的話，那麼昨天晚上，那件看來像是無聊的惡作劇一樣的事，一定是另有作用的。

那件事究竟有著什麼作用呢？

木蘭花雖然緊皺著雙眉，在苦苦思索著，但是她心中卻亂成一片，一點頭緒也沒有。她只是想到，昨天晚上的事可能和屈夫人無關，是另一些人安排的。自然，木蘭花也說不出那「另一些人」是什麼人。

木蘭花向屈夫人望了一眼，屈夫人已下車，木蘭花連忙跟在她的身邊，道：「在屈先生前妻所生的兒子中，有一個大約十六、七歲，叫作羅拔的麼？」

屈夫人像是感到這個問題來得十分突然，她站住了身子，搖頭道：「沒有啊，你為什麼問得那樣奇怪？」

木蘭花笑了笑，並不理會屈夫人的反問，她只是向幾個警員揮了揮手，示意他們走在自己的身邊，以防止有什麼意外的發生。而另外幾個警員，則早已散了開來，注意附近可能伏有狙擊手的地點。

屈夫人有點膽怯的樣子，道：「我們可以快些趕到飛機場去就好了。」

「你說得對，所以你的行動要快些！」木蘭花和屈夫人已走進了鐵門，穿過花園，來到了大廳中，屈夫人向樓梯上走去。

木蘭花緊跟在她的身後，進了屈夫人華麗的臥室中。

木蘭花在一張安樂椅上坐了下來，道：「在這幢洋房之中住些什麼人，希望你可以照實講給我聽。」

屈夫人將箱子打了開來，將一些東西放進去，一面放著，一面道：「你為什麼像是對這幢屋子感到特別的興趣？」

木蘭花直視著她，道：「自然，你記得麼？昨天晚上，當你到我家中去的時候，我出去了。我就是到這裡來的，所以我才覺得好奇。」

屈夫人的面色突然變得十分蒼白，看來，因為木蘭花的話，她心中是極度地吃驚了，但是她卻又像是竭力要掩飾自己心中的吃驚，所以她連忙轉過頭去。

她轉過頭去，取過了一只首飾盒，將之放在手提箱中。然後，才又轉回身來。木蘭花注意到，在她又轉回頭來之後，她面上的神色已然恢復正常了！

木蘭花的心中冷笑了一下，她還想不透為什麼屈夫人一聽到了她的話便如此吃驚，但是，屈夫人能在那麼短的時間中便掩飾了她內心的吃驚，這卻絕不是普通人能夠做到的事情！

木蘭花本來是想將昨天晚上的事向屈夫人講一講的，但她也在那剎那之間改變了主意。

屈夫人吸了一口氣，道：「真的？那麼巧，你不會是來找我的吧？你到這裡來，究竟是為了什麼事，我可以知道麼？」

木蘭花淡然一笑，道：「沒有什麼事，忘了它吧！」

在屈夫人的臉上又現出一絲十分焦急的神情來，從她那種神情看來，她像是十分想知道木蘭花為什麼來，但卻又不便問。

自然，她那種焦急的神情，也是一閃而過的。

也自然，那是逃不過木蘭花敏銳的目光的。

到現在為止，木蘭花已然發現了許多疑點，但是這許多疑點，到底是怎麼一回事，木蘭花卻仍是一點也說不上來。

屈夫人一笑，也沒有再說下去，她闔上了手提箱，將之提了起來，道：「我們可以走了。」

木蘭花立時拉開了房門，她看到門口站著兩個女傭人。像屈夫人那樣的地位，她的住處，僕從如雲，本來是不足為奇的，但是當她向那兩個女人一看的時候，心中陡地一驚！

當屈夫人走出來的時候，其中一個女傭伸手出來，道：「夫人，我來提箱子。」

屈夫人將那箱子交給了那女傭人。

木蘭花是在那時候心中陡地一驚的，因為她看到那女傭人的手背上，指骨上的皮膚形成兩個十分厚而硬的硬塊。

這種硬塊，落在別人的眼中，或者根本不會注意，但是木蘭花卻是行家，她一眼便看出來，那是練過「重擊流」空手道的人的特徵。

空手道和柔道一樣，也有許多流派，「重擊流」是其中的一派，這一派的空手道功夫，練的人不多，再加上他們的空手道手法十分重，往往出手便傷人，是以最是厲害，在各種流派之中，也有著特別的神秘意味。

木蘭花的受業恩師兒島強介，曾向木蘭花說及過他當年和「重擊流」中一個高手動過手的事，告誡木蘭花如果遇到了「重擊流」的高手，一定要小心應付，不可大意，並且也將「重擊流」中人無可掩飾的特徵，告訴了木蘭花。

木蘭花在好幾年來遇到過許多各國武術界的高手，卻未曾遇到過「重擊流」中的人物，她再也想不到自己會在如今這樣的情形下，見到「重擊流」的高手，而那位高手，居然還是一個女傭人！

自然，那不會真的是女傭人，只不過是一種掩飾而已。

這樣一個武術高手，以女傭人的身分出現，從好的方面去想，可能那只是屈夫人雇來，作為她私人的近身護衛的。但是若從另一方面去想呢？可以設想的可能太多了，她可能是一個匪黨中的得力人物，也可以是屈夫人的特別助手！

木蘭花雖然已認出了那女傭的真正身分，但是她臉上一點驚異的神色都沒有，她只是十分自然地向那女傭人打量了一眼。

那女傭人大約三十五、六歲，矮矮胖胖，膚色黝黑，看起來並沒有什麼特別之處。

木蘭花再向另一個女傭看了一眼，也看不出什麼特別來。

木蘭花心中暗忖，自己現在被許許多多的疑點包圍，本來屈夫人來求自己幫助，她應該是可以被自己相信的人了，但是。許多疑點正是發生在屈夫人身上的。

木蘭花已知道，在如今這樣的情形下，她不應該相信任何人，每一個人都應該當作對她含有敵意的人來對待，要將警惕性提得最高。

那女傭人走在前面，木蘭花和屈夫人跟在後面，三個人一直穿過了花園，又來到了警車之前，一位警官過來告訴木蘭花，高翔已先到機場去替她們辦理手續了。

屈夫人回頭吩咐那女傭人道：「我要出遠門，你們好好地照顧家中的一切。」

那女傭人立時答應道：「是，夫人。」

木蘭花扶著屈夫人，登上了警車。警車又直向飛機場駛去。

屈夫人的神情顯得很不安，木蘭花卻微笑著，突然道：「屈夫人，剛才替你提手提箱的傭人叫什麼？」

「她？叫阿彩。」

「是麼，」木蘭花故意作出一個神秘的笑容，還向屈夫人眨了眨眼，「你叫阿彩保護你到巴黎去，只怕比叫我保護更妥當啦！」

屈夫人勉強笑了一下，道：「你真會說笑。」

木蘭花本來想用言語試探一下對方的反應的，但是屈夫人答了那樣的一句話，卻令得她的試探一點結果也得不到。

木蘭花閉上了眼睛，她在竭力地思索著，而她的思索，是以昨天晚上的那件事開始的。

昨天晚上，她接到了一個求救的電話，可是等到她趕來之後，卻發現原來是一個惡作劇，但是，那是不是真的只是一個簡單的惡作劇呢？

如果不是屈夫人恰好住在芝蘭路二十號的話，那麼，她是絕不會再去考慮這個問題的了，但是現在，她卻非考慮不可！

警車駛得相當快，木蘭花的思潮更是起伏不已，她想了各種假定，都是不能成立的，最後，她突然想到，自己一直以為那個求救電話是假的，所以想來想去，都想不通這件事的真正用意是什麼。但實際上，那求救的電話，可能是真的！

那求救電話若是真的，整件事便容易解釋得多了！

那個求救電話是打到了一半，便突然中斷了的，自然，打電話求救的人是被人發現了，或者，被人知道他打電話給什麼人求救。

那麼，就有人知道木蘭花立時會來！

當然，預先知道木蘭花會前來，可以有許多應付木蘭花的方法。

但是，有什麼可以巧妙得過假裝是個惡作劇呢？

事實上，木蘭花在離開之後，對那個求救的電話，已根本不放在心上了！

木蘭花一想到了這一點，心中不禁暗自吃驚，因為根據那樣的設想，只能達到一個結論：有一個人被囚在芝蘭路二十號！

這個被囚的人，昨晚曾有機會向木蘭花求救！

那被囚的是什麼人呢！

木蘭花睜開了眼睛，道：「屈夫人，剛才我問你的問題，你還未曾回答我，在那所房子中，總共住著多少人？」

屈夫人道：「我，阿彩，阿寧，廚子老吳，司機小喬和花王，他沒有死的時候，還有他，現在，他自然不再是屋中的一員了。」

木蘭花知道屈夫人口中的「他」是指屈寶宗而言的，木蘭花裝著不在意地伸了一個懶腰，道：「沒有別人了麼？有沒有特別的客人？」

屈夫人皺起了眉。道：「我不明白——」

「如果你不將你以前的一切告訴我，」木蘭花語氣咄咄逼人地道：「我為什麼要保護你？因為你使我懷疑，你是否需要保護！」

屈夫人著急了起來，道：「蘭花小姐，你這樣說是什麼意思？我真的需要保護，我身在危險中，你……你是知道的！」

警車在此時，已然駛進了機場。

木蘭花看到高翔站在門口，她立時向高翔招了招手，高翔快步奔了過來，木蘭花道：「高翔。請你暫時保護屈夫人，我要離開一會！」

屈夫人著急地叫了起來，道：「那怎麼可以，你——」

「我臨時想起了十分要緊的事，必須離開一會，你可以放心，高主任是國際聞名的警務人員，他可以負起保護你的責任的。」木蘭花又轉問高翔，「什麼時候有飛往巴黎的班機，一切手續都已經辦好了麼？」

「有，兩小時後有一班班機，只在喀拉嗤停一停，就直飛巴黎，什麼都準備好了，蘭花，你是去——」高翔也想知道木蘭花究竟有什麼「急事」。

但是，木蘭花卻不等高翔說完，就打斷了他的話頭，道：「屈夫人，你放心，飛機起飛之前，我盡可能會趕回來的！」

屈夫人的眼珠轉動著，她有點無可奈何地嘆了一聲。

在她的嘆息聲中，木蘭花早已跳上了機場大廈門口的計程車，關上了車門，才小聲地吩咐司機：「芝蘭路，請儘量快些！」

木蘭花的確想在飛機起飛之前趕回來，那麼，她只有兩小時的時間可以行事，她自然是要到芝蘭路二十號去。

她要去證實，她的假設是不是對的。

如果她證明了她的假設是真的事實，那麼，她就要去救出那個被囚的人，而她也相信，只要救出了那個人後，那麼，遮住整件事的迷霧就可以漸漸散開了，那個被囚在芝蘭路二十號中的，一定是一個十分重要的人物。

然而，在沒有事實證明之前，她是不能肯定自己的假設是不是一定對的，她也知道，芝蘭路二十號，是一個不平凡的穴，至少其中有著空手道「重擊流」的高手！

但是，即使是虎穴，她也要去闖一闖！

和昨晚一樣，在芝蘭路的路口，木蘭花就下了車。

她站在路口，向前看去，除了一個中年婦人，正拖著一隻貴婦狗在慢慢地走著之外，整條路上幾乎沒有人。

她向前走出了幾步，才有一輛車在她的身邊駛過，穿出了對面的路口駛遠了。

木蘭花在走到了十八號之時，便轉到了後巷。

後巷中更冷僻，靠牆處蜷伏著幾隻貓兒。

木蘭花來到了二十號的牆後，她在一轉到後巷之際，便是以背貼著牆移動的，那樣，屋子中就算有人從二樓的窗口監視著後巷的話，也是無法看到她的。

木蘭花來到了二十號的後門，她貼耳在木門上聽了聽，裡面十分寂靜，從門縫中望進去，整個後院中，一個人也沒有。

木蘭花略想了一想，先用萬能鑰匙打開了彈簧鎖，再用一柄極薄的小刀，慢慢地撥動著門栓，約莫費了五分鐘，她已經輕輕地推開了門。

她用極輕盈的步法閃身進去，輕輕便將門推上。也就在這時，她聽到有腳步聲自右面的屋角處傳了過來。

木蘭花非但不避開，反倒迎了上去，就躲在屋角處。

腳步聲越來越近，木蘭花甚至可以聽到一種咀嚼聲，她肯定那向前走來的只有一個人，木蘭花屏住了氣息，轉眼之間，那人便已轉過了牆角！

木蘭花一看到了那人，便倏地伸手，左手陡地抓住了那人胸前的衣服，右手的小刀已經抵住了那人的下頷，將那人拖過了屋角。

在她出手制住那人之際，由於她的出手實在太快，是以連她自己也未曾看清那走過來的究竟是什麼人。

直到她已經用刀尖抵住了那人的下頷，她定睛看去。不禁發出了一下冷笑聲來，那人就是昨天晚上的「大孩子」羅拔！

但昨天晚上，他顯然經過精心的化妝，使得他在街燈下看來至少年輕了十歲，只有十六七歲模樣，而實際上，他已有二十六七歲了。

這時候，這位羅拔先生臉上的神情之難看，實在是難以形容的，本來他是在嚼著口香糖的，自然已停了下來，他的口唇在抖著，雙眼瞪得老大。

木蘭花向他笑了一笑，道：「還認得我麼？」

羅拔叫了起來，道：「你——」

但是他只叫了一個字，木蘭花手中的小刀便向前略伸了一伸，刀尖已刺到了他頸際的皮膚，那比任何喝令更加有效，他立時住了口，喉際發出了一陣「咯咯」的聲響來，然後，才用近乎顫抖的聲音道：「木……木蘭花？」

「算你的記性不錯，你是主人，應該找一個適宜於我們兩人談話的地方去，當然，我不希望我們的會面有任何第三者看到！」

木蘭花冷冷地說著，尖刀又向前伸了一下，令得那人頸際的割口再大了些，鮮血涔涔而下，那人的全身都發起抖來。

他忙道：「是……是……我們到雜物間去。」

「在哪裡？」木蘭花問。

羅拔向前指了一指，道：「就是那裡。」

木蘭花循他所指看去，他指的是不遠處的一扇門，看來並沒有鎖。

木蘭花低聲命令著，道：「你先進去，將門打開，等我進來。」

木蘭花放下了尖刀，但是迅速地握了一柄槍在手。

她鬆開羅拔，羅拔呼了一口氣，慢慢地向那扇門走去，他推開那扇門，走了進去。

木蘭花從推開的門中，可以看到門內的情形。那的確是一間雜物室，凌亂地堆了很多東西，從那間雜物室中，當然可以通到屋子的其他地方去，但到這時為止，卻沒有別人。

木蘭花吸了一口氣，用極快的步伐衝了過去，她一進了門，立時將門關上，用背頂住了門，手中的槍對住了羅拔。

果然，不出她所料，雜物室另有一扇門是可以通到別處去的，木蘭花向那扇門指了一指，道：「那是通向何處去的？」

「是通到洗衣間去的。」羅拔回答。

木蘭花又傾聽了片刻，聽不到什麼聲音，才冷冷地道：「你聽著！我問你的話，你要老老實實的回答，不然，你再也嚼不成口香糖了！」

子震動了一下。

羅拔狼狽地點著頭。

木蘭花一字一頓地道：「那個被囚的人，囚在何處？」

羅拔實是做夢也想不到木蘭花開門見山，一開口就問了那樣一個問題，他的身子震動了一下。

那下震動是如此之劇烈，以致令得他身旁的一只箱子被震得自一個舊藤架上跌了下來，發出「嘩啦」、「劈啪」的巨響聲來！

羅拔還沒有回答木蘭花的問題，但是他因為木蘭花這個突如其來的問題而受了如此重大的震動，木蘭花知道自己的猜測對了！

她的猜測對了，那也證明，整件事要比一開始預料的，更要複雜得多，其中一定還有著十分巨大的隱秘在！

木蘭花並沒有因為木箱跌落的巨響聲而驚惶，她只是向兩扇門看了看，因為如果有人聽到聲響走進來，是一定要從那兩扇門進來的。

但是，並沒有人進來。

木蘭花第二句話更直截了，她命令道：「帶我去！」

羅拔搖著手，道：「我……我不能，我……我也不知道，你以為我是大頭目麼？我只是小腳色，我不知道人囚在什麼地方。」

「好，那麼被囚的是什麼人？」

「我也不知道，好像是一個女子，我只是奉命來這裡扮演司機的，我不知道……真的不知道。」羅拔的額上開始冒汗。

木蘭花不說什麼，只是用極緩慢的動作，慢慢地按下了手槍的保險掣，發出「喀列」一下聲響來，那一下聲響雖然十分輕，卻是驚心動魄。

羅拔在突然之間，雙腿一曲，竟向木蘭花跪了下來，他喘著氣，哀求道：「別殺我……別殺我，我真的什麼也不知道。」

木蘭花怔了一怔，會有那樣的場面出現，那倒是她始料未及的，她冷冷地道：「你是什麼組織的人，你聽誰的命令？」

羅拔的臉仰向上，道：「我……我是西塘之虎的手下十三太保之一，我們的大哥，就是西塘之虎，他叫……大合成。」

木蘭花不禁皺了皺眉，如果羅拔講的是真話，那麼事情就費解了。木蘭花自然不認識那個什麼西塘之虎大合成，但是，她卻知道那是怎樣的一個人。

4 武術高手

西塘是本市的一個區，那是一個貧民區，聚居的全是收入微薄的勞苦大眾，所謂「西塘之虎」，就是西塘這一區的流氓，是靠欺壓良善人民過日子的苦賊！

這樣的一個人，和芝蘭路二十號那樣高貴的住宅，以及木蘭花想像中的國際性犯罪組織，以及「重擊流」的高手，是根本不應該發生任何聯繫的。

那麼，西塘之虎的手下又怎會在這裡呢？當然一定是有人在利用西塘之虎，利用本地流氓來進行巨大的犯罪案件。

木蘭花又問道：「那麼，大合成接受什麼人的指揮？」

「我不知道，真的不知道。」

「大合成也在這裡？」

「是的，他假扮花王。」

假扮司機，假扮花王，那個重擊流高手假扮著女傭，所有的僕人看來全是假扮的，那麼，芝蘭路二十號，究竟發生了什麼事？

所有的僕人全是假扮的。那麼，作為他們的主人屈夫人，何以竟若無其事呢？

當木蘭花一想到這一個問題的時候，她心頭閃電也似晃了一晃，毫無疑問：女主人也是假扮的！

只有因為女主人也是假扮的，是以對假扮的下人，才一點不覺得驚異！

木蘭花得出了這樣的一個結論，雖然她不知經歷過多少驚濤駭浪，但是這件事在剎那之間的轉折變化，起伏得實在太驚人了，令得她也不禁心頭怦怦亂跳！

女主人也是假扮的，那麼原來的女主人呢？那個被囚禁求救的，是不是就是原來的女主人呢？

木蘭花回憶那個求救電話中的聲音。那聲音聽來像是一個小孩子的聲音，相當尖銳，但也正是一個在驚恐中的女子聲音。

木蘭花甚至已可以肯定那被囚的是真正的屈夫人了，那麼，第二個問題又來了，假扮屈夫人的，又是什麼人？

木蘭花不斷地思索著，連羅拔已然站了起來也不覺得，羅拔站了起來之後，慢慢地打橫跨出了一步，接著，陡地轉過身，向外飛奔而出！

但是，他才剛奔出了一步，木蘭花早已一躍而起，槍柄重重地敲在他的後腦之上，令得他昏了過去。

木蘭花來到了那通向洗衣間的門前，立即停了下來。

她在心中自己問自己：應該怎麼辦呢？此行雖然只見到了羅拔一個人，但是收穫之大，已經是出乎意料之外的了。

自己想通了許多疑點，自己下一步應該怎樣呢？

是闖進去，先救出被囚的人，大鬧一場？還是悄然退卻，在假扮的屈夫人身上動腦筋呢？

木蘭花考慮了半晌，決定了後者。

因為後一個辦法，可靠得多。她可以回到機場，一面敷衍著假扮的屈夫人，另一方面，令高翔知會穆秀珍，帶著大隊警員，出其不意地圍攻芝蘭路二十號。

那麼，救出被囚者，擒住「西塘之虎」以及另外一批匪徒（木蘭花相信指揮西塘之虎的才是真正的大匪徒），是十拿九穩的事！

這比由她一個人去冒險從事，要妥當得多了。

所以，她從那扇門前退了回來，退出了兩步，才轉過了身，向另一扇門走去。

可是，就在那一剎間，意想不到的事發生了。

在她的身後，突然傳來了一聲呼喝，道：「木蘭花，別動！」

木蘭花立時身形向下一矮，就地一個打滾。

她立時向旁滾去，而且還順手抄起地上的一只木箱來，向前抬去，這時，她也看出，突然推門走進來的不是別人，正是阿彩。

那木箱向阿彩疾飛了過去，阿彩揚起手來，「叭」地一掌劈在木箱上，那木箱立時碎成了十七八片，四下飛散了開去。

木蘭花仍然是握著槍的，她剛想揚起槍來，阿彩已然飛撲了過來，一腳踢向木蘭花的手腕，將木蘭花手中的槍踢出老遠。

但木蘭花卻不是弱者，就在她手槍脫手的同時，木蘭花左手反手一勾，已勾住了阿彩的足踝，將阿彩整個一勾得向後跌去！

阿彩一跌倒，木蘭花已一躍而起，阿彩跌在一堆雜物之上，身子卻也立時彈了起來，雙掌「呼呼」有聲，向木蘭花砍了過來。

阿彩剛才一掌劈爛木箱的功夫，木蘭花已經看到過了，木蘭花自然知道，如果被她砍上一掌，那絕對不是鬧著玩的事，是以她極其輕巧的身形，騰挪閃避著。

木蘭花一面跳動著，一面道：「想不到在這裡，竟遇到了重擊流的高手，難得，真難得！」

阿彩聽得木蘭花道出了她的來歷，略呆了呆，木蘭花颼地在她的身旁掠過，掠過之際，伸足一勾，反手一掌，擊在阿彩的背上！

那一掌之力，足以令得人當場昏過去！但是阿彩卻只是就前衝出了一步，而且在她向前衝出之際，她還來得及翻手向後擊出了一擊，木蘭花若不是身形靈巧，險險乎被她擊中！

木蘭花剛才一掌擊中阿彩的背部之際，只覺得觸手處，似乎有一股力道反彈過來一樣，可知阿彩是在武學上造詣極高的高手！

阿彩在衝出了一步之後，立時轉過身來，而木蘭花也因為要避開阿彩的一掌，在跨出了幾步之後，方始轉過身來。

就在這時，好幾個人已經在兩邊門口出現，有兩個持著手提機槍的漢子，已然跨了進來，阿彩卻大喝道：「你們全出去！」

一個漢子大聲道：「她是木蘭花，你——」

阿彩怒道：「我知道她是木蘭花，人人都說木蘭花如何了得，沒有人敵得過她，我就是想要和她動動手，看是誰行！」

木蘭花在看到兩邊門都有人出現，而且還有人持著手提機槍，她的心便向下一沉，因為她已經處在極度的劣勢之中了。

但是當她聽得阿彩那樣說法，心中又不禁一喜，因為只要阿彩堅持和她徒手搏鬥的話，那麼她就不一定會占下風，還是有機可乘的。

她也看出，阿彩雖然假扮著女傭，但是卻有發號施令的權力，是以木蘭花冷冷地道：「只怕你也不行！」

阿彩嘿嘿地笑了起來，她的膚色很黑，嘴唇又厚，掀唇冷笑之際，看來十足像是一頭人猿，她冷笑了幾下，突然跳了起來，「呼」地一掌，便向木蘭花的胸前疾插了過來。

木蘭花身子向旁一閃，倏地避了過去。阿彩那一插的勢勁十分快，木蘭花一避避過，她仍然向前衝出了兩三步，五指插進了一張沙發之中。

而當阿彩的身子衝過去之後，木蘭花早已轉過身來，重重一掌，斜砍阿彩的肩頭，那一劈，也是空手道中的「手刀」功夫。

木蘭花剛才已然試過，知道阿彩皮堅肉厚，甚至在中國武術中的「氣功」，或是日本武術中的「合氣道」，也有相當造詣，是以她那一掌用的力道相當大！

那一掌再砍了下去，只聽得「啪」地一聲響，阿彩的身子向旁突然側了一側，可是緊接著，她卻若無其事地轉過身來。

木蘭花不禁陡地吸了一口氣，心中大是駭然！

她那一掌，不僅用的力道十分大，而且她一掌砍下去，正好砍在對方的肩頭，接近頸際的要害之處，那地方受了重擊，會牽制到頸際的大動脈，可以令得受到攻擊的人身受重傷，可是阿彩卻若無其事地轉過了身來！

阿彩在轉過身之後，再次掀唇獰笑，道：「來啊，多砍我幾掌，看看你是不是能傷得了我，哼，木蘭花，你算是什麼武術高手？」

木蘭花向後疾退了一步，阿彩這樣說，木蘭花並不發怒，因為她可以肯定，阿彩的武術造詣絕對在她之上。但木蘭花承認了這一點，自然不等於承認失敗，因為雙方動手，武術的造詣自然重要，但是善於運用戰略，卻更加重要。

最好的戰略，自然便是以自己的長處，去攻對方的短處！木蘭花退後了兩步之後，四面一看，只見那兩個持著手提機槍的漢子，槍口仍然是對準著她。

木蘭花冷笑一聲，道：「我不是武術高手，你才是武術高手哩，武術高手和人動手的時候，是要兩挺機槍押陣壯膽的！」

木蘭花的話，令得阿彩陡地暴怒了起來，厲聲喝道：「你們滾開去！」

那些人似乎十分為難，道：「我們——」

阿彩再度厲聲喝罵道：「你們再不走，我可不客氣了，我可以先將你們一個個掃了出去，再來對付木蘭花的，快滾！」

那些人似乎十分怕阿彩，只得退了開去。

阿彩又叫道：「將門關上，不是我叫，不准進來！」

那兩個漢子在退出去之後，果然帶上了門。

木蘭花點頭笑道：「對了，這才不錯。」

阿彩冷笑著，道：「木蘭花，你別以為你可以玩弄什麼詭計，他們雖然退開了，但是我一個人，卻也是可以收拾你了！」

木蘭花雙眉一揚，道：「是麼？」

她是站著在說話的，可是「是麼」兩個字才出口，便陡地竄向前去，雙指直取對方的雙目！

這一下攻擊，快速絕倫，阿彩驚呼了一聲，雙掌一齊上揚，來擊木蘭花的手腕，這一下反應之快和出手之狠，也不禁令得木蘭花的心中大為嘆服。

因為她雙掌一齊向上格來，不但可以將木蘭花的攻勢化開，而且，木蘭花只要縮手縮得稍慢一點的話，被她的手掌格中，手臂也會斷折的！

但是木蘭花主動進攻，她雙指直取對方雙目，去勢雖然快，下面一式變化早已想好了，一見阿彩雙掌揚起，她早已縮回手來。

阿彩的雙掌向上疾抬了起來，木蘭花已經縮回了手臂，一抬抬了個空，木蘭花早已飛起一腳，踢向阿彩的腹際。

那一腳，又準又重，「砰」地一聲踢中，踢得阿彩的身子猛地向後倒了下去，乒乒乒乒，撞倒了不知多少東西，她顯然是已怒到了極點，身子一挺，陡地站了起來，右手順手一抓，抓住了一只鐘，看情形，她是要向木蘭花拋出那只舊鐘的。

但出於她的心中怒到了極點，是以手中的力道也變得極大，那只鐘還未曾向木蘭花拋出，便已被抓扁，鐘內的零件一起跌了出來！

阿彩的手力，竟然如此驚人，木蘭花自然嘆服，但是木蘭花卻笑了起來，道：「咦，抓不到人，抓爛一只鐘出來，也是好的麼？」

阿彩的雙眼之中射出駭人的凶光來，她的手揚了起來，五指如同鉤子一樣，對著木蘭花。

木蘭花仍然笑著，在自己的頸上抹了一抹，道：「你手指的力道可不小啊，如果可以抓到我的脖子，那倒不錯，只可惜你抓不著，只好乾生氣。」

阿彩怪吼著，向前直衝了過來。

木蘭花一面講話在逗她，一面早已有了準備，一見阿彩衝了過來，她故意像是驚惶失措一樣，向後退了開去。

她退開了兩步，背貼著牆，已是退無可退了，就在此際，阿彩的五指已然向她的頸際疾叉了上來。同時，自阿彩的口中還發出可怕的呼叫聲來。

木蘭花身子貼牆不動，她的心中也緊張到了極點，她知道時間必須計算得十分正確，要不然，一被對方叉中，自然就再無倖存了！

她緊張地等待著，其實，那只不過是半秒鐘的時間，阿彩的五指已疾叉了過來，也就在那一剎間，木蘭花的身子突然向旁一閃！

那一閃，是在千鈞一髮之間閃開去的，阿彩的身手再高，在那一剎那之間，也是絕來不及收住勢子的，就在木蘭花閃開之際，她箕張的五指並不是抓在木蘭花的頸上，而是抓到了牆上！

她的手指刮在牆上，發出了一陣令人牙齦發酸的聲音來。

而木蘭花在一閃出之後，直向阿彩的腰際撞出，那一撞，令得阿彩的身子向旁一側，木蘭花已就著那一撞之勢，向外跳了開去。

她一落地，便轉過身來，只見阿彩已縮回了手來，她五隻手指上鮮血淋漓，臉上的神情也是可怕到了極點！

阿彩那一抓，抓在牆上，牆上留下了五道指痕，但是她的手指，也受了極其嚴重的損傷！有兩隻手指上的指甲甚至已翻了起來！

常言道：「十指連心」，阿彩的手指傷得那麼嚴重，所受的痛楚自然是十分劇烈的，是以她整個嘴都幾乎因為痛楚而歪在一邊了。

這本來是木蘭花趁機進攻她的好機會，但是木蘭花卻並不趁機進攻她，反倒後退了幾步，在一只木箱之上坐了下來。

阿彩不斷地甩著手，足足過了兩三分鐘，她才緩過氣，抬頭向木蘭花望去，喝道：「你坐著幹什麼？」

「等你啊！」木蘭花微笑著，「你手受了傷，還能動手麼？你以為我會趁你受傷之際來偷襲麼？或許你才會那樣做！」

阿彩呆了一呆，大聲道：「我沒有受傷，手指上出些血，又算什麼。」

她身形聳動，又向前逼來，木蘭花霍地站起，反手一抄，她剛才坐著的那只木箱，便向阿彩疾飛了過去，阿彩伸手一撥，將木箱撥開。

可是木箱雖然被她撥開，她手指上一隻翻了起來的指甲，卻也跟著木箱一起向外飛了出去，那更是痛徹心肺，她忍不住怪叫了起來。

只不過她雖然怪叫著，左手仍然向木蘭花狠砍了下來！

木蘭花和她動手以來，一直只是閃避著，未曾和她正面接觸，阿彩以為此際一掌砍下去，木蘭花一定也是閃避開去的了，卻不料木蘭花知道她在極度的痛楚之中，掌力絕不可能和一開始時那樣大，是以這一次，木蘭花不是避開，而是手臂向上直格了上去，「砰」地一聲，手臂相交，木蘭花緊接著右手捏住了阿彩腕際的關節，用力向外一拉！

只聽得「卡」地一聲，阿彩的腕關節已然因為木蘭花的用力一拉而脫了臼，那更是痛得額上的汗珠滴瀝而下。

事情發展到這一地步，木蘭花已然完全占了上風，阿彩手指受傷的右手托著脫了臼的左手，似乎無法相信那是事實，愣愣地站著。

木蘭花一步跳過去，將跌在地上的那柄槍拾了起來。

她雖然已贏了阿彩，可是她知道，她是被包圍了！圍住這間儲物室的不知有多少人，全都有著槍，她想衝出去，絕不是容易的事！

然而，她卻必須衝出去！

她將槍在手中轉了一轉，槍口對準阿彩，阿彩的面色難看到了極點，她想向後退去，但是木蘭花的槍對住了她，令得她不敢亂動。

但是，木蘭花可以在她臉上的神情上看出，她一點也沒有服輸的表示！木蘭花笑了笑，道：「你是輸得不服，是不是？」

「我沒有輸！」阿彩大聲回答。

木蘭花望了望她的雙手，她雙手全受了傷，但是她卻說自己沒有輸，這令得木蘭花哈哈大笑起來。

在木蘭花的笑聲中，阿彩十分狼狽，急急道：「我沒有輸，我只不過中了你的詭計而已，我們可以再比過，我一定可以——」

她講到這裡，不由自主地揚了揚手，卻忘了手腕已脫臼，是以痛得她立時住了口。

木蘭花淡然道：「好的，我答應和你再動手，現在，你轉過身去！」

阿彩十分不願意，但是在木蘭花的手槍指逼下，她猶豫了一下，還是轉了過去，木蘭花立時到了她的背後，又吩咐道：「向前走！」

阿彩怒道：「為什麼？你想利用我逃走麼？那辦不到，我寧願死在你的槍下，也絕不讓你利用我作掩護而逃離此處！」

木蘭花冷笑一聲，道：「我必須及早離開這裡，不然，你的女主人可就有麻煩了！」

木蘭花在「女主人」三個字上，特意加重了語氣！因為木蘭花已知道在芝蘭路二十號中的所有人，全是假扮的。在許多假扮的人中，她還不能確切知道究竟是誰的地位最高，她也不知道這些人那樣做的目的是什麼，但是其中假扮的屈夫人既然要和她一起到巴黎去，那麼，假扮的屈夫人此行，一定對他們的整個計畫有著十分重大的作用，而且，假扮的屈夫人，也可能正是他們這一班人的首腦人物！

木蘭花那句話才出口，阿彩的身子便震了一震，失聲道：「她怎麼了？」

「她現在很好，甚至於不知道她嚴密的計畫已然暴露了，但我如果再遲遲不出現，高翔就會開始盤問她，將她扣押起來！」

高翔其實一點也不知道整件事的經過，甚至不知道木蘭花究竟去了何處，但木蘭花此時卻不得不那樣說。

阿彩吸了一口氣，道：「你什麼都知道了？」

木蘭花對這個問題，回答得十分含混，道：「可以那麼說，現在，你走在前面，我跟在後面，希望你的同道別向你開槍！」

阿彩的身子又震動了一下，開始腳步沉重地向外走去，來到了門前，又停了一停，才「砰」地一腳，踢開了那扇門。

門才一踢開，果真看到四五個人如臨大敵地站在門外，有的還隱身在樹後面，手中各持著槍，對準了門口。

阿彩高聲叫道：「是我！」

她一面叫，一面向外跨了出去，木蘭花連忙跟在她的後面，兩人一先一後跨出了門，木蘭花又吩咐道：「叫他們散開。」

阿彩抗聲道：「我不是首領，我不能命令他們的！」

木蘭花冷冷地道：「但是，我想他們一定不希望你死在我的槍下，叫他們散開！絕不能在我的視線之內出現，否則——」

木蘭花才講到這裡，陡地揚起手來，手槍向上，同時扳動了槍機，一枚麻醉針電射而出，她的身子也向後突然退了出去。

她身子才退開了一步，「砰」地一聲響，一個人便已重重地跌在地上。那人已被他的麻醉針射中，只略為掙扎了一下，就昏了過去。

原來，剛才木蘭花話只講到了一半，便突然覺出，似乎有重物自上而下向自己的頭頂壓了下來，是以她立時射出了一枚麻醉針！

果然，那是一個人自二樓的窗口中跳下，想用雙足踏向木蘭花的頭部。但是那人卻並沒有達到目的。

那人雖然未曾達到目的，然而那一剎間所發生的突如其來的變化，卻也令得形勢大有改變，首先，阿彩向前疾衝了出去，緊接著，一個持手提機槍的漢子向木蘭花直衝了過來，橫槍直向木蘭花的面門重重地掃了過來。

木蘭花的身子向後一仰，撩起一腳，踢在那傢伙的手腕上。可是，她身子在向後一仰間。一個人已自後面掩了上來，突然伸臂箍住了木蘭花的頸，木蘭花雙臂齊縮，雙肘向後用力撞了出去，她聽到了清脆的肋骨折斷之聲，頸上的手臂也立時鬆了下來。

但是，也就在她撞出雙肘的那一剎間。後腦之上受了重重的一擊，木蘭花的身子一晃，轉了一轉，那一擊，還未致於令得她昏過去。

可是，在她身子轉動之際，她又聞到了一股強烈的麻醉劑氣味，她看到一蓬迷霧噴向她的臉部。她還未及側臉避開，雙足便如同踏在浮雲之上一樣，緊接著，她身子一軟，向後倒去，什麼也不知道了。

木蘭花昏了過去，倒在地上。

七八個人圍住了她，那七八個人中，有幾個扶住了受傷的同伴，一個自樓上跳下，中了麻醉針，不但跳斷了腿，而且昏了過去。另一個自木蘭花身後竄出來，箍住了木蘭花頸際的，肋骨被木蘭花生生撞斷，口中鮮血汩汩流出。

阿彩也已轉過身來，她已經將腕骨托上，但是也傷得不輕，而那被木蘭花踢中了手腕的人，手腕也是又紅又腫，痛得他直冒冷汗。

他們雖然最後用麻醉劑令得木蘭花昏了過去，可是連躺在雜物室中的羅拔，她卻傷了五個人！他們的心中，自然十分不是味兒。

阿彩狠狠地衝過來，待要一掌向木蘭花劈下。

但就在那時，只聽得另一個人道：「別打死她，留著她有用處，你們小心看著她，絕不能讓她走脫，我到機場去看看！」

講這話的，是一個身形相當傴僂，十分瘦削的中年男子，那男子是背負著雙手，慢慢地向前踱了過來的，態度十分悠閒，好像剛才劇烈的爭鬥，根本和他一點關係也沒有。

他講話的聲音也不是十分響亮，可是他的話卻十分有效，阿彩立時縮回手去，那中年人也轉過身，道：「替我備車，我到機場去！」

在機場的貴賓候機室中，高翔已等得很不耐煩了！

飛機在半小時之後就要起飛，已經第一次召集搭客登機，但是木蘭花卻還沒有到，高翔派了兩個警員在機場大廈的門口等著。

那兩個警員只要一看到木蘭花，便立時會用無線電對講機來通知他的，可是卻仍然沒有消息。

屈夫人也顯得十分焦急不安，她頻頻地問：「高主任，蘭花小姐到哪裡去了，你可知道？你要設法去找找她，飛機就快起飛了，她要是再不來——」

高翔拿起電話，和穆秀珍通了一次話。可是，穆秀珍更不知道木蘭花去了何處！

高翔背負雙手，來回踱著，時間很快地過去，又過了十分鐘，已經是第二次召集搭客了，屈夫人更是神情焦急，她站了起來。

就在屈夫人站起來之際，在那間貴賓室的玻璃門外，可以看到一個戴著黑眼鏡，握著手杖的中年人，慢慢地走過來。

那間貴賓室的門口，有兩個警員守衛著，那中年人在離開門口還有兩三碼之際，警員便已經對他投以注視的目光了。然而那中年人卻若無其事地半轉過身去，站定了不動，看來，他像是來接機的，而且他的行動也十分從容，不惹人起疑。

屈夫人自然看到了那中年人，她的神色微微一變，向門口走去。

高翔望著她，屈夫人來到了玻璃門前站定，並不向外走去，高翔也沒有出聲，因為屈夫人那時的情形，就像她等得十分不耐煩，是以才到門前去張望一下，看看木蘭花來了沒有一樣。

那時，那中年人已經完全轉過身去，是背著貴賓室的門口的。他背負著雙手，但是他的手指卻不斷地有著各種的動作。而屈夫人的目光，則注定在那中年人手指的動作上！

如果這時候，高翔注意到那中年人的動作的話，那麼一定也可以看出那是一種特殊的「手語」。但是，高翔卻根本沒有注意。

那中年人的手指連續動了兩三分鐘，才施施然向外走了開去。

屈夫人則仍然站在門前，她的面色變得十分之難看，因為她已經在那中年人的

「手語」中，知道了木蘭花已到過芝蘭路二十號，而且木蘭花也知道了許多事，和現在木蘭花已落在他們的手中了！

在剎那間，屈夫人的心中也在急速地轉著念，她在想：應該怎樣呢？看來自己的秘密，還只有木蘭花一人知道，而木蘭花已被擒了。是不是自己的秘密，除了木蘭花之外，便沒有別人知道了，那是最重要的，必須先確定這一點！

屈夫人轉過身來，頓著足道：「蘭花小姐失約了！」

高翔的心中也十分焦急，他身子轉了一轉，道：「屈夫人，你在這裡等著我，不要離開，我去找她！」

屈夫人忙道：「高主任，那怎麼可以？她已將保護責任交給你，你怎可以離開我，飛機快起飛了，你陪我上飛機吧。」

高翔立即道：「那怎麼可以？我可以加派警員來保護你，搭不上這一班飛機，你可以搭下一班飛機，在警方保護之下，你總是安全的！」

屈夫人坐了下來，一副不滿意的神色，高翔也不去理會。因為高翔知道，若不是木蘭花有了什麼意外的話，她是絕不會遲到的！

而木蘭花究竟到什麼地方去了，他卻是一無所知！

5 真正首腦

高翔大踏步走出了貴賓室，在門口吩咐那兩個警員小心看守，又招手令兩名女警過來，陪著屈夫人，他則向機場門口走去。

當他向外走去，一眼看到停在機場大廈外面的那一排計程車之際，他心中一動，木蘭花是搭一輛計程車走的，她到什麼地方去了，計程車的司機應該知道！

雖然，高翔未曾注意那輛計程車的車牌號碼，但是這只要略為費一番功夫，就可以查出來的。高翔連忙快步向機場的門口走去。

那兩個警員向他攤了攤手，表示仍然沒有木蘭花的蹤跡，高翔急忙道：「木蘭花是在將近兩小時之前搭計程車走的，你們快去通知總局，盡全力去調查，要那計程車司機講出她是在什麼地方下車的，快去用專用電話通知值日警官。」

那兩名警員快步奔了開去，高翔來到了那幾輛計程車之前，向司機招手道：「你們之中，誰曾在兩小時前，搭載一位穿黑色衣服的小姐的？」

那十幾輛計程車的司機，都搖著頭。

高翔心知木蘭花究竟去了何處，那是一定可以查得出來的，只不過是時間問題而已，他覺得現在所能做的事，只是等待。木蘭花肯定有了意外，那麼，就必須先暫時安置好屈夫人再說，是以他又向貴賓室走去，但是他只走出了幾步，便覺得有人跟在他的後面。

他連忙轉過身來，可是他才轉到了一半，腹際便已被硬物頂住了，同時，有人喝道：「一動也別動，高主任！」

在剎那間，高翔心中的驚訝甚於一切。

在那樣大庭廣眾之間，在十呎之外就有著警員，他是高級警官，卻會被人用槍指住，那實在是滑稽之極的事情，然而在一剎那間，高翔心中的驚訝之感卻已經消失了，因為有人敢那樣做的話，這實在證明那個人的機智和膽量都十分驚人！

高翔在一剎間就恢復了鎮定，他雙手向外翻著，表示他無意反抗，同時，他聳了聳肩，道：「朋友，真是好買賣啊！」

「不敢當，」那人冷冷地道：「你臉上要有微笑。有警員向你行禮，你要點頭為禮，然後，你向外走去，外面有車等著你。」

高翔笑著道：「我一定要照你的話做麼？」

「如果你不想在背上多一個孔的話。」

「你的身子貼得我如此之近，你以為人家不會起疑？」

「謝謝你的提醒，但當人家起疑時，我和你都已離開這裡了！」那聲音的應對十分之快。

高翔四面看去，並沒有人注意他們。

高翔心中苦笑了一下，他竟然在那樣的情形下被人制住，如果他竟不能擺脫那人的話，那麼，這個筋斗可算是栽得大了。

但是，在如今那樣的情形之下，他卻不得不向外走去，他一面向前走著，一面注意著在他前面經過的人。

他看到一個身形傴僂，戴著黑眼鏡，握著手杖的中年人，在他身前走過去，可是高翔卻全然沒有機會去和在他面前走過的人交談。

當他走出機場大廈之際，有兩個警員向他行敬禮，他微笑地點著頭，也沒有機會告訴他們，自己已經被人制住了！

高翔心中著實懷疑，那人緊跟在自己的身後，一定跟得十分之近，因為槍管不住地撞在自己的背脊上，那是背心部分，在這部位中一槍的話，心臟受了損傷，是絕對沒有生還希望的，但是，為什麼有人和自己貼得如此之近，竟會沒有人懷疑呢？

高翔在一被槍指住之後，根本沒有機會轉過頭去看看，用槍在背後指住了自己的是什麼樣人，而如果他看到的話，他就不會有那樣的懷疑了。

這時，緊跟在高翔後面的，是一個穿著高級警官制服的人，一看到了那套制服，而那人又和高翔走在一起。還有誰會懷疑？

高翔心中在急速地轉念，如何才能擺脫那人的控制，那人也像是知道了高翔的心意一樣，又冷冷地道：「高主任，我們對你絕無惡意，只不過想請你走開些，我們要對付一個人，不想你礙事，等我們做完了事之後，你就沒有事了。」

高翔心中一動，道：「你們想對付屈夫人？」

那人冷笑了起來，道：「高主任，你消息太不靈通了！」

「消息不靈通？」

「是的，但是我也不必和你多說什麼了。」

高翔已開始走下第一級石級，走下四級就到了機場大廈之外了，有一輛車子，已緩緩地向前駛了過來。

高翔知道，這是自己脫身的唯一機會了，他在踏下第二級石級之際，身子突然向下一斜！

他身子向下斜，是應該向前跌出的。但是高翔的身子向下斜，他卻忽然間向旁跌了出去！他一跌了出去，就看到在他身後的是一個警官。

而他身後的那人也陡地一呆，立時跑過了他，向那輛車子奔去，高翔在地上滾了兩滾，已握了手槍在手，他接連射出了三槍！

第一槍，射中了那人的小腿，令得那人仆跌在地，第二槍和第三槍射中了那輛汽車的前後胎，令得那輛車子突然打了側。

那三下槍聲，驚動了整個機場大廈！警員立時從四面八方圍攏來，那中了槍的歹徒竭力掙扎著，想要從地上站起來，但是高翔早已一躍而起，向他衝了過去。

高翔趕到了他的身邊，一腳飛起，先將他手中的槍踢出老遠，然後又向那汽車的司機喝道：「別走，我要開槍了！」

那司機已然向外奔出了幾步，可是他卻走不了了，因為不但高翔的槍已對準了他，在他前面，也有兩個警員迎面過來。

那人連忙站定了身子，高舉雙手。

機場的幾個守衛警官也來了，高翔吩咐道：「將這兩個人帶回去，我立時就回來審問他們，要小心看守，他們不是普通的犯罪分子！」

他一面說著，一面又匆匆地向貴賓室走去。

當他來到貴賓室的門口之際，發現屈夫人正在和守衛的警員爭執，像是她要走出貴賓室，而守衛的警員卻不肯讓她出來。

高翔一走到了門口，屈夫人就叫了起來，道：「什麼事，我聽到了槍聲，究竟發生了什麼事？」

高翔並不理睬她，只是向那兩個警員問道：「可有看到什麼可疑的人企圖接近這裡麼？附近有什麼可疑的跡象？」

「沒有。」兩位警員異口同聲地說。

高翔轉過頭來，道：「屈夫人，剛才有人假冒警官，強迫我離開，以便害你，這個人和他的一個同黨已然就擒了。」

屈夫人面色灰白，道：「他就擒了？木蘭花還沒有來，我想……我還是快回家去吧，我……暫時……我一個人也可以到巴黎去的，請給我機票證件，飛機至多還有五分鐘就要開了！我想我還是可以趕得及進關的。」

屈夫人的那幾句話，說得十分急促，而且也十分凌亂，剎那間改變了好多主意，最後，她竟決定了要獨自前赴巴黎了！

高翔對屈夫人一直都沒有什麼好感，這時他連想也不想，便道：「不行，我們已捉住了想謀殺你的人，你必須留在本市作證。」

屈夫人的面色更難看。道：「你說我沒有自由麼？」

「不，但你必須和警力合作。」

「我要回家去！」屈夫人堅持著。

「你可以回家，」高翔心中有些奇怪，為什麼屈夫人主動地要求木蘭花的保護，但是現在卻又那麼怕和自己在一起，「但是你必須知道，要謀殺你的是許多人，其中只不過兩個人被捕而已，還有人在暗中等候著機會！」

他講到這裡，略頓了一頓，道：「你還要回家麼？」

「我要回家！」屈夫人仍然堅持著。

「好，如果你一定要回家的話，那我派人護送你回去！」高翔轉向那兩位警員，「你們送屈夫人回家，並且在她的住所附近守衛。」

屈夫人的口唇掀動著，像是還不同意高翔派人送她回去，但是她卻沒有出聲，只是轉身提起了手提箱，和那兩個警員一起向外走去。

在警員的大力維持之下，機場的秩序已然恢復了，高翔一出了機場大廈，便登上了一輛警車，道：「快回總局去！」

警車響起了刺耳的警號，向前疾駛著。

高翔的腦中亂成了一片，因為當警車駛出之後不久，一架巨型噴射機便發出驚人的巨響，在低空掠過，漸漸飛高，終於沒入雲端。

那一架飛機就是飛往巴黎的，木蘭花是知道那一架飛機何時起飛的，她也曾說在飛機起飛之前回來，可是直到現在，她還未曾出現，她究竟發生了什麼意外？

她是不是和想謀殺屈夫人的歹徒發生了爭執？如果是那樣的話，那麼，自己可以說已有一點線索了，因為已捉到了兩個歹徒。

還有，那個曾搭載木蘭花的計程車司機，不知找到了沒有？高翔還決定，一到警局，便和穆秀珍連絡，因為如果木蘭花有了意外，他必須穆秀珍的協助！

可是，高翔一回到了警局之後，就知道有很多事情是他所根本未曾想到的，由於他根本未曾想到，所以他知道，自己已犯了一個大錯誤！

他一進警局，一個警官迎了上來，道：「高主任，我們已找到你要找的那位司機了。他在你的辦公室外等著你。」

高翔「噢」地一聲，三步併著兩步向前走去，到了他自己的辦公室外，果然看到一個警員陪著一個中年男子，坐在椅上。

高翔直來到那司機面前，道：「你載的那位穿黑衣小姐，從機場大廈到了什麼地方？」

「芝蘭路，先生，」司機立時回答，「一到了芝蘭路口，她就給了車資，我也立時駛走了車子。」

那司機的話，令得高翔陡地一呆。

芝蘭路！木蘭花又到芝蘭路去了！她自然是到芝蘭路二十號去的，她為什麼又要到那裡去？她是才離開那個地方的！

在剎那間，高翔自己連問了六七個問題，他也立時想到，木蘭花之所以再回到芝蘭路二十號去，自然是因為發現了極大的疑點！

當想到這一點的時候，高翔的心中不禁十分吃驚，他知道讓屈夫人回芝蘭路二十號去，那是一個十分錯誤的決定了！

高翔這時還不知道那個屈夫人的身分是十分可疑的，但是他卻知道，既然木蘭花是到芝蘭路二十號去的，那麼，那地方一定有蹊蹺！

既然那地方有蹊蹺。而又是在危險之中的屈夫人回家去，豈不是一定會有意外發生麼？

高翔的心中十分亂，不知該怎樣做才好。

他將手按在電話上，但是又想到了那兩個在機場企圖對屈夫人不利的人，他轉頭問道：「從機場帶回來的那兩個人呢？」

在他身後的警官忙道：「在拘留室中。」

高翔在這時候，又犯下了第二個錯誤，他沒有立時去審問那兩個人。但這也難怪他，因為他已有了木蘭花去向的線索。

他拿起了電話來，接通了木蘭花家中的電話，他也立時聽到了穆秀珍的聲音，高翔只叫了一聲「秀珍」，穆秀珍已吐出了一大串牢騷來，道：「高翔，有蘭花姐的消息了沒有？你在什麼地方，將我和安妮悶在家裡，究竟是什麼意思？」

穆秀珍的話像潮水一樣湧了出來，高翔根本沒有插嘴的餘地，好不容易等到她的話告了一段落，高翔才道：「秀珍，木蘭花一定遭到了意外，我們已經查到，她是從機場突然到芝蘭路去的。你現在立時就去，在路口等我，記得，在路口等我，先到先等。」

「芝蘭路？怎麼那麼巧？」穆秀珍咕噥著。

穆秀珍知道昨天晚上木蘭花曾接到一個求救的電話，那電話是從芝蘭路二十號打來的，但是高翔卻不知道這件事。所以這時高翔雖然聽到了穆秀珍這句話，卻也不知道是什麼意思。

他又叮囑道：「你如果先到，只在路口等我！」

穆秀珍其實是不可能比高翔先到的，但是高翔知道穆秀珍性格衝動，萬一她要是先到了，說不定會鬧出些什麼事來，是以他要再三囑咐。

穆秀珍大聲回答著：「知道了！」

高翔才放下電話，一位警官已急急向他走來，行了一個禮，道：「高主任，在拘留所中的那兩個人，受了傷的那個，請求立時見你。」

高翔揮著手，道：「我沒有空。」

「那人說，」這警官繼續道：「他有極其機密的事要告訴你，這事情是關係重大的，而且，事情很緊急！」

高翔急於要趕到芝蘭路去，弄明白木蘭花究竟發生了什麼事，是以他十分不耐煩，大聲道：「告訴他我現在有事，等一會再見他！」

那警官應了一聲，高翔向外便走，他剛縱身躍下了警局大門口的石級，便又聽到身後有幾個人同時叫道：「高主任！」

高翔嘆了一口氣，他實在太忙了！

這種忙碌，在平時或者是不覺得的，但是一等到有什麼緊急的事情要辦的時候，他竟發覺自己原來是如此分身不暇！

高翔本來是想不再理會那幾個人的叫喚的了，但是他卻聽出那幾個人的呼喚聲十分急促，分明是有著十分重要的事情。

是以，他無可奈何地站定身，轉過頭去。

兩三個警官一齊向他奔過來，其中一個道：「高主任，剛接到報告，一輛警車，在飛機場附近出了事。」

高翔怒道：「那關我什麼事？」

那警官急急道：「高主任，那輛警車，就是兩個警員送屈夫人回去的那輛，現場的調查人員發現，那兩個警員是被槍射殺的，而屈夫人已經不見了，車子則撞在牆上，看來……那屈夫人也遭了意外！」

高翔聽了那警官的報告，不禁倒抽一口涼氣！

那麼多的意外，在剎那之間紛至遝來，實在令得他窮於應付，他雙手在自己的額角上輕輕地敲著，道：「你們去調查這件事，並且留意進一步的報告。還有，派兩車警員到芝蘭路去，守住芝蘭路的兩端路口，要方局長到法院去要臨時戒嚴令！」

「是！」幾個警員同時答應著。

高翔奔前幾步，跨上一輛摩托車，飛馳而出！

當他向芝蘭路飛駛而出之際，他才想到，自己拒絕和那個受傷的歹徒先見面，是不是明智之舉。因為，看來屈夫人已經落入要害她的人手中了！那麼，那個受了傷的歹徒對於屈夫人的下落，是多少可以提供一點線索的。

然而，當高翔想到這一點的時候。車已在半途了，他自然沒有理由再折回去和那歹徒見面的！

他以最短的時間，來到了芝蘭路二十號的門前，穆秀珍還沒有到，但卻有一輛警車，滿載著警員，已停在路口了，那自然是應無線電之召，在就近地區駛來的。

車上兩名警員，一看到高翔，立時立正行禮。

高翔沉聲問道：「有多少弟兄？」

「二十四個。」

「散開來，包圍芝蘭路二十號，你們兩人，跟我進去！」高翔命令著，已經拔了手槍在手，一個警官則不斷地按著門鈴。

在按鈴半分鐘沒有反應之後，高翔向門鎖連射了兩槍，用力推開了大門，他和兩個警官以及七、八名警員，一起衝了進去。

可是當他們推開那幢洋房的大門時，卻發現華麗的客廳中凌亂一片，稍有經驗的人都可以看得出，那是倉皇撤退所造成的。

高翔呆了一呆，連忙又奔上了二樓，二樓一個人也沒有，他們在二樓逐間房間搜查時，卻沒有什麼發現。

但是隨即高翔就發現，二樓的房間和房間之間，至少有三個暗格，每一個暗格，等於是一間小房間，他們合力破開了其中一個之後，看到裡面有一張床，和一些被割斷了的繩索。

從那情形看來，這個暗格之中，像是曾囚禁過什麼人一樣。正當高翔準備去破第二個暗格之際，已聽得穆秀珍大呼小叫地闖了進來。

穆秀珍叫嚷道：「高翔，你怎麼不守信用？是你自己講在路口先到先等的，怎麼你倒先闖了進來？不在路口等我？」

高翔吩咐警員繼續尋找暗格的暗門，他退了出來，從二樓向下望去，只見穆秀珍已在大廳中了，她還不是一個人來的，安妮也來了。

高翔奔下樓梯去，嘆了一聲，道：「秀珍，我們來遲了，這裡的人已經走了，這事情實在太可疑了，這裡是屈夫人的住宅，怎麼像是一個非法機構的總部一樣！木蘭花一定是發現了什麼疑點，是以才會突然從機場折回來查看究竟的。」

「那麼，蘭花姐呢？」安妮和穆秀珍同時問。

「不知道。」高翔苦笑著，「我可以肯定她到過這裡，但是現在，不知道她在什麼地方，她一定已落入敵人的手中了。」

「我們的敵人是誰？」穆秀珍和安妮又問。

「我也不知道！」高翔只得再度苦笑。

就在這時候，一個警員走來道：「高主任，我們在後院一株樹下的草叢中，發現了這柄槍，那裡還有不少血漬，像是經過劇烈的打鬥。」

高翔還未曾伸手，穆秀珍已陡地將那柄槍搶了過來，嚷道：「那是我們的麻醉槍！那是蘭花姐的佩槍，是在什麼地方發現的？」

高翔早已料定木蘭花一定出了事，但是當他看到了這柄槍，證實了木蘭花的確是出了事之際，他的心也不禁陡地向下一沉。

那警員道：「是在後院。」

「快帶我們去！」穆秀珍推著輪椅便走。

高翔也連忙跟著向外走去，到了後院。後院除了水泥地上有著不少血漬之外，已沒有什麼別的跡象可尋了。

高翔走過去，打開了廚房的門，又打開了儲物室的門。

當他向儲物室看去之際，他皺了皺眉，儲物室中的情形，更顯示出那裡有過一場激烈的打鬥！

這時候，另外兩個暗格也被打開了，但是卻沒有什麼發現，是以當高翔、穆秀珍兩人回到大廳中時，他們是極之頹喪的。

由於他們絕想不到要求木蘭花保護的屈夫人是假冒的，是以在他們看來，整件事根本摸不出一個頭緒來！

倒是木蘭花，對整件事已有了一個頭緒，可是木蘭花卻已落到歹徒的手中！

當木蘭花又漸漸地有了知覺之際，她只覺得自己的身子在輕輕地晃動著，像是睡在一個很大的搖籃之中一樣。

木蘭花雖然已漸漸有了知覺，但是她的身子仍然保持著不動，也不出聲，她在極短的時間內，將自己失去知覺之前的事情記了下來。

而且，她也發覺，她這時身子的那種搖晃的感覺，絕不是由於頭暈，而是她所躺的地方在搖動，由這一點，再加上她可以聽到一陣陣輕微的馬達聲，是以她不必睜開眼來，也可以知道自己正在一艘船上。

她自然不知道自己是怎麼會來到船上的，因為那時她昏迷著。

她十分小心地將眼睜開一點點來。

她將眼睛睜開了一道縫，在別人看來，她的雙眼仍然像閉著一樣，但是，她卻已可以朦朧地看到一些東西了。

她看到自己的確是在船艙之中，躺在艙板上。那艙是底艙，有一道梯子，大約有五六呎高，是通向艙口去的，艙口有一個人守著，端著槍。

木蘭花緩緩轉動著眼珠，出乎她意料之外的是，底艙中不止她一個人，還有一個人坐在艙板上，背對著她，那是一個女子。

這個女子顯然不是派來監視她的，因為木蘭花雖然看不到那女子的臉面，但是卻可以看到那女子的手腕上，有著被繩索捆綁過的紅色印痕。

一看到那女子手腕上的那些印痕，木蘭花的心中便陡地一動，她立時想到了在芝蘭路二十號中被囚禁的那個女子！

那一定就是這個女子了！

只不過木蘭花雖然想到了這一點，實際上她和那女子也只相隔幾呎，可是她卻無法和那女子交談，因為她如果出聲，上面艙上看守的人一定會知道的。

木蘭花已經留意到，那人不時地向下望來，她非但不能出聲，甚至不能動！

木蘭花又閉上了眼睛，定了定神，思索著對策。

只聽得上面甲板上有腳步聲傳了過來，一個女人的聲音激動地道：「將她殺死，一定要將她殺死，不能留後患，多少人就是捉住了她，未將她立時處死，是以才被她最後有了機會，反敗為勝的，一定要將她殺死，交給我來辦好了！」

木蘭花聽得出，那是重擊派高手阿彩的聲音。

接著，便是一個說得十分緩慢的男子聲音，道：「你講得很對，可是你卻忘了，我們還有真正厲害的敵人要對付的。」

「先殺木蘭花，再對付他們！」阿彩大聲道。

「不，」那是一個清脆悅耳的女子聲音，「我的計畫不變，我們要利用木蘭花去對付他們，我們可以坐收漁人之利！」

木蘭花的身子不由自主略略移動了一下！那是那個星夜前來要求她保護的「屈夫人」！

從那句話中聽來，木蘭花至少可以得出以下的幾點結論：那「屈夫人」是首腦，「屈夫人」真的在危險中，他們有著敵人，「屈夫人」來要求自己保護的目的，是想利用自己，去消滅她的敵人，她本身也絕不是什麼好東西，整件事一開始便是陷阱。

這個陷阱，本來是可以說得上完美無缺的，但是因為那被囚的女子，有機會打了一個求救的電話，所以使這個陷阱有了破綻！

阿彩的聲音仍然是那麼粗大，道：「現在我們還怎樣利用木蘭花？她會再到二十號來，又有兩個他們的人落在警方手中，他們還不會向警方招認出一切來麼？我們的身分全暴露了，木蘭花為什麼還要受我們的利用，將她殺了，以免後患！」

那「屈夫人」格格地笑了起來，道：「阿彩，你的腦筋未免太單純了。木蘭花雖然已可能知道了一切，但是她落在我們手中了啊！」

「那又怎麼樣？」

「我們可以繼續扣押著她，吩咐高翔和穆秀珍替我們效勞，別忘了他們三個人，人稱東方三俠，高翔和穆秀珍加在一起，總可以抵得上一個木蘭花的了！」

阿彩的聲音低了許多，道：「我們將她殺了，那高翔他們也是不知道的，一樣可以受我們控制利用，由我來殺她好了。」

阿彩的話講到這裡，木蘭花突然聽得身邊響起了尖銳的語聲，道：「姐姐，求求你，別再殺人了，你……已經殺了那麼多人……」

那聲音就是木蘭花身邊那女子發出來的，木蘭花連忙斜眼向她看去，只見她話講到了一半，便已忍不住哭泣了起來。

當木蘭花看到那女子的臉之後，她也不禁呆住了！

6 吃人花

那女子的臉十分蒼白，她和那個假冒的「屈夫人」，簡直沒有什麼分別，只不過她看來蒼白得多，年輕些，也純正得多，不像那個「屈夫人」那樣妖冶囂張。

木蘭花在一看到那女子之際，她的心頭，像是被什麼東西重重地敲擊了一下一樣，剎那之間，許多疑團全被敲開來了。

那女子毫無疑問，是真正的屈寶宗夫人，她的姓名應該是秦蕙苓，而那個假冒的「屈夫人」，也毫無疑問地，是秦蕙苓的姐姐，秦蕙蘭！

秦蕙蘭，那是一個很動聽的女子名字，可是在知道這個名字底細的人聽來，那卻也是一個令人十分吃驚的名字！

秦蕙蘭！「吃人花」秦蕙蘭！

她曾是一個規模極之龐大的走私黨中的第二號頭目，相傳她曾在走私黨內部的火拚中死去了，但從現在的情形看來，她的死於火拚的傳說，顯然是不正確的了，因為她並沒有死，活生生地活著。而且，還在繼續從事犯罪活動！

在想通了秦蕙苓和秦蕙蘭兩人的身分之後，木蘭花又連帶想通了好些事，她可以肯定，整件事一定和以前的走私黨有關的！

人所周知的大富豪屈寶宗，可能根本就是走私黨中的一員，所以他的財產才會來歷不明。吃人花是走私黨中的要人，現在他們面對著的敵人，也有可能是原來走私黨中的人馬！

木蘭花知道那個走私黨曾聚積過巨額的財富，在走私黨內部火拚的消息傳出後，便沒有再活動，但那筆財富應該還在的，可是歷年來也沒有人知道財富在何處。那麼，如今走私黨的人馬為了這筆財富再起爭鬥，這不是極之可能的事情麼？

由於「吃人花」想利用自己對付她的敵人，是以自己被捲入漩渦之中！

木蘭花想到這裡，又斜眼向秦蕙苓看去。

秦蕙苓仍然在流著淚，但是她卻咬著下唇，不使自己哭出聲來。

這時的情形，再加上她剛才所講的話，可以看出，她和吃人花雖然是姐妹，卻是截然不同的兩種人，秦蕙苓的心地看來十分善良，害死了屈寶宗的，自然不是她，而是吃人花！

木蘭花又聽得上面甲板上，「吃人花」在吩咐持槍的漢子，道：「你小心注意著，木蘭花一醒來就向我報告，你要小心！」

那漢子道：「放心，我居高臨下，怕什麼？」

吃人花冷冷地道：「我吩咐你小心，若是你不當一回事，那麼送了命，可是你自己的事情！」

那大漢忙道：「是！是！」

木蘭花看到他轉頭向艙下望來，甲板上的腳步聲又漸漸遠了開去。木蘭花重又閉上了眼睛，心中在不斷地思索著對策。

整個事情，在她的心中已經有了一個輪廓了，如果她能和秦蕙苓作一番長談的話，她一定可以將整件事知道得更詳細。

因為秦蕙苓是一直和吃人花在一起生活的，對於那個龐大的走私黨中的情形，一定知之極詳，難得的是她出污泥而不染，並未曾和她的姐姐成為一丘之貉！

但是木蘭花這時卻無法出聲。

木蘭花也知道，她不能一直裝著昏迷下去，吃人花一定會疑心她為什麼還不醒來，那麼她應該怎麼辦呢？

木蘭花想了片刻。半睜開眼來，同時輕輕地叫了一聲，道：「喂！」

她叫第一聲，秦蕙苓並沒有聽到，叫了第二聲，秦蕙苓立時向她望來，面上現出十分吃驚的神色來。

木蘭花低聲道：「你坐得離我近些！」

為了怕給艙口的那個人聽見，木蘭花說話的聲音可以說低到了極點，甚至連秦蕙苓也聽不到她究竟在說些什麼，但是秦蕙苓卻知道，她是在向自己講話。

是以，秦蕙苓移動了一下身子，離得木蘭花更近。

秦蕙苓的身子一動，便聽得上面那人道：「二姑娘，別離得她太近了！」

秦蕙苓卻連理也不理，木蘭花忙閉上了眼，好一會不敢出聲，才又道：「秦蕙苓小姐，你可願意幫我麼？」

秦蕙苓苦笑了一下，也低聲說道：「我不能幫你。」

「你能的，你向上走去，講些話絆住那人，使他看不到我，那就行了。」木蘭花又輕又急地說：「秦小姐，現在是我求你幫助，那情形就像昨晚你在電話中向我求助一樣！」

秦蕙苓有點幽怨。「可是你為什麼不來？」

「我來了，但是卻上了當，被騙走了。」

秦蕙苓低著頭，半晌不動，那其實只不過幾秒鐘的時間，但是，木蘭花卻焦急得連手心之中也滲出了汗來！因為是不是能反敗為勝，只有依靠秦蕙苓是不是肯幫助自己了！

在幾秒鐘之後，秦蕙苓終於站了起來。

她一站起，艙口那大漢便緊張了起來，立時道：「二姑娘，什麼事？」

「我……想出來透一口氣。」

「二姑娘，我不能讓你出來，你姐姐吩咐了。」

可是秦蕙苓不理會那大漢的話，已然向樓梯之上走去，那大漢的神情十分尷尬，道：「二姑娘，你可別逼我向你開槍。」

秦蕙苓冷冷地道：「如果你要向我開槍的話，開好了！」

她一面說，一面仍然向上走去。

當她的上半身冒出艙口之際，她的身子已然遮住了那大漢的視線，木蘭花立時一滾，滾到樓梯的下面。

那漢子道：「二姑娘，你是好人，我們都知道，可是你和你姐姐……那是你姐姐吩咐的，你快下去吧，木蘭花是——」

木蘭花早已攀上了樓梯，突然伸出手來，拉住了那人的足踝向上抬，那人「叭」地一聲，向後倒了下去，木蘭花雙手勾在艙口上，整個人竄了出去！

木蘭花竄出了艙口，那人還仰天躺著，未曾坐起身來，木蘭花一腳踏在他的胸口，俯身伸手，便去拾跌在甲板上的那柄槍。

但是，木蘭花的手還未曾碰到那柄衝鋒槍，便聽得左側傳來一陣放肆的笑聲，一個女子在笑聲中道：「你身手果然不錯啊！」

木蘭花突然僵住了。

在那樣的情形下，她自然不能再去將槍拾起來，她彎著身子，僵了約有半分鐘之久，才慢慢地站了起來。

當她站直身子之後，她看到了左側不遠處站著三個人，當中的一個，正是「吃人花」秦蕙蘭。左首的是阿彩，右面的是一個她未曾見過的中年人。

木蘭花同時也看到，她是在一艘中式的帆船型的遊艇之上，那遊艇大約有七十呎長，即使從外形，也可以看出那是一艘可以遠端航行的好船。

阿彩的手揚起著，像是隨時可以向她攻來。那中年人則戴著黑眼鏡，只不過從他右手握槍的姿勢看來，他一定是一個第一流的射擊家，吃人花則面上帶著陰森的笑容。

木蘭花在站直了身子之後，也笑了一下，道：「吃人花，人家傳說你早已死了，這些年來，你藏頭露尾在什麼地方？」

「吃人花」的面色略變了一變，道：「木蘭花，你太聰明了，你知道嗎，這次，可以說是你過分的聰明害了你自己。」

「我看不出你的話有理由。」木蘭花冷冷地回答。

「如果你不是太聰明，認出了我的真面目，那麼，我和你這時正在飛往巴黎途中，你又怎會成為我的俘虜？」吃人花得意洋洋地道。

木蘭花笑了起來，道：「在巴黎途中？沒有敵人要對付你了麼？吃人花，你殺了屈寶宗，得了巨額的遺產，你以為你假冒的身分可以一直隱瞞下去？被你出賣的同黨，他們會不找你算帳？若是那樣，你也不會想到利用我來對付敵人了！」

木蘭花的每一句話，都道中了「吃人花」心中的秘密，而那卻又是「吃人花」絕料不到木蘭花已經知道的事，她實在難以明白何以木蘭花知道了那麼多！

木蘭花知道得那麼多，全是憑推理得來的，並不是有什麼人講給她聽的，這時候，「吃人花」的臉色變得十分難看。

阿彩又狂叫了起來，道：「讓我來打死她！」

「吃人花」發出了一連串的冷笑，道：「木蘭花，你真了不起，但是你也犯了錯誤，如果你當時不是一個人回到芝蘭路二十號，而是帶領大隊人馬前去的話，那麼，我已經完了！」

木蘭花攤了攤手，道：「對啊，人總是會犯錯的，而且，犯了錯誤的人，自己是不覺得的，要人家提醒了，才會知道。」

「吃人花」又冷冷地道：「現在，你在我們手中了，你還有什麼話可說？」

「對的，我在你們手中，但那對你絕對沒有好處的，你想到巴黎去，想將一些東西帶到巴黎去，而你自己又不敢去，就算有他們兩個人陪著你，你仍然一點安全感都沒有，你一定要依靠我，才能對付你的敵人，現在，我成了你的俘虜，對你有什麼好處？」

「吃人花」的臉色更難看了，厲聲道：「住口！」

木蘭花「嘿嘿」地冷笑了起來，道：「是我的話令你心驚肉跳麼？要找你麻煩的敵人是誰，可是以前你黨中的全體頭目麼？」

「吃人花」揚起手來，她因為惱怒，以致手指在發著抖。她還沒有說什麼，在一旁的阿彩便已懇求道：「讓我殺了她！」

「吃人花」卻突然笑了起來，道：「不，阿彩，要殺了木蘭花容易得很，但我們不殺她，我們要利用她，要她為我們做事！」

「吃人花」轉向右邊，對那中年人道：「宋先生，我想我們可以和高翔聯絡了，現在我相信他一定早已在芝蘭路二十號了！」

那中年人點了點頭，雙掌互擊著，立時有一名大漢推著一輛車子走了過來，那是一具無線電通訊儀，宋先生拉出了天線，按下了一個掣，道：「高主任，你聽到我的聲音麼？」

高翔和穆秀珍兩人正頹然坐在芝蘭路二十號的客廳中，他們實在一籌莫展，因為當他們追蹤到這裡之後，一切線索全斷了。

可是就在那時候，大堂之中，突然傳來了一個十分響亮的聲音，道：「高主任，你聽到我的聲音麼？」

高翔和穆秀珍兩人都嚇了一跳。

其他的警員也一呆，所有人一齊循聲望去，那聲音是從一只花瓶中傳出來的，穆秀珍連忙跳到那花瓶之旁，向花瓶中看去。

「無線電通訊儀！」她立時叫著。

花瓶中，那中年男子的聲音繼續傳了出來，道：「是的，無線電通訊儀，你們只能聽到我的聲音，但不知道我在什麼地方！」

「你是什麼人？」穆秀珍怒問。

「我是什麼人？我想，你一定是穆秀珍小姐了？」

穆秀珍雙手抱起花瓶來，想將花瓶向地上摔去，高翔忙道：「秀珍，別冒失，聽他講些什麼！」

穆秀珍悻然地將花瓶放了下來，高翔道：「我是高翔，我聽到了你的聲音，你是什麼人？你要我聽到你的聲音做什麼？」

「高主任，我們要你做些事。」

「我憑什麼要聽你們的指令？」

「你必須聽從我們的指令，高主任，因為木蘭花在我們的手中。有幾支槍對準她，如果你不答應，那你可以聽到槍聲和她臨死時的慘叫聲。」

「蘭花姐！」穆秀珍和安妮齊聲叫著，「你在哪裡？」

果然，木蘭花的聲音傳了過來，道：「我在——」

她只講了兩個字，便聽得一陣呼喝聲，將她的聲音蓋了過去。接著，便聽到木蘭花笑道：「高翔、秀珍、小安妮，我很好，你們不必擔心。」

那中年人的聲音再度傳來，道：「高主任，你聽到了，木蘭花在我們的手中，但我並不想害她，除非你逼我們下手。」

高翔沉聲道：「你們想怎樣？」

「你和穆秀珍到巴黎去走一趟。」

「去做什麼？」

「帶一些東西到巴黎的一處地方，東西帶到了，你們可以回來，我們也會放走木蘭花。自然，你們可能遇到不少險阻，但這是你們救木蘭花的唯一方法！」

「蘭花！蘭花！」高翔叫著。

但是木蘭花的聲音卻沒有再傳出來。

高翔和穆秀珍互望了一眼，高翔道：「帶往巴黎的東西，可以在何處得到？」

「兩小時後，會有人送到你的辦公室來的。」

「送到我的辦公室來？」高翔又驚又怒。

「是的，進出警局，對我們的人來說，比較安全些，因為我們的敵人很多。我們的敵人，就是你的敵人，你們也要小心才好！」

那中年人的聲音講到這裡，突然斷了！高翔和穆秀珍兩人又頹然坐了下來。

安妮著急地問道：「高翔哥哥，秀珍姐，蘭花姐被歹徒擄去了，我們……怎麼辦？」

高翔站了起來，緩緩地道：「我們難過，著急，全不是辦法，我們只有正視事實，秀珍，我想，如果我們接受對方的條件，蘭花是不會有什麼問題的。」

穆秀珍點了點頭。

高翔深深地吸了一口氣，又道：「我們該回去了！」

穆秀珍也站了起來，推著輪椅，向外走去。

二十分鐘之後，他們一起到了警局，那人曾說兩小時之後送東西來，還有一個多小時，高翔吩咐將拘留所中那受了傷的歹徒帶到他的辦公室來。

那人腿中的子彈已取了出來，他一拐一拐地來到了高翔的辦公室。

高翔冷冷地道：「你有什麼話要對我說。」

「那是十分重要的情報，我如果說了，你是不是可以恢復我的自由？」那人試探著問。

高翔的心中正在煩躁著，聽得那人那樣講法，立時大怒，反手一掌，「叭」地一聲拍在桌上，罵道：「放屁！」

那人面色一變，不再言語。

高翔揮手道：「將他帶下去！」

那人掙扎著站了起來，叫道：「你們上當了！你們上當了！你們用心在保護的那個女人根本不是屈寶宗的太太，你們完全上當了！」

高翔和穆秀珍兩人心中一動，穆秀珍立時問道：「不是屈夫人，那麼這個女人是誰？我查過屈夫人的照片，的確是她。」

那人眼珠骨碌碌轉著道：「如果我說了——」

高翔沉聲道：「如果你的供詞，對警方的工作真是有幫助的，那麼，我們自然會建議法庭對你從輕發落，或者使你成為控方的證人。」

那人吸了一口氣道：「那女人，是屈寶宗的大姨，她叫秦蕙蘭——」

高翔霍地從辦公椅上站了起來，怒叱道：「胡說！」

「不是胡說，是真的。」

「秦蕙蘭？就是那個吃人花？她早已死了……」

「不！她沒有死，當日的槍戰中，她只不過受了傷，被她的兩個得力助手救了出去，這些年來，她一直在養傷，所以人家以為她死了！」

高翔直視著那人，疑惑地問道：「你是誰，又如何會知道這些秘密的？」

那人低下頭去，過了一會，才道：「我？我叫解森，是當年叱吒一時的走私黨中第五號人物，當年總部的槍戰，我也參加的。」

高翔心知解森所提供的一切，對瞭解整件事的本質有著極其重大的作用，是以他又道：「只要你照實說，我絕不難為你，說不定你還可以得到獎金！」

解森又苦笑了一下，道：「吃人花人如鮮花，但是毒如蛇蠍，她雖然有才能，但是她在走私黨內的地位，也不應該如此之高的，可是首領迷惑於她的美色，將一切重要的黨務全都交給了她，想不到她還不滿足，竟然害死了首領，想自己當首領！」

穆秀珍道：「你們不服她麼？」

「我們早就不服她了，當她向我們宣布首領死亡的消息時。我們自然心有疑惑，當時便群起責難，她見勢不妙，就先動了手。當時，我們有十個人，她先發難，她手下有一個神槍手，姓宋，一發難便射倒了三個人，我一槍打熄了屋中的燈，混戰開始，我逃了出來，後來，我只知道連我在內，只逃出來了四個人，六個人死在總部，而最後總部突然發生了爆炸，其餘的人，自然生死不明，我們起先以為全死了。」

「後來你們怎麼開始懷疑的呢？」高翔問。

「事發之後，我們四個人並沒有立時碰頭，我們四個人見面，還是在三年之後的事，那時，我們各自做些零星的買賣，手下各有些人，四個人見了面一商議，覺得事情十分不對頭，走私黨有許多錢存在銀行中，是由黨中的司庫主管的，當我們通過種種方法，去調查這幾筆存款時，才發現那幾筆存款，在事後不久，便被人從銀行中提走了。」

穆秀珍問道：「司庫在你們四人之中？」

「不。」解森回答。

穆秀珍中指和大姆指相叩，發出「得」的一聲來，道：「那就是了，自總部槍戰中逃出來的，一定不止你們四人，那司庫一定也逃出來了！」

「我們也是那樣懷疑，那司庫不但逃出來，而且捲走了全部的錢，那些錢，本來我們全有份的，當然不甘心給那司庫獨吞。」

「你們找到了司庫？」

「是的。」

「他和吃人花在一起？」

「不，他娶了吃人花的妹妹。」

解森的話，令得高翔和穆秀珍兩人直跳了起來，失聲道：「你們走私黨的司庫，就是屈寶宗？那不可能的。」

高翔接著又道：「屈寶宗是著名的富商，他的照片，一個月之內至少在報紙上出現十七八次，他難道不知道你們中有人沒有死，會找他的麼？」

「他當然知道，」解森指著他自己的臉，「但是，他卻經過了精巧的整容手術，使他完全變成了第二個人。我們還是從二姑娘處著手調查，才發現我們的鍾司庫，原來就是大商家屈寶宗，這對我們來說，自然是一個高興之極的發現！」

高翔問道：「你說的二姑娘，是——」

「是吃人花的妹妹，她一直和姐姐住在一起，我們上下都那樣稱呼她的。我們早就知道二姑娘和鍾司庫在熱戀著，鍾司庫的年紀其實並不大，只不過在整容之後，故意整成一個中年人的，我們調查了他的秘密。曾和他談判了兩次。」

「鍾司庫——屈寶宗怎麼說？」穆秀珍問。

「鍾司庫說這些年來，他一點也沒有犯罪，而且還用這筆錢，做了不少有益社會的事，他決定不再犯罪了，他說可以將錢分給我們，但是有一個條件，我們拿了這筆錢之後，也不能再幹犯罪的勾當，我們知道那筆錢的數字十分大，也答應了他的條件。」

高翔深深地吸了一口氣，一件看來是十分簡單的事，可是一點一滴發展下去，結果卻隱藏著那麼多意想不到的秘密，還牽涉到當年規模龐大的走私黨！

他問道：「那麼，應該沒有事了，何以鍾司庫又死了？」

「是的，本來事情是沒有變化的了，鍾司庫說他將錢存在鄰埠的銀行中，他必須去那裡辦手續，要我們在兩天之後等他回音，可是，他卻在那次短途飛行之中，因為飛機失事而喪了生！」解森敘述到這裡，神情黯然。

「那可能又是鍾司庫的詭計！」

「是的，我們起先也那樣以為，但事實上，屈寶宗的屍體卻被發現了，我們都去認過屍，那的確是他，他真的死了！」解森嘆了一聲，「他死了，那是我們意料不到的事，我們無計可施，只得繼續留意二姑娘的行動，我們發現二姑娘一點也不悲傷，她忙於辦埋接收遺產的手續，那實在不是二姑娘的性格，二姑娘和她姐姐不同，為人十分溫柔，十分和善，絕不是丈夫死了，就只管要錢的人！」

解森講到這裡，穆秀珍已「啊」地一聲叫了起來，道：「那已經不是二姑娘了，那是吃人花，吃人花假扮了她的妹妹！」

解森點頭道：「對了，她們兩姐妹本就十分相似，但因為我們以為吃人花早已死了，所以才未曾想到這一點，直到有一次，我們無意中看到了姓宋的神槍手和一個空手道的高手阿彩，和她一齊出入，我們才知道吃人花並沒有死，她也找到了鍾司庫，並且，用極其巧妙的手段，將鍾司庫的錢轉到了她的手中，她謀殺了屈寶宗，而她則以屈寶宗未亡人的身分出現！」

安妮一直在一旁一聲不出，這時才道：「那麼二姑娘呢？」

解森道：「或者給她軟禁了起來，或者給她殺了。」

「一定是給吃人花囚禁了起來，」穆秀珍突然想通了，「還記得那個求救電話麼？安妮，那一定就是二姑娘打來的了！」

「什麼求救電話？」高翔並不知道有這件事。

穆秀珍將經過的情形約略說了一遍。

高翔點著頭，他又問解森：「你們發現了是吃人花假扮屈夫人，你們難道就此算數了麼？」

「我們當然不肯就此算數，我們曾逼她和我們見面，她卻不肯，我們就威脅要殺她，她雖然鬼計多端，凶狠莫名，但是也敵不過我們人多，我們已令她吃了兩次驚，當然我們不是真的要殺她，我們只是要她將錢拿出來。」解森恨恨地說。

高翔和穆秀珍互望了一眼，事情發展到這一地步，可以說得上真相大白了，吃人花自度自己勢單力孤，難以和解森他們對敵，是以她又設下了妙計，以屈夫人的身分來向木蘭花求助，她編了一個故事，要木蘭花陪她到巴黎去！

可是，高翔和穆秀珍兩人卻還有一點不明白的，為什麼吃人花要到巴黎去呢？何以她到了巴黎便會安全了呢？難道解森他們不會追蹤前去麼？

穆秀珍心急，首先將這個問題問了出來。

解森呆了一呆，道：「那我也不知道她是什麼意思，我……想，她可能是隨便揀一個地方，因為我們一定要找她，而如果木蘭花在她的身邊，那麼她就可以借木蘭花的力量，來消滅我們了。」

然而，高翔和穆秀珍卻知道解森的說法是不正確的，因為吃人花的確要到巴黎，到巴黎去的目的，是送一些東西去！

現在，她自己不便露面，她還要以木蘭花的生命威脅自己替她送去，那個必須被送到巴黎去的東西，一定十分重要。有著特殊的用途！

自然，高翔和穆秀珍都沒有將那一點講出來。

他們沉默著，解森十分焦急地搓著手，道：「我要講的話講完了，高主任，我……我……」

他遲疑著沒有講下去，高翔道：「你提供的情報十分有用，我可以儘量幫助你，只要你有改邪歸正的決心。你那三個同伴呢？」

「我隨時可以和他們聯絡的。」解森說。

「你們知道吃人花活動的地方麼？」高翔問。

「負責跟蹤吃人花下落的不是我，是另一個人，我只知道她一直在芝蘭路二十號，她難道已經不在了麼？」

「不在了，你替我問出吃人花的下落來。」

解森來到了電話旁邊，拿起電話，撥了一個號碼，然後等著，過了許久，那邊才有人接聽，解森立時道：「我是五號。」

高翔按下了電話播音器的掣，那邊的聲音，辦公室中所有的人都可以聽得到，那聲音道：「五號，你在機場失了手，怎會有機會打電話給我的？」

「我和高翔講出了經過。」解森回答。

「你！」那邊的聲音顯得十分惱怒，「出賣了我們？」

「絕不是出賣了你們。」解森的聲音聽來十分心平氣和，「七號，我是為了要對付吃人花，你想想，吃人花暫時不是我們的敵手，但是她手中有了大量的錢，她可以迅速地發展組織。我們若對付不了她，那我們以後的日子還怎麼過？她那種狠辣手法，你沒有領教過麼？」

那邊呆了半晌，才又道：「那又怎樣，我們如果落在警方手中，還不是一樣？」

「不，高主任說，我們如果真能改邪歸正的話，他可以幫助我們。而且，如果能取回在吃人花手中的巨款，我們還可以得到一筆獎金。」

那邊沒有直接回答，但是卻可以聽到一陣議論的聲音，約莫過了幾分鐘，才聽得那聲音道：「你的辦法聽來不錯，我們該怎樣？」

7 攻其不備

解森向高翔望來，高翔接過了電話，道：「我是高翔，你們暫時什麼也不必做，只是要向我提供情報，我想知道吃人花的活動地點。」

「那是芝蘭路二十號。」

「這個地點我知道，除此之外呢？」

「除此之外，她好像有一條船，不過我們不能肯定，我們曾跟蹤宋先生——那是吃人花手下的一個神槍手，好幾次他都到碼頭去，乘一艘快艇出海的。」

「什麼碼頭？」

「十六號碼頭。」

高翔的目光立時移到牆上所掛的地圖上，十六號碼頭以南，是汪洋大海，用一艘船來做活動據點，自然是再好也沒有了。

「你們沒有別的線索麼？」

「沒有了。」

「那麼，你們可知道吃人花為什麼要到巴黎去麼？」

「也不知道。」

高翔緩緩地道：「好，我們的聯絡就到此為止，希望在未曾有進一步的聯絡之前，你們別採取任何行動，如果有情報，可以主動通知我。」

「我們知道了。」那邊回答著。

高翔放下了電話，按鈴召來了一位警官，道：「這位解先生現在和警方合作，請他和他的司機在招待貴賓的特別房間中休息，供應他所需要的一切。」

那警官答應著，帶著解森，走了出去。

解森一走，穆秀珍忙道：「蘭花姐一定在船上，我們去搜索海面！」

高翔來到地圖之前，手掌按在地圖上，在廣大的海域上緩緩地移動著，道：「當然我們要展開搜索，但卻不能公開進行，否則，吃人花會先害了木蘭花。」

「那怎麼辦？」穆秀珍心急地問。

「等他們送了東西來再說，我們佯裝答應替他們送東西去巴黎，但是我們卻進行搜索，秀珍，你先化裝起來，去向雲四風要『兄弟姐妹號』和一切應用的東西。安妮——」

高翔講到這裡頓了一頓，接著，出乎安妮意料之外，高翔竟然道：「你和秀珍一起去，在『兄弟姐妹號』上等著我，我們在十六號碼頭見！」

「得令！」穆秀珍大聲應著，推著安妮走了出去。

高翔在一張沙發上坐了下來，是不是能在海面上找到木蘭花，那是一點把握也沒有的事。但高翔卻下定了決心，一定要將木蘭花找到！

高翔深深地吸著氣，他看著鐘，時間差不多了，吃人花方面應該有人來了。

高翔正在想著，內線電話便響了起來。

高翔按下了掣，值日警官的聲音傳了過來，道：「高主任，有一個人拿著一包東西，說是一定要親自交給你，讓他進來麼？」

高翔立時吩咐道：「讓他進來。」

他站了起來，先打開了辦公室的門，不一會，他看到一個人捧著一個紙包走了進來。

一看那人，高翔便不禁一呆。

他認識那人，那是離警局不遠處，一間飯店的夥計，高翔接過了那紙包，道：「是誰交給你的？那人在什麼地方？」

那夥計看到高翔的神情十分緊張，不禁一呆，道：「是一個戴著黑眼鏡的中年人，他……吩咐我立即交給你，給了我二十元，就走了！」

高翔嘆了一聲，揮手道：「你走吧！」

夥計退了出去，高翔將包紙扯去，紙裡面包的，是一只名貴的法國鱷魚皮的化妝箱，化妝箱上著鎖。

也就在這時，電話鈴突然響了起來。

高翔拿起電話，便聽得一個中年人的聲音，道：「高主任，東西已經收到了？我得告訴你，這化妝箱是特製的，它的鎖是密碼鎖，十分複雜，在開鎖的時候，稍有錯誤就會爆炸。而且，原裝的鑰匙是有磁性的，普通的百合匙一伸進去就爆炸了，所以，你最好別想打開它來，只是照我們的話去做。」

高翔心中雖然惱怒，但是他卻仍然一聲不出地聽著，等對方講完，他才道：「航空公司方面，要明天早上十時才有飛機飛往巴黎。」

「那不要緊。」對方「嘿嘿」地笑著，「東西什麼時候送到，什麼時候放人，記著，地址是巴黎雲景大道四號，那是一幢最現代化的公寓，你到七樓，交給一位貝蒙先生。你記得這個地址了麼？要不要我再講一遍？」

「不必了。」高翔回答。

「搭」地一聲，電話已掛上了。

高翔也連忙放下了電話，他並不懷疑那人說的話，吃人花既然敢將那化妝箱交到他手中，當然是有特別裝置的。高翔也想不出化妝箱中有著什麼，但是他卻可以委託國際警方查一下巴黎那個地址，以及那位貝蒙先生的背景。

他將這件事吩咐下去之後不久，穆秀珍的電話已來了，高翔只和她講了一兩句，便放好了那化妝箱，出了警局。

他唯恐有人跟蹤，是以繞道前往十六號碼頭。

他在半小時之後，登上了「兄弟姐妹號」。那時，恰好是下午六時，碼頭附近，大廈上的巨型自鳴鐘，噹噹噹地敲著。

天色已相當黑了。

高翔一登上了船，穆秀珍便問道：「東西送來了麼？是什麼？」

「是一只化妝箱，要用特殊的方法才打得開，不然會爆炸的，我答應他明天早上十時，搭飛機到巴黎去。」高翔嘆了一口氣，「不論如何，只要蘭花還在他們手中，那我們明天十時，必須出現在機場，不然，吃人花就會對蘭花不利了！」

「開船！」穆秀珍向駕駛艙叫著。

安妮放下了機閘，「兄弟姐妹號」向前無聲地駛出去。

「兄弟姐妹號」駛出沒有多遠，海面上便起了一陣薄霧，天色也更黑了。但是，那卻是對高翔他們有利的。

因為「兄弟姐妹號」完全是利用雷達導航的，三百碼之外有東西，雷達的螢幕上便可以有反應。而別的船隻是難以發現他們的。

但是，要在茫茫的大海之上，搜索一艘他們完全未曾見過的船隻，那自然是一項極困難的任務，這種任務在旁人來說。簡直是不可想像的！

穆秀珍和安妮兩人在駕駛艙中，穆秀珍負責注意雷達螢光幕上的變化，安妮負責駕駛，高翔則在船首的甲板之上。

這時，海面上不但霧濃，而且天色黑暗，向前看去，根本什麼也看不到，但是，通過紅外線望遠鏡，多少可以看到一些東西，如果在十幾碼附近有船的話，他是可以看到船的樣子的。

對他們來說，唯一有利的便是在他們出發之際，高翔曾用電話和港務當局聯繫過，港務當局告訴高翔，惡劣的天氣早有預告，除了大輪船之外，其餘的小型貨船、漁船以及私人遊艇，早已接受了天氣的警告而停止活動了！

所以，高翔和穆秀珍可以肯定，如果在海面上發現有船隻的話，那麼，那船一定便是蒙受著十分重大的嫌疑的。

可是，他們駕駛船出海已很久了，海面上除了霧之外，幾乎什麼也沒有，「兄弟姐妹號」在霧中行駛著，幾乎一點聲音也不發出來。

而霧則越來越濃了，在船艙頂上的雷達探測網不斷在轉動著，雷達是最奇妙的東西，霧再濃，也絕不會影響它的「視線」的！

穆秀珍專注看著暗綠色的螢光幕，好幾次，她眼花，以為在螢光幕上出現了亮點，但是當她揉揉眼睛之後，才發現那是並不存在的。

時間慢慢地溜過，穆秀珍已是十分不耐煩了！

她長嘆了一聲，伸了一個懶腰！

就在她伸懶腰之際，儀器中突然傳來了「的的」聲，穆秀珍連忙向螢光幕上看去，她也立時低聲道：「安妮，在三十七度方向有船！」

安妮扭轉了方向，穆秀珍仍注視著螢光幕，道：「現在，我們正對著那艘船在駛過去，距離是二百五十碼，高翔，你看到什麼嗎？」

「什麼也看不到！」高翔在甲板上回答，「我們減慢速度，儘量接近對方，我想我們已找到目的物了，我們離岸已經很遠，而且在那樣的天氣情形下，正常的商船，是絕不會還逗留在海面的，將速度減慢，我們不動聲色地接近對方！」

「高翔哥，」安妮回答道：「我已將引擎完全關閉了，船隻在水面滑行，估計在離目的物三十碼外，船便可以停下來了。」

「很好，船停下之後，我和秀珍潛水去察看究竟，你留在船上。」高翔走到了駕駛艙的門口，「可能在敵船上，會有一場惡鬥發生——」

他講到這裡略頓了一頓。

安妮立時現出了十分憂鬱的神情來，道：「那麼，我有什麼可以做的呢？」

「你有最重要的事要做——」高翔嚴肅地吩咐著，「你密切注意著我們上了船之後敵船的動靜，如果你接到我所發的信號，那麼你就立即用毀滅性的攻擊消滅敵船，你千萬要留意，我們三人是否能逃生，全靠你發出的攻擊是不是及時！」

安妮用心地聽著，她臉上那種憂鬱的神情也一掃而空。

安妮不幸，是一個殘廢的孩子，正因為她是一個殘廢的孩子，所以她心理上就更要竭力證明她並不是廢人，而是一個有用的人。所以，當她看到人人都有事可做，而她空閒著的時候，她就會感到異乎尋常的難過！而如果她同樣也負有任務的話，她就會感到高興。尤其當她所負的任務是十分重要之際，她更加感到高興。

穆秀珍、高翔和木蘭花都明白這一點，所以他們有時特意派很艱難的事給安妮做，事實證明，安妮從來也未曾負過他們的託付！

這時，「兄弟姐妹號」繼續在向前滑行著，但是速度已減得十分之慢了。終於，船已經全然靜止不動了，只是在水面上輕輕地搖晃著。而在雷達螢光幕上那亮綠色的一點，也固定不動了，儀表上的數字顯示，前面的那艘船，正離他們只有三十碼外。

安妮按下了一個開動紅外線電視攝像管的掣，電視螢光幕上出現了一團團的濃霧，隱約可以看到濃霧中有一艘船停著。

安妮又調整電視攝像管的遠攝控制，螢光幕上的那艘船漸漸地移近，他們已然可以看清，那是一艘形式十分古老的漁船！

穆秀珍不禁呆了一呆，道：「高翔，你認為那艘漁船就是我們要找尋的目標？蘭花姐會在那樣的一艘船上麼？」

高翔看到那只不過是一艘從外表看來十分殘舊的漁船，他的心中也不禁十分疑惑。因為據解森說，吃人花在一艘船上，那艘船是吃人花活動的總部，那麼，它應該是一艘設備十分現代化的遊艇才是，如何會是一艘破舊的漁船呢？

所以，高翔一時之間對穆秀珍這問題，也覺得十分難以回答。

就在此際，只聽得安妮低聲叫道：「看，有人上來了！」

她一面說，一面伸手指著電視螢光幕。

通過遠攝鏡，電視螢光幕上，那艘漁船的甲板上出現了兩個人，那兩個人站在甲板上，向前張望著，他們身上的衣服，證明他們絕不是漁民！

高翔和穆秀珍一看到這種情形，便不由自主發出了一下低呼，齊聲道：「看，原來那只是他們巧妙的偽裝！」

那的確是十分巧妙的偽裝，一個大規模的，現代化的犯罪組織的總部，卻設在一個外表上看來是十分之古老的漁船之上！

安妮顯得十分緊張，道：「那兩個人會不會發現我們？」

「我想不會的。」高翔回答，「霧如此之濃，他們自以為停在海中心是十分安全的；而且，他們也絕計想不到，我們已從解森的口中獲得了重大的情報，會追蹤到海面上來。敵人的數量可能遠較我們為多，但是我們卻可以攻其不備！」

穆秀珍道：「我們準備潛水了？」

高翔點著頭，他們兩人退出了駕駛艙。

安妮則繼續從電視螢光幕上，注意著那艘「漁船」上的變化。

只見又有一個人走上了甲板來。那人看來，好像是女子。

那先走上甲板上的兩人立時轉過身去，他們三人顯然是在交談些什麼，但是安妮自然無法聽到他們談話的內容。

安妮只看到其中有一個攤開了手，向海面指了一指，做出了一個無可奈何的動作。看他的動作，像是對濃霧的天氣在表示埋怨。

安妮並沒有看多久，高翔和穆秀珍已經換好了全副潛水的裝備和應用的工具，他們一齊低聲吩咐著安妮道：「小心觀察敵方情形。」

安妮的心中十分高興，但是她究竟年紀還小，木蘭花又失陷在敵人手中，這樣的情景下，她無法不感到緊張，她又不由自主地咬起手指甲來。

高翔和穆秀珍在右舷處的梯子上，向下爬去，不一會，他們兩人便已然浸在漆黑的海水之中了。

穆秀珍的泳術之佳，是木蘭花也及不上的，她人一到了海水之中，身子向後翻了一翻，雙足輕輕一蹬，整個人便像條魚也似竄了出去。

高翔跟在她的後面，也游了出去，他們為了不發出任何聲響來，是以並不是在水面上向前游去，而是在水底下三四呎處向前游出的。

穆秀珍在水下面，首先碰到那艘「漁船」的底部，她慢慢地冒出了水面來，高翔也跟著浮起，兩人一齊取出了一副爬牆用的「橡皮足」來。

那種「橡皮足」的形狀，像是一個半圓形的球體，是用彈性十分足，而且十分柔軟的橡皮製成的，利用這種「橡皮足」，人可以輕而易舉地爬得十分高。

它的原理很簡單，當一用力將半圓形的橡皮球向牆上壓去之際，裡面的空氣被壓出去，形成真空狀態，外面的大氣壓力，就足以將橡皮球貼在牆上，其附足之強，如果那牆的表面是十分光滑的話。足可以掛起兩千磅以上的重量！

而在「橡皮足」之上，另有一個十分小巧的裝置，那是一個小小的活塞，當這個活塞一被打開之後，空氣進入橡皮球之中，「橡皮足」又可以自由移動了。

這並不算是什麼新奇的玩意兒。好幾十年之前，搬運工人在運裝大件的玻璃時，就是用這種方法的。

當然，「橡皮足」也不是無往不利的，如果被攀登的表面是十分粗糙和凹凸不平的話，那麼就不會很順利，而是十分危險的了。

然而船身卻是十分利於攀登的，因為船身十分平滑，而且高翔和穆秀珍在碰到了那「漁船」的船身之後，也立時覺察到，表面上看來，那船似乎是一塊塊木塊拼成的，但是事實上，那只不過是巧妙的油漆所造成的錯覺而已，事實上，在油漆的掩蓋之下，船身完全是鐵鑄的！

那對高翔和穆秀珍來說，自然更加有利！因為那樣，他們更容易攀上去了！

他們小心翼翼地將套在手腕上的「橡皮足」中的空氣擠出去，又拔動著小活塞，讓空氣灌進去，他們幾乎是無聲無響地在向上攀去。

當高翔和穆秀珍伸手已然可以攀到船舷之際，他們兩人略停了一停，穆秀珍用手指在腰帶上按動了幾下，那是她在通知安妮，要安妮向他們報告那艘「漁船」上的情形。

他們兩人的行動，安妮在電視螢光幕上，是全可以看得清的。

當她一收到了穆秀珍要她報告情況的信號之後，她忙道：「那兩個人還在甲板中，那女人已進去了，他們在甲板上來回地走著，你們如果上去，一定會被他們發現的！」

安妮的聲音，穆秀珍和高翔兩人都可以聽到，那是因為他們兩人的左耳上，都戴著耳塞形的無線電對講機的緣故。

他們兩人互望了一眼，高翔立時摸出了一粒小小的鋼珠來，向穆秀珍揚了一揚，穆秀珍立時明白了他的意思，笑著點了點頭。

高翔一揚手，將那枚小鋼珠向船上拋去。

小網珠落在甲板上的時候，所發出來的聲音，並不是十分太響，只是輕微的「啪」地一聲，接著，便是小鋼珠向前滾出的聲音。

小鋼珠向前滾出的聲音，聽來更輕，但是海面之上，靜得一點聲音也沒有，卻是清晰可聞。

高翔和穆秀珍立時聽到有兩個人的腳步聲，循著小鋼珠滾出的方向走了過去，安妮也立時通知他們：「那兩人走開了！」

高翔右手一伸，抓住了船舷，手腕上一用力，人已向上升高了呎許，緊接著，手在船上一撐，人已輕輕巧巧翻上了甲板。

兩人迅速地向前奔出了幾步，在一大堆纜繩之旁伏了下來。他們伏下之後還不到十秒鐘，那兩個人便已走了回來。

其中一個在低聲咕喃著道：「奇怪，剛才明明聽到有聲響的，怎麼一下子就沒有了？木蘭花在船上，總不免有點古怪。」

另一個笑道：「看你，疑神疑鬼做什麼？木蘭花就算有通天的本領，也鬥不過我們，現在她被囚在船上，插翅難飛了！」

他們一面說，一面向穆秀珍和高翔兩人的伏身之處走了過來，一等到他們來到了纜繩的附近，穆秀珍便已扳動了槍機！

兩支麻醉針分別射中了兩人的小腿，那兩人的身子向上挺了一挺，便向後倒來，但是高翔和穆秀珍不等他們的身子撞在甲板上，便自繩堆後跳出來，將他們兩人扶住。

那兩人中了麻醉針，雖然只不過幾秒鐘，但已然昏迷不醒了。

高翔將扶住的那人，擺出一個坐的姿勢，令他「坐」在繩堆上，而穆秀珍則使另一個人靠著那「坐」著的人，弄得他們看起來好像是「站」著一樣。

然後，他們兩人迅速地掩向船艙的入口處。

入口處掛著一幅布簾，但是當穆秀珍一伸手掀開布簾之後，卻發現布簾之後是一扇鐵門！

穆秀珍攤了攤手，高翔向旁指了一指。他們一齊貼著船艙，在狹窄的船舨上慢慢地移動著，不多久，他們便已然來到了船尾，穆秀珍輕輕跳到了甲板上。

她才一跳上甲板，便聽得尾艙中有人聲傳了出去，有一個人在道：「甲板上好像有聲響，待我走出去看看。」

另一個人道：「又不是你當值，你出去看做什麼？」

那人顯然未曾聽另一人的勸告，因為立時傳來了開門的聲響，穆秀珍連忙身形一閃，閃到了門邊，高翔則在船艙轉角處站立不動。

尾艙的門推開，一個人探頭出來。

那人才一探頭出來，穆秀珍身形一轉，立時轉到了他的身前，那人突然之間看到有人出現在他的身前，不禁大吃一驚，立時張大了口。

穆秀珍早已料到，自己如果突如其來地出現的話，受了驚嚇的人一定會張人口的，是以她也早已準備好了一團破布！

那人才一張大口，穆秀珍手揚起，順手一塞，將那團破布塞進了那人的口中，緊接著，穆秀珍五指一緊，抓住了那人的手腕，用力反拗，將那人的手臂拗了過來。那人為了避免手臂被穆秀珍拗斷，是以不得不轉過身子去。

那一切，都不過是在幾秒鐘之內發生的事！

穆秀珍制住了那人，立時將那人推進了尾艙中，只見船艙裡面，和船的外表絕不相同，十分之現代化，一張雙層的鋪，上層躺著一個人，那人背向著艙口，正就著燈光，在聚精會神地看著一本有裸女封面的雜誌，他竟根本不知道在門口發生了什麼事！

但是，他總算聽到了有人走進來的腳步聲。

他也不轉過頭來，只是道：「沒有事，是不是？我們停在海中央，外面的霧又那麼濃，怎會有事？還是快睡罷，別總是吵人了！」

這時，高翔也已走了進來，他等那人講完，才應了一聲，道：「事倒是沒有什麼事，可是卻有兩個陌生人闖了進來！」

一聽到高翔的聲音，那個人如同遭到雷殛也似，直跳了起來，疾伸手，向橫放在床頭上的手提機槍抓去，但是高翔的手彈出了一枚小鋼珠，「啪」地一聲，正彈中在他的手背之上，那人痛得立時縮回手來。

高翔一步趕過，將兩柄手提機槍一起取了過來。

他拋了一柄給穆秀珍，穆秀珍一接了手提機槍在手，便用力一推，推開了那人，那人雖然已被鬆開，但是過了好久，他的手背才能伸回到前面來。穆秀珍的槍口對準著他們兩人。

高翔卻將手提機槍掛在肩頭上，他的樣子看來十分輕鬆，仰抬起一隻腳，踏在一張凳子上，在桌上的盒子中，拿起一顆蘋果來，咬了一口。

那兩人臉色慘白，額上的汗珠不斷地滲了出來，那一個曾被穆秀珍拗住手臂的，想來因為驚惶過度，是以被放開之後，竟忘了將口中的布團取出來。

高翔咬了一口蘋果，才沉聲問道：「認識我們麼？」

「你……你是高翔？」一個戰戰兢兢地問。

「對了，算你聰明，這一位是穆秀珍，我們是為什麼來的，我想你們大概也知道的了，是不是？」高翔向前踏出了一步。

「知道，知道，你們是為木蘭花而來的。」

「那就行了，如果你們不想做海上孤魂，就得和我合作。木蘭花在什麼地方？」高翔說著，又向前走出一步，一伸手抓住了那人胸前的衣服。

那人忙搖頭道：「我們只知道木蘭花在船上，和二姑娘一起被囚在同一個艙中，可是船上密艙十分多，卻不知道究竟在何處？」

「那麼，誰知道？」

「吃人花，只有她和……宋先生。」

高翔聳了聳肩，道：「那也一樣，只不過事情總得從你們的身上開始，你們設法將吃人花或是宋先生叫到尾艙來。」

那兩個人的臉上都現出十分為難的神色來，一個道：「宋先生……的地位十分高，我們有什麼事，也不能去見他，只能等他召喚我們。」

高翔皺起了眉，他們兩個人已上了敵船，一切行動都非極之謹慎不可，要不然，不但救不出木蘭花，而且連他們自己也要失陷了！

從那兩個人的神情看來，他們講的可能是實話，那麼自己應該怎麼辦呢？

他迅速地轉著念頭，他只考慮了極短的時間，就道：「那麼，吃人花和神槍手宋先生是在船上的什麼地方？」

「他們在主艙。」

「如何可以到主艙去？」

那兩個人苦笑了起來，其中一個向另一扇艙門指了一指，道：「打開那道門，是一條走廊，很窄，走廊的一旁全是艙房，主艙在正中的兩間。」

高翔鬆開了那人胸前的衣服，立刻到了那扇門邊，伸手便待去開門，那人卻急叫了起來，道：「可是你不能打開那門！」

「為什麼？」高翔立時反問。

「那走廊的兩頭都裝有電視傳真設備，任何人一在走廊中出現，吃人花就可以在她的艙房中看得到，而她只要一按鈕，密集的槍彈會使蒼蠅也飛不過去！」

高翔不禁倒吸了一口涼氣，他立時冷冷地道：「你為什麼要提醒我這一點？是不是你故意嚇我，使我不敢打開這扇門！」

那人苦笑了起來，道：「高先生，一打開門，吃人花一看到是你，自然是會對你不客氣，你想想，如果你遭了殃，穆小姐肯放過我們麼？我們實在是為自己著想！」

高翔在門口一時之間，不知如何是好！

他們已經十分接近木蘭花了，他們甚至和木蘭花在同一艘船上，但是要救出木蘭花，卻絕不是容易的一件事。

高翔沉聲道：「走廊有多寬？」

那人道：「兩呎，高先生，不會有機會的，任何人都不能通過那走廊，除非是我們自己人，吃人花行事，十分之小心的。」

高翔斜視著那人，道：「我想你一定跟隨她很久了，是不是？」

那人低下頭去，並不回答。

高翔緩緩地道：「我想，你當然不致於認為我們兩人是單獨來的。在這艘船的四周圍，有八艘水警輪，已將你們團團圍住了！」

那人的身子震了一震。

高翔又道：「你們想想，就算在混戰中你們不被打死，你今年多少歲了？你還有希望使自己不死在監獄中麼，嗯？」

那兩人互望了一眼，那個人到這時，才將口中的布團拉了出來，道：「高先生，你的意思是，我們可以……將功贖罪？」

高翔點頭道：「是的，如果你們能徹底合作，那麼不但可以免於起訴，而且可以得到一筆獎金，你們根本不必懼怕同黨的報復，因為他們根本沒有一個人可以漏網，那是肯定的事，吃人花再狡猾，這次也是難以逃得過去的了！」

那兩人互望著，誰也不出聲。整個船艙之中，靜到了極點。

8 走投無路

高翔在一分鐘之後，才繼續道：「當然，你們也得冒險一下，但那是值得的，你們參加走私黨，本來就是用冒險來賺錢的行為。」

那兩人齊聲嘆了一口氣，道：「你要我們做什麼？」

「你們裝著吵架，打開這扇門，走出去，在狹窄的走廊中扭打，吃人花和別的人自然會走出來看視，吃人花若是出現在走廊上，那麼，她必然不能再開動隱藏著的機槍，我和穆小姐自然有辦法，將所有的人都制住的。」高翔緩緩地說著。

那兩人又沉默了片刻，才點頭道：「好。」

穆秀珍立時抬頭向高翔望來。她雖然沒有說話，但是她的意思卻十分明白，那是在問高翔，這兩個人是不是靠得住！

高翔發出了一下無可奈何的苦笑，他也作了無聲的回答，那是在回答穆秀珍，那是唯一的辦法，除此之外，無法可想了。

穆秀珍的槍口仍然對準著那兩個人，道：「你們要記得，你們如果想出什麼花樣的話，我的槍口仍然是對準了你們的！」

那兩人道：「我們……不敢。」

他們一齊向門口走去，高翔閃到了門邊，那樣，門如果打開的話，他就會在門後，電視攝像管是「看」不到他在那裡的。

那兩人拉開了門，突然相互高聲叫罵了起來，一面叫罵，一面糾纏著，便向前走去，看來，和高翔吩咐他們做的一樣。

那門才一打開，高翔也看到了，門外是一條約有三十呎長的走廊，的確只有兩呎來寬，如果有子彈自上面射下，是毫無躲避的餘地的！

一切看來，似乎都沒有異樣，可是高翔和穆秀珍卻立即知道自己上當了，因為那兩人在叫的話，他們根本聽不懂！

他們雖然不明白那兩人在叫些什麼，卻可以肯定，那是一種十分隱秘和複雜的「切口」，是犯罪分子自己所特有的語言。

高翔對各種各樣的「切口」，本來也深有研究，但是他也無法聽得懂這一種「切口」，或許木蘭花在，她可以聽得懂。

但是在如今那樣的情形下，聽得懂或是聽不懂，卻都不成問題了，因為那兩人大聲一叫，一切變故隨即便發生了！

先是走廊上的一扇門突然打開，那兩人突然向那扇門中跳了進去。

他們兩人的行動是如此之快，本來高翔和穆秀珍兩人是應該措手不及的，但是穆秀珍一聽得他們兩人從艙中走出去一再在叫嚷著的話，全是自己所聽不懂的「切口」之際，她已然揚起了手提機槍來！

所以，就在那兩人向另一扇門中疾跳了進去的那一閃間，穆秀珍立時勾下了槍機，驚心動魄的槍聲突然響了起來！

那兩人中的一個，被槍彈的衝力撞得在走廊之中，跌出了好幾呎，但是另一個人卻已跳進了那扇門，那扇門也立時關上！

緊接著，在走廊兩旁的艙壁上，都伸出了槍管來，高翔連忙「砰」地一聲關住了門，向旁跳了開去。

幾乎是在此同時，又是一陣槍聲疾傳了過來，子彈射在那扇艙門上，所發出的聲音之驚人，實在難以形容，幸而那扇門是鐵的，而且十分厚，是以子彈並射不穿。

高翔忙跳到了通向船尾的那扇門旁，但是他還未及打開那扇門來，門外也響起了槍聲！高翔連忙將門下了鎖，退了回來。

他們被困在尾艙中了！

走廊上的槍聲，響了半分鐘便停止了，從剛才那樣驚天動地，密集的槍聲中，突然又回復了寂靜，更給人以一種十分異樣的感覺。

高翔和穆秀珍還未曾講過一句話，便聽得走廊中傳來了吃人花的聲音，道：「高翔、穆秀珍，你們兩人竟自投羅網來了麼？」

穆秀珍怒喝一聲，道：「吃人花，你絕對走不了的！」

吃人花格格地笑著，道：「我知道，有八艘水警輪包圍著我們，是不是？但是你想想，有你們在我的船上，別說八艘水警輪，八十艘又怎樣？」

高翔和穆秀珍面面相覷！他們現在的處境，可以說惡劣之極了！

而也就在那時，他們覺出船身在輕微震動著，那當然是吃人花已不顧惡劣的天氣要船駛離。

高翔忙低聲道：「秀珍，快用信號通知安妮，叫她將『兄弟姐妹號』潛下水去，在水底進行跟蹤，告訴她我們處境危險，要她保持鎮定。」

穆秀珍點著頭，不斷地用手按著腰帶上的一個按掣，將信號拍了出去，她也立時聽到了安妮的聲音，道：「我知道了！」

安妮的聲音充滿了焦慮，但是也可以聽出，她在竭力鎮定著自己！

穆秀珍向通向船尾的那個艙門指了一指，低聲道：「高翔，這是我們唯一的出路了，雖然外面有人，但總比通向那走廊去的地方好些！」

高翔點了點頭，道：「秀珍，我們儘量靠艙壁坐著，我想現在他們也不肯衝進來，他們至多是將我們困在艙內，先將船駛離！」

穆秀珍貼著艙壁，來到了一扇只不過呎許見方的窗子之前，那窗子有一幅簾子遮著，穆秀珍到了窗前，伸過槍管去，將布簾挑開了些。

她本來是想在挑開了布簾之後，觀察一下外面情形的，卻不料布簾才一動，她根本還未曾看清外面的情形，一陣槍聲已將那扇窗子上的玻璃擊得粉碎！

碎玻璃挾著槍彈，呼嘯著飛了進來，穆秀珍嚇了老大一跳，打橫跨出一步，向窗外也掃出了十幾發子彈，高翔忙叫道：「秀珍，別開槍！」

他跳向前去，站在穆秀珍的身邊。

這時，他們兩人都面對著另一扇窗子，兩人不約而同都想到敵人可能從另一扇窗子攻擊他們，是以他們先下手為強，先向窗中射出了兩排子彈。

隨著槍聲，他們聽得窗外有人慘叫著跌落海中的聲音！

那船艙本就不大，當兩扇窗子被擊破之後，他們可以躲避的地方更少了。

他們必須站在窗外射進來的子彈射不到的地方，那只有船艙的四個角落，他們互一點頭，迅速地奔到了相對的兩個角落之中，站立著不動。

而吃人花的冷笑聲卻又傳了過來，只聽得她道：「高翔，穆秀珍，你們兩人是絕沒有機會的，你們被困住了，你們不會有多少子彈！」

穆秀珍冷笑道：「你們也不會有多少人！」

只聽得另外有一個女人聲音怪叫道：「讓我衝進去，殺死他們！」

吃人花斥道：「阿彩，別說，有兩柄槍在他們處！」

阿彩仍然叫著：「讓我去殺死他們！」

高翔揚了揚眉，道：「阿彩，你是一個膽小鬼，你只敢叫著，卻沒有膽子真的衝進來，你敢真的衝進來麼？」

高翔正叫著，突然，窗外人影一閃，緊接著，密集的槍聲傳了過來，子彈呼嘯而入，將艙房中的東西全射得稀爛。

但因為高翔和穆秀珍全躲在子彈射不到的角度，是以他們並沒有受傷，高翔立時還擊，只聽得艙外「砰」地一聲，似乎有人倒了地。

穆秀珍高聲笑道：「又完結了一個。」

外面沒有了聲音，濃霧從窗子中湧進來，船則以十分高的速度前進著。

艙外的沉寂，只維持了兩三分鐘，接著，在通船尾的艙門外，傳來了一陣雜遝的腳步聲，然後，突然「砰」地一聲巨響，一下極強力的爆炸，將那道門炸得歪倒在一邊！

那扇門被炸開來之後，穆秀珍和高翔實在是再也無法在船艙之中存身的了，穆秀珍首先一聲大叫，手端著手提機槍，向前直衝了出去，一面不斷地掃射著，在門口的四五個人應聲便倒。而這時候，卻有兩枚小型手榴彈自窗中拋了進來。

高翔眼明手快，一個箭步竄了過去，一腳踢中了其中的一枚，將之疾踢出了艙外，一俯身，拾起了另一枚向窗外拋去！

兩枚手榴彈是同時爆炸的，只不過一枚在船尾爆炸，另一枚則在海面之上爆炸，濺起了極高的水柱來，連船身也為之震動了起來。

在船尾爆炸的手榴彈。引起相當大的混亂，好幾下慘叫聲，和著濃煙，一齊撲面而來，高翔和穆秀珍趁著混亂直衝了出去。

他們一衝出船艙，便看到船尾的甲板上被炸開了一個洞，從那個洞中，是可以通到這條船的底艙去的！

他們兩人掃射著衝出了幾步，便從甲板的破洞之中跳了下去，他們都跌在一堆雜物之上，但立時爬了起來。

他們剛一站了起來，就聽得甲板上有人叫道：「他們衝出來了。他們跳進底艙去了，他們全在底艙之中了！」

甲板上的濃煙漸漸散去，但是並沒有人出現在甲板破洞的四周圍，因為高翔和穆秀珍在底艙中，誰在洞邊出現，都在他們的射程之內！

吃人花憤怒的聲音又傳了過來，她厲聲道：「你們兩人，現在真的是走投無路了，你們還能逃得過我的手掌心麼？」

高翔冷笑了起來，道：「吃人花，我們倒覺得現在安全得多了，我們在底艙中，你敢攻擊我們麼？除非你不要這艘船了，可是別忘記你自己也在船上。」

這正是高翔和穆秀珍不約而同，自尾艙中衝了出來之後，便一齊跳入底艙中的原因，因為他們覺得在底艙中，他們是安全的，對方除了用輕武器射望之外，絕不敢用重武器攻擊的，如果再使用強烈的炸藥的話，必然會將船底炸穿，而船底如果一炸穿，那就同歸於盡了！

可是，穆秀珍和高翔兩人卻料不到吃人花一聽得高翔那樣說法之後，突然大聲怪笑了起來，道：「你們想錯了，你們的錯誤，將使你們死得極慘，但是我不妨告訴你們，你們是錯在什麼地方。我這艘船的構造和別的船不同，它每一個底艙之間，絕不相連！」

高翔和穆秀珍大吃一驚，吃人花那樣說法是意味著什麼，實在再明白也沒有了，那就是說，如果在這裡炸上一個大洞，海水湧了進來，倒楣的只是他們，而這艘船是絕不會沉的，因為它的好幾個底艙並不相連，自然對航行不受影響！

吃人花在講完之後，笑得更加得意了，她一面笑著，一面道：「你們是死定了，我不會像別的人那樣蠢，想活捉你們，我只要你們死！你們兩個先死，木蘭花會在最短的時間內就和你們會合，將炸藥拋下去！」

吃人花的話才一說完，「砰」地一聲，一小包炸藥已被拋了下來，高翔拉著穆秀珍，在雜物堆上拼命向前爬著。

他們在黑暗之中，根本看不清那些雜物究竟是什麼，只覺得有的是木桶，有的是一捆一捆的東西。但是他們卻知道，不論那些雜物是什麼，如果他們能夠儘量躲在雜物的後面，那他們就可以在爆炸發生的時候，多一分逃生的機會！

他們知道，爆炸一發生，船底就會被炸穿。海水就會狂湧進來。威脅著他們生命的是兩件事，一是爆炸時發生的氣浪，二是海水湧進來時的壓力。而他們躲在雜物的後面，卻可以減弱這兩個威脅！

他們兩人在爬到了艙角之後，儘量使自己的身子向下擠去，擠進許多雜物之中。也就在這時，爆炸便已發生了！

當「轟」地一下巨響之後的幾秒鐘之內，他們根本什麼知覺也沒有，大批不知是什麼的碎片，一齊向他們壓了下來，將他們和雜物之間的空隙完全填滿，而他們的身子，也被一股大得不可思議的力道，湧得向艙角撞了過去。

那幾秒鐘，簡直和世界末日一樣！

當他們從重大的震盪之中定過神來時，海水已經浸到他們的腰際了，而且，還在繼續上漲著，上漲的速度十分之快。

高翔用力推開了前面的一只箱子，咬上了壓縮氧氣的氣嘴，同時他以手肘碰一下穆秀珍，穆秀珍也立時咬上了氧氣嘴。

他們兩人是潛水而來的，全套的氧氣裝備都在他們的身上，他們兩人咬上了氧氣嘴之後不久，海水便已浸過了他們的頭頂。

高翔一面拉住了穆秀珍的手，一面用力推開了面前的木箱，水已浸過了那木箱，是以要將之推開，並不是十分困難的事。

當他們可以活動之際，海水也已湧到了一定的高度而停止湧入了。在那樣的情形下，他們可以找到艙底被炸開的那個破洞，從那個破洞中游出去。

自然，他們不可能在海水中支持太久，因為他們隨身所攜帶的氧氣，只不過是兩小筒，而不是大筒裝的。

但是他們也根本不必支持太久，因為「兄弟姐妹號」正在海底潛航，他們可以立時與之取得聯絡，登上「兄弟姐妹號」的。

但是，高翔和穆秀珍卻沒有離去的意思，他們逃過了那一次爆炸，又逃過了海水疾湧進來的危機，仍然安全無事，那一定是吃人花所萬萬想不到的一件事！

而他們也知道，吃人花在對付了他們之後，一定會去對付木蘭花的，他們上這艘船的目的是為了救木蘭花，木蘭花還未曾脫險，他們如何肯離去。

他們兩人一齊浮上了水面，向上看去。

他們離開甲板，只不過三呎許，如果游到甲板上的那個破洞之下，那麼他們可以輕而易舉地跳上甲板的，但是他們卻沒有立即行動。

因為他們看到還有兩個人站在甲板上，正在向下望著，看來是在察看他們兩個人是不是死了。同時，他們又聽得吃人花在問道：「怎麼樣？他們浮上來了沒有？」

吃人花在問那句話的時候，像是在提及一件最普通的事，而不是關於兩個人的生命，這實是令得高翔和穆秀珍兩人心寒！

尤其是他們兩人都見過吃人花，見過她那種美麗的外表，光是看到她那種美麗外表的人，實是再也想不到她會有那麼狠毒的心腸！

在洞口的兩人道：「看不清楚，裡面雜物太多了！」

吃人花又道：「你們跳下去看看，這兩個人不是容易對付的，或許他們只是受了傷，而未死去，你們就在水中將他們結束了。」

那兩個人答應了一聲，立時有兩道強烈的電筒光向下照來，高翔和穆秀珍立時沉進了水中，然後，他們躲在一只浮在水面的空木箱之下。

接著，他們就聽出有人下了水，穆秀珍從木箱的隙縫中望出去，可以看到那兩個人已下了水，他們一隻手划著水，一隻手拿著強力的電筒在水面上照射著，那兩支電筒發出的光芒十分強烈，照得水面上泛起了一片光芒。

高翔和穆秀珍的頭在水面之上，但是他們的頭部在木箱之內，那兩個人自然看不見他們，高翔在看到了那兩支手電筒所發出的光芒是如此強烈之際，心中便陡地一動，他連忙用極低的聲音道：「用麻醉針令他們昏迷過去！」

穆秀珍點了點頭，她先將槍握在手中，然後疾揚了起來，那兩人突然之間看到一隻手自水中伸了出來，不禁陡地一呆。

可是，他們根本沒有機會弄清楚究竟那是怎麼一回事，穆秀珍已然連連扳動了槍機，兩枚麻醉針疾射而出，那兩人手一鬆，高翔推開了木箱，伸手在他們的手中將電筒奪了過去，他根本不必再去對付那兩人，因為那兩人已經昏過去了。

高翔將一支電筒交給了穆秀珍，低聲道：「我們向上攀去，希望海面上的霧不再那麼濃，我們用電筒不論向任何人照去，他們一時之間，一定認不出我們是什麼人的，你的麻醉針就可以大派用場了，我來對付吃人花，你對付別人。」

穆秀珍高興道：「真好，我還有十多枚麻醉針，我看他們不會有那麼多人了！」

他們伸手攀住了甲板上破洞的邊緣，再伸手將電筒先放到了甲板上，他們都聽到了吃人花的聲音，道：「怎麼樣了？」

高翔伸手將電筒轉了一轉，轉得對準了吃人花聲音傳出來的那個方向，只聽得吃人花怒喝道：「你們做什麼？快將電筒拿開！」

高翔一縱身，已然上了甲板，他手中的電筒對準了前面，海面上的霧仍然很濃，但是電筒的光芒十分強烈，在他七八呎之前，吃人花和幾個人正在電筒光芒的照射之下，吃人花正在怒喝著，但是她第二下怒喝聲只喝到一半，便突然停止了！

因為就在那一剎間，穆秀珍也上了甲板，而且連續扳動了四下槍機，射出了四支麻醉針，吃人花身邊的四個人全倒了下去。

高翔手中的電筒，也老實不客氣地直射她的臉上，同時冷笑一聲道：「秦小姐，我看你不必再想別的主意了！」

吃人花的手本來已向腰際伸去，看情形是想去拔槍的，但高翔那樣一說，她的動作便僵住了，她臉上神情的憤怒，是難以形容的。穆秀珍衝到了她的身邊，將她腰際的槍摘了下來。

高翔也一步一步向她迫近，電筒光始終照在她的臉上，在強烈的光芒照射之下，吃人花全然沒有反抗的餘地。

「想不到吧！」高翔冷笑著，「真是想不到的事，是不是？就像事情一開始之際，我們根本想不到你根本不是屈夫人一樣！」

吃人花閉上了眼睛，電筒光照在她的臉上，可以看出她的臉色十分蒼白，她臉上的肌肉，甚至在敏感地不斷的跳動著！

穆秀珍轉到了她的身後，沉著聲道：「帶我們去見木蘭花，你若是不照我們的話行事，我就先叫你吃一點苦頭！」

穆秀珍幾乎死在吃人花的狠毒手段之下，當時她死裡逃生，心中自然懷恨，一面說，一面已攞起了手中的電筒，在吃人花的後腦上重重地擊了一下。

那一下的力道著實不輕，打得吃人花的身子向前一俯，發出了一下可以聽得出她憤怒之極的怪叫聲。但穆秀珍用的力道太大了些，她的那只手電筒也損壞了，立時黑了下來。

她倏然地伸手，將吃人花的手腕握住，反扭了過來，令得吃人花背對著她，吃人花的牙關緊咬著，上下兩排牙齒相磨，發出了「格格」的聲響來，就好像是她真的想要吃人一樣。

穆秀珍一握住了吃人花的手腕，又厲聲喝道：「快帶我們去！」

她用力推著吃人花，吃人花掙扎著向前走了出去。

穆秀珍是抓住了吃人花的手腕，將吃人花的手背反扭了過來的，吃人花一向前走，穆秀珍自然緊跟在她的身後。

高翔一看到吃人花已向前走去，便緊跟在後面。他們三個人，在窄窄的船舷上向前走去，不多久，便到了船首部分，那時，船上沉靜到了極點，像是所有的人全死了一樣。

一到了船首，吃人花才喘了一口氣，道：「木蘭花就在那塊艙板之下，你們掀起那塊艙板。就可以看到木蘭花了！」

這時，天色漆黑，霧又濃，高翔和穆秀珍兩人根本無法知道她是指哪一塊艙板而言，高翔立時揚起手電筒向前照去。

在他手電筒光芒照耀之下，他果然看到了一個艙蓋，他一看到艙蓋，立時準備走向前去，可是也就在那時候，槍聲響了。

那一槍是在什麼方向射出來的，卻不容易辨別，槍聲一響，高翔手中的手電筒便陡地熄滅了，緊接著，便是高翔的身子「砰」然倒在甲板上的聲音。

穆秀珍這一驚，實在非同小可。她陡地吸了一口涼氣，還未曾叫出聲來之際，一條人影已呼地一聲，竄到了她的身邊。

那條人影的來勢快到了極點，一竄到了她的身邊之際，穆秀珍一閃身，剛待逃開時，但是由於她要制住吃人花，在高翔已發生了意外的情形下，她更加不敢放鬆吃人花了，是以她身子轉動自然也不能那樣靈活，手背一緊，已被抓住！

穆秀珍的左臂被抓住，她要脫身，自然非放開吃人花，用右手去撥開那握住了她手臂的人不可了，是以她右手陡地一鬆。

也就在那一剎間，只聽得握住了她手臂的人低聲道：「大小姐，是我，快跟我閃開去。」

那說話的，竟也是一個女子！

而那個女子的氣力十分大，一面說，一面將穆秀珍向外拖去。

穆秀珍在一聽得那女子如此說法的十秒鐘之後，便知道那是怎麼一回事了，她知道，那女子錯將自己誤認為是吃人花了！

是以她不再掙扎，被那女子拉得向外疾退出了兩步。

也就在那一剎之間，只聽得吃人花怪叫一聲，道：「阿彩，你——」

不知道吃人花究竟想說些什麼，但是她卻永遠沒有機會說下去了，因為就在那時，槍聲響了，發槍的人一定是神槍手，他可能只是根據剛才擊倒高翔時的位置來發射的，因為一擊倒了高翔之後，船上一點光亮也沒有，根本無法瞄準。

但是，那一槍還是十分之準，吃人花的話立時被切斷，她的身子也倒了下來。

穆秀珍聽得吃人花倒在甲板上之後，還在扭動著身子所發出的聲音，以及她喉間發出的鮮血滾動，詭異之極的「咕咕」聲，那一槍，顯然是致命的一槍。

在那一下槍聲之後，約莫有一秒鐘的沉寂。

然後，穆秀珍陡地想起，自己如果再不反抗，那麼便一直要受制於抓住自己的人了，她的身子立時一縮，傾全力一拳向前擊出！

也就在那一剎間，只聽得那女人一聲狂叫，道：「宋先生，你打錯人了，你射中了大小姐——」

她的話也未能講完，因為穆秀珍的一拳，已然擊中了她的腹部，那一擊，令得她陡地鬆開了穆秀珍的手背，痛得彎下腰去。

抓住穆秀珍的，正是「重擊流」的高手阿彩，在吃人花一受制之後，她和神槍手宋先生便隱在艙中，等候著救吃人花的時機。

他們訂下的計畫十分高妙，他們要等到高翔等三人一齊來到了船首的甲板上，等吃人花在事情突然發生之後，可以有避開的地方時才下手。

而且，他們也算得很好，宋先生是神槍手，百發百中，而高翔和穆秀珍兩人有手電筒，只要對著手電筒的光芒射出，就可以射中高翔和穆秀珍，吃人花也可以安然脫險了。

他們未曾料到，穆秀珍用手中的電筒重重地在吃人花的頭上敲了一下，而敲壞了電筒，變得只有高翔一人有電筒了。

宋先生和阿彩立時修訂了他們的計畫。他們計畫的程序是：第一步，射倒高翔；第二步，由阿彩突然竄出，拉走吃人花；第三步，再發槍，根據記憶的位置射倒穆秀珍。

這個計畫，本來也可以稱得上是天衣無縫的！可是，在實行這個計畫的時候，宋先生和阿彩卻都犯了一個錯誤！

當高翔等三人向前走來之際，次序是吃人花在最前，穆秀珍第二，高翔在最後的，高翔也已防到了船上還有人，可能會遭到偷襲，是以他手中的電筒，一直照射在船身上。而穆秀珍和吃人花的身形又差不多，使阿彩認不出哪一個才是真正吃人花來！

阿彩和宋先生也曾商談過，但他們得出的結論卻是：一定是穆秀珍在前開路，高翔押後，而將吃人花夾在他們兩人的中間。所以，一聲槍響擊倒了高翔之後，阿彩便突然竄了出來，跳到了穆秀珍的身邊，將穆秀珍拉了開來，而吃人花只有機會說出了三個字，第二槍便將她擊倒了！

阿彩是「重擊流」的高手，連木蘭花要對付她，也得要全力以赴，穆秀珍要攻擊她，本來不是容易的事，但這時阿彩卻已知道自己做錯了事！而且，她也知道由於她做錯了事，是以令得她要救的人反而喪了生，她的心中亂到了極點，在腹部受襲之後，她胡亂地向前揮出了兩拳。

但此際，穆秀珍早已轉到了她的身側，一伸手臂，勾住了她的脖子，自己的身子跟著向地上倒去，雙足用力向前撐了出去。

那一勾一撐，將阿彩的整個身子撐得向上，直飛了起來，穆秀珍立時鬆手，只聽得阿彩發出了一聲怪叫，緊接著，便是她撲通落水之聲。

原來穆秀珍那一拋，已將她拋離了甲板，跌進了海水之中！在阿彩的落水聲之後，又聽得她叫了一聲，想是她浮起水面之後發出的叫聲。

但是船在迅速地前進，阿彩的那一下呼叫聲，聽來已然很遙遠了！

穆秀珍在拋出了阿彩之後，立時在甲板上伏了下來。她不知道高翔在中了槍之後是怎樣了，她也不敢出聲，因為她知道有一個神槍手在暗處。

她伏在甲板上扭動著身子，向前移動著，剛才高翔用電筒向甲板照去時，她也看到了那個艙蓋，如果她能爬到那艙蓋附近去的話。那麼，她仍然可以將木蘭花救出來的。

她慢慢地向前爬行，很快就來到了那艙蓋的附近。她用手摸索著，也摸到了艙蓋上的鎖。

可是就在她的手摸到那把鎖的時候，一不小心發出了「啪」的一聲，幾乎是在同一時間，槍聲又響了，一溜火光，一顆子彈射在那柄鎖上！

穆秀珍根本是連縮開手來的機會都沒有，因為子彈來得實在太快了，僥倖的是，子彈並未曾射中她的手，只是射中了鎖。

憑藉著那一閃的光芒，穆秀珍看出那柄鎖已被射壞了，她只要伸手再一撥，就可以將鎖撥往一邊的了。但是她卻沒有那樣做，因為她的目標已經暴露了！

她連忙縮回手來，急向旁滾去。

然而也就在此際，另一下槍聲響了！

那一槍，是從另一個方向傳來的。

只聽得隨著那一下槍響，桅上有人發出了一下慘叫，接著，「砰」地一聲，一個人跌到了船艙頂上。

穆秀珍還不明白究竟發生了什麼事情，就聽到高翔的聲音，叫道：「秀珍，剛才那傢伙的一槍，未曾射中你麼？」

穆秀珍陡地又聽到了高翔生龍活虎也似的聲音，她一時之間，不知該如何表示她心中的高興才好，她也全然不回答高翔的話，只是發出了一下歡呼聲。同時，她立時伸手去拉開那把鎖，用力掀開了艙蓋。

她才一掀艙蓋，還未曾出聲，便已聽到了木蘭花的聲音，叫道：「秀珍，高翔！」

穆秀珍一聽到了木蘭花的聲音，突然感到一陣發軟，剛才她實在太緊張了，此際，她知道自己已達到了目的，從極度的緊張變為鬆弛，她伏在甲板上，連動一動的氣力也沒有了！

在晨曦中。

「兄弟姐妹號」向前駛著，所有的人都集中在駕駛艙中，有木蘭花、高翔、屈夫人、穆秀珍和安妮。

走私黨幾個未死的黨徒，都被麻醉了睡在甲板上。他們將會接受法律的裁判，吃人花死了，宋先生也死了，阿彩則跌進了海中去。

高翔眉飛色舞敘述著：「在黑暗中，最安全的拿電筒的方法，是手臂橫伸，使電筒離開身子，因為電筒亮著，你就是最好的目標，敵人可以輕而易舉地射中你，而如果電筒遠離身體，那麼，敵人就只能射中電筒，而射不中你了！」

「高翔，當時我以為你已死了，一聲不出！」穆秀珍有點埋怨！

「我怎麼出聲？我在等機會，等他發槍，然後找出他的位置，向他射擊！秀珍，你不也是一聲都沒有出麼？我幾乎以為跌到海中的是你哩！」

穆秀珍笑罵道：「嘿！你才跌進海中去哩！」

眾人一起笑了起來。

等到「兄弟姐妹號」駛到了十六號碼頭，泊好了船，各人一齊上岸去之際，已是十點多了。

他們才一上碼頭，便看到幾十個報童飛奔而過，大聲呼叫著：「特別號外，警局總部發生爆炸，特別工作組主任辦公室發生爆炸，高主任生死不明！」

各人聽得報童那樣的叫法，都是一呆，高翔奔了過去，一伸手抓住了一個報童，喝道：「你在亂叫些什麼？」

「爆炸，你看！」報童將報紙一揚。

高翔向報紙看去！報上老大的字，那裡印著那樣的新聞。

他呆了一呆，立即明白了，失聲道：「那化妝箱！」

穆秀珍也明白了，她臉上變色，道：「吃人花根本沒有什麼東西要我們送到巴黎去，她只是想將我們炸死，她想害死我們。蘭花姐，她第一次要你陪她到巴黎去，自然也是想將你趁機害死。」

木蘭花扶住了屈夫人的肩，道：「屈夫人，你看，你姐姐是那樣狠毒的人，結果她死在自己的槍下，實在是罪有應得，你也不必為她難過了！」

屈夫人默然地點點頭，表示接受了木蘭花的勸告。

一輛警車，就在這時已向碼頭疾駛了過來。

請續看《木蘭花傳奇》18 局中局

倪匡奇情作品集

木蘭花傳奇 17 吃人花（含：軍火鬥、蜘蛛陷阱）

作　者：倪匡
發行人：陳曉林
出版所：風雲時代出版股份有限公司
地址：10576台北市民生東路五段178號7樓之3
電話：(02) 2756-0949
傳真：(02) 2765-3799
執行主編：朱墨菲
美術設計：許惠芳
業務總監：張瑋鳳
出版日期：2024年2月
版權授權：倪匡
ISBN：978-626-7369-11-1
風雲書網：http://www.eastbooks.com.tw
官方部落格：http://eastbooks.pixnet.net/blog
Facebook：http://www.facebook.com/h7560949
E-mail：h7560949@ms15.hinet.net
劃撥帳號：12043291
戶名：風雲時代出版股份有限公司

風雲發行所：33373桃園市龜山區公西村2鄰復興街304巷96號
電話：(03) 318-1378　　傳真：(03) 318-1378
法律顧問：永然法律事務所 李永然律師
　　　　　北辰著作權事務所 蕭雄淋律師

行政院新聞局局版台業字第3595號 營利事業統一編號22759935

定價：299元　

國家圖書館出版品預行編目資料

吃人花／倪匡 著. -- 臺北市：風雲時代出版股份有限公司,
2023.10　面；　公分.（木蘭花傳奇；17）

ISBN : 978-626-7369-11-1（平裝）

857.7　　　　112015067